**10|18**
12, avenue d'Italie — Paris XIII$^e$

*Sur l'auteur*

Joe Keenan est né en 1958. Parolier à succès de comédies musicales à la scène comme au cinéma, mais aussi scénariste pour la télévision, il est d'abord révélé par *Un mariage à la mode* en 1988. Son second roman, *Le retour d'Elsa Champion*, paru en 1991, ne dément pas son succès.

# UN MARIAGE
# À LA MODE

PAR

## JOE KEENAN

Traduit de l'américain
par Mimi Perrin

**10|18**

*« Domaine étranger »*
*dirigé par Jean-Claude Zylberstein*

SALVY

*Du même auteur*
*aux Éditions 10/18*

▶Un mariage à la mode, n° 2818
Le retour d'Elsa Champion, n° 2950

Titre original :
*Blue Heaven*

© Joe Keenan, 1988
© Salvy Éditeur, 1991
pour la traduction française
ISBN 2-264-03945-0

*Pour Gerry.*

## CHAPITRE UN.

Le plus étonnant, quand je me remémore cette abominable histoire, c'est que je n'eus pas le moindre pressentiment lorsque j'appris le projet de Gilbert. Je ne blêmis, ni ne tremblai, ni ne m'engouffrai dans la première cabine téléphonique venue pour m'enquérir des prochains charters pour les Canaries. L'écran de mon radar, si sensible pourtant dès qu'il s'agit de ce garçon, resta désespérément vide. Il faut dire que j'assistais ce soir-là à un vernissage où la piquette que l'on sert vous joue parfois des tours pendables.

La Concepteria (sur West Broadway, dans SoHo) faisait partie de ces audacieuses galeries expérimentales qui ont pour principe que rien n'est invendable puisque tout est beau. Sous le titre de *Sacs nº 3*, elle présentait donc les œuvres d'un nommé Aldo Cupper, artiste obscur et ce pour de bonnes raisons : des formes humanoïdes modelées à partir de sacs poubelle vert foncé remplis de ce que la brochure qualifiait pudiquement d'« objets trouvés », et qui relève d'ordinaire d'autres appellations non contrôlées. Mr Cupper se propulsait allègrement d'un groupe à l'autre afin d'expliquer comment il « transfigurait l'inconsommable », et moi je manœuvrais savamment pour toujours garder au moins un groupe d'avance sur lui. Au cours d'un repli particulièrement élastique, je me trouvai soudain face à Holland Batterman (Holly pour les intimes).

« Philip ! s'écria-t-il. Je t'ai appelé cinquante fois ! Où t'étais-tu caché ?

— Je ne suis pas sorti de chez moi.

— De la journée ?

— Je suis descendu acheter des cigarettes vers quatre heures.

— Juste au moment où je t'appelais ! Écoute, je suis furieux contre toi.

— Furieux ?

— Assez pour t'offrir un de ces ornements de décharge municipale », ajouta-t-il en montrant les sculptures.

Pour qui ne le connaîtrait pas, Holly mesure un mètre cinquante-cinq, a le crâne en boule de billard et pèse dans les cent quarante kilos. Désespéré de n'être pas l'homosexuel le plus séduisant de New York, il se console en étant le plus bruyant.

« Calme-toi. Qu'est-ce que je t'ai fait ?

— Je ne *supporte* pas d'être le dernier informé quand tu connais des histoires aussi fan-ta-bu-leuses ! Allez raconte. Qui est l'heureuse élue ? Elle est déjà enceinte ?

— Holly, on t'a raconté que je vais me *marier* ? »

Son hurlement de rire — qui évoque à s'y méprendre le crissement des pneus dans *Starsky et Hutch* — fit sursauter toute la galerie.

« Arrrêêête ! Je suis naïf, mais quand même ! »

Je lui jetai un regard sans aménité. On a beau assumer fièrement ses préférences sexuelles, il est toujours vexant de se voir rappeler son manque de versatilité.

« Alors, c'est qui ?
— Gilbert, évidemment !
— Gilbert *Selwyn* ?
— Il n'y a qu'un seul Gilbert ! »

Comme je l'ai indiqué plus haut, aucune alarme ne se déclencha : ni sueur froide, ni besoin irrépressible de m'envoler vers le pays des cocotiers.

« Gilbert se marie ?
— Il ne t'a rien dit ?
— Non, et avec qui s'il te plaît ?
— Le sale gosse ! J'étais sûr et certain que toi au moins tu saurais. Je croyais même qu'il t'aurait demandé d'être son témoin. En souvenir de votre petite histoire... »

Mon pouls était toujours normal. Pas de brochure touristique en vue.

« À ta place je ne me ferais pas de mauvais sang mon grand, minauda Holly avec des roucoulements de mère maquerelle. Il a dû monter un bateau à ce pauvre Jimmy.
— Attends, je ne te suis plus. Tu veux bien reprendre depuis le début ? »

Et avec une remarquable économie de ponctuation et de silences — c'était au moins la quatrième fois de la soirée qu'il débitait son histoire —, il me tint à peu près ce langage :

« Jimmy Loftus qui est superbe ces temps-ci mais on voit bien qu'il y claque une fortune se trouvait l'autre jour chez Dunhill où il faisait l'emplette d'un costume pour le premier bal de sa sœur cadette tu imagines la galette et là-dessus voilà Gilbert qui vient choisir quoi ? une jaquette alors bon Jimmy qui ne sup-por-te plus Gilbert depuis cette histoire gênante qu'ils ont eue et le numéro de cirque de Gilbert devant Phil Cavanaugh mais c'est toi bien sûr où avais-je la tête bref Jimmy va trouver Gil et lui fait un "Bonjour quelle surprise" sirupeux "Tu vas à un mariage ? — Oui, au mien" le pauvre Jimmy se demande si Gilbert marche à voile et à vapeur maintenant mais comment poser la question devant le vendeur de chez Dunhill alors il dit "Jolie fille ? — La plus belle ! — Dans le genre du boudin avec qui tu dansais l'autre soir au Rampage ? — James, tu pourrais au moins être poli. Il est vrai que la politesse, ça ne s'achète pas. — Pas comme toi, mon petit Gilbert !" Et Jimmy s'en va fier comme Artaban mais il ne connaît toujours pas le nom de la fille alors il m'appelle mais je patauge autant que lui "Attends, lui fais-je, je vais demander à Philip" je t'appelle j'insiste tu ne réponds pas et voilà. Vraiment, tu n'es au courant de rien ?

— Ça fait un mois que je n'ai plus de nouvelles de lui. Pourquoi ne l'appelles-tu pas ?

— C'est ce que j'ai fait, mais...

— Bon, eh bien dès que je sais quelque chose je t'appelle. »

Brisant là un peu abruptement, je le reconnais, je fis mouvement vers le bar car je venais de repérer Aldo Cupper qui, toutes voiles dehors, fendait la foule dans notre direction. Il avait le sourire radieux de l'artiste obscur qui vient de passer deux heures dans une salle où l'on trouve ses œuvres, du vin à volonté et une centaine d'invités qui auront peut-être un jour un service à lui demander. Une retraite rapide s'imposait, mais l'indéracinable Batterman accrocha ses cent quarante kilos à mon poignet gauche.

« Attends une seconde, tu as bien un tuyau.

— Mais puisque je te dis que... tiens, regarde ! C'est Mary Tyler Moore, de la télé ! »

Ce stratagème idiot détourna son attention le temps de dégager mon poignet, mais Aldo Cupper nous était déjà tombé dessus.

« Holland ! Je suis si content que vous ayez pu venir. Vous savez que j'ai adoré vos décors pour la version rasta de *L'Importance d'être constant*.

— Trop aimable, fit Holly en se dévissant le cou.

— Sincèrement, je les ai trouvés sublimes.

— Disons qu'ils n'étaient pas banals, reconnut Holly qui avait maintenant perdu tout espoir d'attirer jamais l'attention de Mary Tyler Moore et me jetait des regards incendiaires. Mais vos sacs, ça c'est fa-bu-leux. D'ailleurs Philip, ici présent, ne tarit pas d'éloges.

— Vraiment ? s'écria Aldo avec l'œil glouton du vampire qui regarde un hémophile se raser.

— Je n'ai jamais rien vu de pareil, affirmai-je.

— Alors vous avez raté *Sacs nº 1* et *Sacs nº 2*.

— Croyez bien que je le regrette ! »

Silence embarrassé.

« Beaucoup de gens me demandent comment j'arrive à ce résultat, remarqua Aldo.

— Et vous osez le leur dire ? s'enquit Holly.

— Bien sûr ! Ça paraît compliqué au premier abord mais la technique est très simple. Il y a douze étapes... Je vais vous expliquer.

— Nous en serions ravis, mais cette pendule vient juste de sonner l'heure de ma dialyse », fis-je remarquer.

Grâce à cette ruse éculée je m'éclipsai en hâte pour retrouver l'air frais du soir.

J'étais si fier de ma sortie qu'en apercevant Gilbert sur le trottoir d'en face je ne cherchai même pas à gagner la pénombre d'un porche. Je le hélai. Claire Simmons prétend que si la réincarnation existe je reviendrai sur terre en lemming suicidaire, comme elle a raison !

À ce point du récit, vous vous demandez peut-être pourquoi je me méfie autant de Gilbert que des Témoins de Jéhovah ou des champignons sauvages.

Vous avez tous en mémoire ce couplet de *I got rythm* dans la version de la regrettée Ethel Merman :

> C'vieux saint Pépin
> Je l'crains pas un brin
> Vous l'verrez jamais ma foi
> Rôder autour de chez moi !
> Ooooooooooooooooooooh !

Chaque fois que j'écoute ce disque j'ai la conviction que la radieuse assurance d'Ethel Merman vient de ce qu'elle sait le vieux Pépin bien trop occupé du côté de chez Gilbert pour s'intéresser à elle.

Ce n'est pas que Gilbert soit né sous une mauvaise étoile, mais il s'arrange toujours pour être à la fois la victime éplorée de saint Pépin et son plus fidèle serviteur. Lorsque le destin décide de lui glisser une peau de banane sous les pieds, on peut être certain que Gilbert a choisi d'impressionner sa conquête du jour en portant d'une seule main un plateau chargé de flûtes en Baccarat « empruntées » à l'insu de leur propriétaire avec le ferme espoir de les lui rapporter, toujours à son insu. Beaucoup de gens adorent ses frasques avec l'indulgence incrédule de ceux qui n'ont jamais eu à en subir les conséquences. Ce n'est pas mon cas.

« Phil ! Quel plaisir ! Claire m'avait bien dit que tu serais au cocktail.
— Fais-moi penser à la remercier », répliquai-je plutôt froidement.

J'étais pourtant d'excellente humeur et dévoré de curiosité, mais pas question de parler marche nuptiale sans lui avoir au préalable inoculé une bonne dose de mauvaise conscience. Notre dernière rencontre avait été catastrophique à l'extrême, et si Gilbert semblait l'avoir oublié — à son habitude —, c'est qu'il n'avait pas passé trois nuits entières à réparer les dégâts.

« Ça doit faire une éternité ! s'exclama-t-il en me serrant sur son cœur.
— Vingt-six jours, et je me réveille encore la nuit. »

Il me regarda d'un air blessé et comme déçu.

« Il ne faut pas vivre dans le passé, Phil.
— Surtout pas dans le mien !
— Mais, au fond, tu n'as aucune raison de m'en vouloir. Écoute plutôt. Je vais te dire quelque chose qui va t'asseoir par terre...
— Je sais, tu te maries. »

Fascinante métamorphose du scoop du jour en tuyau crevé... Le visage de Gilbert passa par toutes les couleurs du dépit, de la rage et du dégoût, avant qu'il puisse bredouiller :

« Toi, tu as parlé avec Jimmy Loftus !

— Non, mais il a parlé à Holly, et Holly parle beaucoup.
— Holly ! » gémit-il.

Après tout, il l'avait bien cherché. Confier ses petits secrets à Jimmy c'est s'en remettre à la légendaire discrétion de Holly : autant louer un panneau géant en plein Central Park.

« Et puis qu'est-ce que ça peut faire ? soupira-t-il. Philip, je suis *amoureux* pour la première fois de ma vie.
— Grand bien t'en fasse.
— Je n'y croyais plus, tu sais.
— Tu m'étonnes !
— Philip ! Je suis sincère. Je vais *épouser* cette fille, avoir des enfants, un foyer... »

Et il se lança dans des variations acrobatiques sur le thème de la famille comme incarnation de la post-modernité.

« Gil, j'espère que tu as une idée derrière la tête, sinon... »

« Sinon » était des plus improbables. Gilbert a toujours plein d'idées derrière sa jolie tête. Il m'observa un instant avant d'adopter le ton grave des pubs pour assurance-vie :

« J'espérais que tu saurais partager le bonheur de ton meilleur ami. Mais comment t'en vouloir ? À chacun ses limites. En tout cas, rien de ce que tu pourras dire ne saurait...
— Excuse-moi. Félicitations ! »

Je n'étais toujours pas convaincu par son histoire, mais le moment était mal choisi pour lui tirer les vers du nez.

« Alors c'est qui ?
— Cela t'intéresse ?
— Bien sûr, imbécile. Je crève de curiosité ! »

J'aurais mieux fait de tenir ma langue.

« Moi je crève de soif. On ne pourrait pas se trouver un coin sympa pour prendre un verre ? Je te raconterai tout. »

Comme d'habitude, j'avais à peine de quoi survivre jusqu'au quinze du mois. Quant à la situation financière de Gilbert, elle se lisait sur son visage. À tout hasard je demandai :

« T'as de quoi ?

— Pas sur moi, désolé.

— On pourrait passer dire bonjour à ton distributeur.

— Charmante idée, mais ce serait une simple visite de politesse. »

Je l'entraînai vers le village.

« D'accord pour un verre, mais c'est tout. Ton histoire n'en vaut sûrement pas deux. »

Une heure plus tard nous grelottions toujours à la terrasse du Café Riviera, sur Sheridan Square. C'était déjà la mi-octobre, mais les limonadiers du Village laissaient encore des tables dehors à l'intention des irréductibles du plein air qui, comme Gilbert, considéraient qu'une bonne table vaut bien une pneumonie. Le garçon apporta l'addition avec le troisième verre au moment où Gilbert m'expliquait comment il avait pris goût aux femmes.

« Les femmes, vois-tu, c'est autre chose. Elles sont nourrissantes... non, attends... nourricières ! Une femme, c'est toujours un peu ta maman, alors que les garçons te débinent du matin au soir et te font des scènes si tu as le malheur de leur emprunter un pull. »

(Mon regard croisa celui du garçon qui hocha la tête d'un air entendu.)

Gilbert alluma une cigarette et contempla rêveusement le panorama de la Septième Avenue.

« C'est une fille extraordinaire.

— Je sais. Mais c'est qui ?

— Attends. Tu sais ce que les femmes ont de merveilleux ?

— Cela fait une heure que tu me bassines avec ça et franchement, j'en ai assez. »

Il eut un sourire de crooner sur le retour :

« D'accord, j'en ai un peu rajouté, mais tu es tellement cynique que je voulais d'abord te convaincre de la pureté de mes intentions.

— Mission accomplie. Alors, son nom ? »

Il vida son scotch et lâcha la bombe en souriant à des anges de passage.

« Moira Finch. »

Je me renfonçai dans mon siège, les yeux révulsés, comme en pleine projection de *La Nuit des Morts-Vivants*.

« Cette idiote ?

— Parce que c'est toi, commença-t-il lentement, j'irai jusqu'à te pardonner ce mot.

— Et moi je ne te pardonne pas ce coup-là ! m'écriai-je en agitant la note de 20 dollars. Je ne crois pas une seconde à ton mariage avec cette frappadingue !

— Si tu insultes encore ma fiancée, on ira s'expliquer dehors.

— Mais on y est déjà ! Tu te rends compte de ce que tu veux me faire gober ? »

Il reprit son ton pénétré. Pub pour assurance-vie, deuxième.

« Je sais que tu n'as jamais eu beaucoup d'estime pour Moira.

— Et c'est toi qui me dis ça !

— Tu la connais à peine. Combien de fois l'as-tu rencontrée ? Trois, quatre au maximum.
— Cela me suffit amplement. C'est la fille la plus vénale, la plus faux jeton, la plus...
— Je te répète que tu la connais mal.
— Gilbert, tout ce que je sais d'elle c'est toi qui me l'as dit. Je croyais que tu la détestais. »

Il se tortilla sur son siège.

« J'avoue qu'avant de la connaître je la trouvais un rien... corrosive. Il a pu m'arriver de dire des choses que je regrette, je t'assure.
— Par exemple qu'elle a des yeux à faire tourner le lait en poudre.
— Plaisanterie idiote...
— Que les glaçons qu'elle suce doublent de volume.
— Phil, pourquoi aller déterrer des souvenirs qui me font mal ? Peu importe ce que j'ai pu raconter autrefois. Moira Finch est une fille formidable, je l'aime, point à la ligne.
— Désolé, mais pour 20 dollars j'ai le droit à la vérité. Tu ne t'en tireras pas comme ça !
— D'accord, mais tu jures de tout garder pour toi.
— Promis.
— Si jamais on l'apprend, ça fiche tout par terre.
— Compris.
— Tu ne diras rien à personne, même pas à Claire ?
— Tu sais trop de choses sur moi, réfléchis deux minutes. »

L'argument porta.

« C'est vrai. Je connais deux ou trois histoires plutôt juteuses. Désolé de t'avoir menti, mais il le fallait. Je t'assure.

— Comme d'habitude...
— Il faut me croire, Phil. Je vais raconter mon histoire à des tas de gens, et j'ai besoin de répéter. J'étais bien ?
— Jusqu'à ce que tu parles de Moira.
— J'aurais dû en choisir une autre, c'est entendu, mais vu les circonstances...
— Je ne te suis plus, fis-je soudain inquiet de lui voir son petit sourire satisfait des jours à idées. Tu n'es pas amoureux de Moira ?
— Pas du tout ! Enfin, je l'aime bien.
— Tu es sérieux ?
— Oui. J'ai passé pas mal de temps avec elle ces temps-ci. Ce n'est pas un monstre, ou alors un bien petit monstre. Elle est même plutôt sympa.
— Admettons, mais pourquoi raconter partout que tu vas l'épouser ?
— Parce que je vais l'épouser. »
Son sourire suffisant était le meilleur garant de sa sincérité. Quel que fût son projet, il le trouvait évidemment génial. Il eut un gloussement sarcastique.
« Allez... demande !
— Pourquoi te maries-tu ?
— C'est une longue histoire, et il commence à faire frais. Si on allait se réchauffer ailleurs...
— Je te préviens que je ne te paierai pas un autre verre. Je suis fauché ce mois-ci.
— D'accord, c'est moi qui régale.
— Je croyais que tu n'avais pas de fric.
— Non, pas des masses. »
Le garçon vint ramasser la monnaie, et Gilbert se leva précipitamment en marmonnant quelque chose à propos du distributeur de cigarettes. Le garçon le suivit du regard et Gilbert le gratifia du

sourire le plus éblouissant de sa carrière de dragueur.

« Je rêve ou quoi ? me demanda le jeune homme.
— Non, et en plus il va se marier.
— La pauvre fille !
— On voit que vous ne la connaissez pas. Croyez-moi, Moira a de la défense.
— Vous n'avez pas dit *Moira ? Moira Finch* ?
— Exact.
— Il va épouser cette garce ? »

J'ajoutai un dollar de pourboire pour son incrédulité.

**CHAPITRE DEUX.**

« POUR que ça marche, il suffit de raconter partout qu'on a eu le coup de foudre. Les gens penseront peut-être qu'on est dingues mais c'est pas grave du moment qu'ils nous croient sincères. La sincérité, tout est là. Et comme tu es le spécialiste mondial des sentiments sincères on a pensé que tu...

— Stop, on arrête tout. »

Nous étions maintenant installés à une table d'angle du Canard Plaqué, une grignoterie à la mode sur Colombus Avenue, car Gilbert et moi avons pris la bonne habitude de rentrer dans l'Upper West Side, où nous habitons, avant que l'heure ne soit trop avancée ou nos neurones trop peu performants. Quiconque a une fois dans sa vie pris le métro vers Uptown avec un Gilbert ivre qui chuchote des « Oh, les beaux anges ! » en regardant droit dans les yeux le gang de Chicanos assis en face comprendra cette sagesse.

« Pas question de me laisser embarquer dans un coup tordu sous prétexte de confidences, déclarai-je d'un ton ferme.

— Du calme ! Je ne t'ai même pas dit de quoi il s'agit.

— Vas-y toujours, soupirai-je.

— Bon... il y a trois semaines, je suis allé au mariage de la grosse Steffie, la nièce de mon beau-père. Je t'ai déjà parlé de cette branche de la famille ?

— Je sais qu'ils sont italiens, et très nombreux.

— Tu peux le dire. Quand ils se réunissent, il faut au moins louer Rhode Island. Ils sont très unis, très vieux style : des veuves en noir grosses comme des tours, et des saints en plâtre dans tous les coins. Bref, j'avais reçu une invitation pour deux personnes et vu le genre du faire-part, impossible d'emmener un de mes minets. Alors j'ai pensé à Moira. Ne fais pas cette tête ! Aucune de mes amies n'était libre. J'avais même demandé à un transsexuel des plus discrets. Rien à faire.

— Moi, j'aurais tout annulé plutôt que d'avoir à faire à Moira.

— Impossible. J'étais coincé. Je suis dans une sale passe, et j'ai besoin de Tony. »

Tony, c'est Tony Cellini, un homme d'affaires monstrueusement riche qui a épousé la mère de Gilbert sitôt après le décès de son second mari, le regretté Edward Harcourt, il y a deux ans.

« Tous les mois Tony donne à maman un fixe qu'elle claque en un rien de temps, et elle n'a jamais un sou quand je viens la taper. Alors comme c'est lui qui tient la caisse je me sens moralement obligé d'apparaître de temps en temps à la Casa Cellini avec une fille, bien roulée si possible. Il aime ça.

— Il ne sait pas que tu es gay ?

— Tu plaisantes ! Ce serait la fin de tout. Heureusement que pour ça il est myope comme une taupe, maman aussi d'ailleurs. Chaque fois qu'on se voit, il me fait "Gilberto ! sacré lapin, combien de filles cette semaine ?" et je dois répondre "une douzaine comme d'habitude, elles m'épuisent." Je m'écœure.

— Mais tu continues.

— Parce que ça me rapporte cinquante dollars la séance ! De toute façon j'avais besoin de bien plus cette fois-là. Je devais de l'argent à tout le monde et je venais de perdre mon boulot chez Bloomingdale's.

— *Quoi ?*

— C'est vrai que je ne t'ai pas vu depuis. Ma carrière de vigile a tourné court, très court !

— Mais ça faisait à peine un mois. Qu'est-ce qui s'est passé ?

— Oh, un léger malentendu, fit-il avec un geste évasif. J'ai vu une cliente glisser une écharpe dans son sac, mais c'était *son* écharpe. J'ai cru que c'était un sosie de Jackie Onassis, mais *c'était* Jackie Onassis. Pas besoin de te faire un dessin... Donc on se pointe au mariage à l'heure pile, mais la cérémonie a été retardée d'une heure parce qu'on attendait le vieux Freddy Bombelli — à quatre-vingt-six berges il faut plus d'un tour de manivelle pour le faire démarrer. Pour faire patienter les invités, ils décident d'ouvrir le bar. Je me dis que si je réussis à soûler ma chère mère elle ne refusera pas de plaider ma cause auprès de Tony... »

Il poussa un long soupir.

« J'étais sûr que ça marcherait. Tu comprends, les mariages, c'est leur truc. Ils s'empiffrent, boivent comme des trous, et dansent jusqu'à épuisement des troupes. C'était le moment, c'était l'instant. Je cherche donc maman et je l'aperçois dans un transat coincé entre une châsse de la Vierge et le bord de la piscine. Elle s'enfilait des daïquiris et paraissait d'excellente humeur. Je fais mon petit laïus. Elle m'écoute gentiment. Bref, tout marche comme sur des roulettes jusqu'au moment où elle commet la gaffe du siècle. »

Je n'étais pas vraiment surpris. Depuis que Gilbert et moi avions fini nos études je n'avais rencontré Madeline Selwyn Harcourt Cellini — Maddie pour les intimes — qu'une dizaine de fois, et jamais depuis son nouveau mariage. Malgré ces relations peu suivies, j'éprouvais à son endroit une sorte d'affection mêlée d'envie tant cette femme a su faire de chemin dans la vie sans jamais tenir compte du principe de réalité (ni même en soupçonner l'existence).

« Qu'est-ce qu'elle a fait ?

— Eh bien, juste comme j'allais lui dire d'attendre que Tony soit à point pour lui parler gros sous, la voilà qui se met à agiter les bras comme un sémaphore en délire et Tony fonce sur nous avec un air de bouledogue rescapé d'un contrôle fiscal.

— Ce n'était pas le bon moment ?

— Non, le pire ! Il n'avait pas bu un godet, pas dansé un cha-cha, pas jeté un coup d'œil sur Moira — j'avais amené cette gourde pour des prunes —, et surtout il se faisait un sang d'encre à cause du vieux Freddy. Tout le monde l'adore, ce vieux, et comme on venait de l'opérer ils avaient peur qu'il casse sa pipe en plein mariage. Tu imagines l'humeur de Tony, et voilà maman qui se lève en tanguant et fait ''Tony chéri, je ne sais pas comment il se débrouille, mais mon Gilbert est *encore* fauché !''

— Alors ?

— Alors rien, fit-il en sifflant son margarita d'un air sombre. Au lieu de fric j'ai eu droit à la saga complète de la famille Cellini, le grand-père qui débarque du paquebot avec quatre *cents* en poche, travaille dur, monte son affaire, etc., suivi d'un sermon sur les vertus de l'épargne et l'esprit d'abnégation. Une douzaine de grasses veuves italiennes ponctuaient son discours de hourras en l'honneur de Tony, de leur Italie bien-aimée et de leurs défunts travailleurs de maris. À la fin, elles ont applaudi Tony à tout rompre. Je ne savais plus où me mettre. »

Il frissonna rétrospectivement, appela le garçon, commanda un autre cocktail et reprit son récit.

« J'étais effondré. Je voulais cacher ma honte dans un coin sombre, alors j'ai foncé vers la cuisine où je vois Moira avec son énorme sac-mangeoire. Elle cherchait du papier alu pour emballer le caviar et le fromage qu'elle venait de piquer. C'était la dernière personne que j'avais envie de voir mais enfin je l'avais invitée, autant être poli. On a bavardé un moment. Je lui ai raconté mes problèmes et elle a été très gentille, très compréhensive. Il paraît que sa mère a tellement d'oseille qu'elle en fait des conserves mais qu'elle ne lui donne jamais un rond de peur qu'elle n'aille faire de brillants placements. »

Cette prudence fait honneur au bon sens de cette dame, car si Moira est une experte redoutable en matière de relations publiques, en affaires c'est une autre paire de manches. Donnez-lui un dollar et elle l'investira illico dans l'entreprise d'un jeune créateur qui fera faillite la semaine d'après, sinon dans l'heure qui suit. Mon amie Claire, toujours pleine d'esprit, a surnommé *Titanic II* le portefeuille d'actions de Moira.

« Quoi qu'il en soit, enchaîna Gilbert, en découvrant que nos familles étaient aussi radines l'une que l'autre et que nous étions tous les deux fauchés — elle a perdu un gros paquet dans son affaire de pâtes-design — on a ressenti une sorte de fraternité, de camaraderie... Ensuite on a essayé de rejoindre les invités mais on s'est perdu un peu avant de se retrouver devant la salle de bal dont la porte n'était pas fermée. On est entrés, comme ça pour voir. Il y en avait partout ! »

Le visage extasié, les yeux riboulants, il marqua une pause.

« Il y en avait partout, répéta-t-il, on ne voyait même plus les tables !

— Il y avait quoi, partout, des petits fours ?

— Mais non, des cadeaux de mariage ! Des dizaines et des dizaines de cartons tout blancs et tout dorés. Des gros pour les magnétoscopes et les fours à micro-ondes, et d'adorables petits écrins pour les boutons de manchette et les montres Cartier. Et les enveloppes ! Toute une pile d'enveloppes bourrées de billets de 100 dollars. Phil, c'était la caverne d'Ali Baba !

— Et tu veux épouser Moira à cause des cadeaux ? »

Il parut surpris de ma surprise.

« Ce n'est pas une bonne idée peut-être ?

— La pire que tu aies jamais eue, Gilbert.

— Je t'assure, s'obstina-t-il. On a bien réfléchi. On a pensé à tous les détails, et dès qu'on est sortis de la salle de bal, action !

— Action ?

— On a dansé ensemble, on s'est regardé dans le blanc des yeux, on s'est tenu la main. Mais ce n'était qu'un début !

— Et... après ? fis-je de plus en plus inquiet.

— Après ? Opération Séduction, gloussa-t-il rétrospectivement. Tu m'aurais vu faire le joli cœur, pousser la romance avec tous ces Italiens. Tu connais le charme légendaire des Selwyn. »

Je répondis que cela faisait partie des grands mythes de l'histoire de l'Humanité comme l'Abominable Homme des Neiges et le continent perdu de l'Atlantide.

« J'ai été sublime, simplement sublime. J'ai dansé avec les tantes, les grand-tantes, les cousines qui faisaient tapisserie. J'ai ri à leurs histoires, chanté la tarentelle et écouté la geste de leurs chers disparus en versant une grosse larme chaque fois que se mouillaient les yeux des veuves. À la fin de la réception j'étais devenu le neveu préféré des Cellini, des Bombelli, des Fabrizio et des... ah oui, des Sartucci. Ils disaient qu'on devrait se voir plus souvent, et crois-moi je ne vais pas m'en priver. Tu peux penser ce que tu veux de mon projet, Philip, moi je t'assure que ça va marcher à tous les coups. »

Je scrutai son visage qui reflétait la convoitise la plus ouverte. À l'évidence, il ne plaisantait pas.

« Dis-moi, qui est au courant de ton mariage ?

— Attends voir... Moira évidemment, et puis Jimmy...

— Alors il n'est peut-être pas trop tard...

— Et maman, bien sûr.

— Tu l'as dit à ta mère ?

— Tu penses ! C'est pour ça qu'il n'est pas question de faire marche arrière. Elle a déjà mille projets en tête. Cela lui briserait le cœur.

— Tu es dingue de faire tout ça pour quelques cadeaux.

— Quelques cadeaux ! On voit que tu n'étais pas là quand on les a ouverts.

— Parce que tu y étais ?

— Bien sûr, c'était le clou de la soirée. »

Il m'expliqua que cette intéressante tradition avait été inaugurée quelques années auparavant quand une *signora* Cellini plus futée que les autres s'était dit que si les invités savaient que leurs cadeaux seraient exposés lors de la réception, elle ne recevrait peut-être pas les mêmes rossignols que ses sœurs. Depuis ce jour, les nouvelles *signore* Cellini mettent, paraît-il, un point d'honneur à faire respecter la coutume.

À en juger par l'énumération que Gilbert me fit d'un ton enfiévré, Steffie n'avait pas dérogé à la règle.

« Deux télés écran géant ! Des portefeuilles d'actions. Des cristaux, de l'argenterie, des bijoux de famille, des caisses de Dom Pérignon ! Un cheval de course. Dieu de Dieu, Philip, l'oncle Chick leur a offert un cheval de course ! »

Il reconnut avoir éprouvé une certaine gêne à l'ouverture de son cadeau — dix bonnes livres de pâtes-design — mais s'empressa d'ajouter que tout le monde avait trouvé ça très mode et que Steffie était aux anges.

« Et je te raconte pas le paquet de fric ! Tony-le-radin s'est fendu de 500 dollars, Freddy Bombelli de 5.000. Il y en avait pour plus de 30.000 dollars, cash ! Jamais je n'avais compris que la famille de Tony nageait à ce point dans l'argent. Alors en mars prochain, à moi le jackpot ! »

Il avala une grande gorgée de mon margarita, et claqua les lèvres en signe d'intense satisfaction.

« Et ça ne fait que commencer, annonça-t-il.

— Je ne tiens pas à entendre la suite.

— Mais du côté de Moira aussi il y a du répondant ! Tu es au courant pour sa mère ? »

Je l'étais. L'ex-Mrs Finch a quitté les États-Unis il y a quelques années pour élire domicile dans le charmant village anglais de Little Chipperton. Elle y tient salon, et le haut du pavé, puisqu'elle est duchesse de Dorsetshire. Si vous avez rencontré Moira ne serait-ce qu'une fois en votre vie elle se sera arrangée pour amener le sujet dès les cinq premières minutes de la conversation. Et si vous ne la connaissez pas encore, suivez mon conseil : pas de question ! Même un simple « Vraiment, une duchesse ? » risquerait de déclencher une série d'anecdotes redoutables, à commencer par les mots doux que lui glissait le prince Charles le jour de son mariage.

« Je croyais que de nos jours les ducs étaient fauchés.

— Pas celui-là en tout cas ! Ils roulent sur l'or et seront ravis de mettre la main au porte-monnaie pour le mariage de Moira plutôt que d'avoir à financer son projet de clinique de remise en forme pour animaux domestiques stressés. Ils vont casquer, et gros. Entre les Cellini, le duc et leurs copains, on a calculé que ça devrait nous rapporter 50.000 dollars au bas mot. Pas mal pour une seule journée de travail ! »

Et il partit d'un tel éclat de rire que la tequila lui gicla par le nez.

Le garçon nous apporta notre seconde tournée, tandis que je tirais pensivement sur ma cigarette. Toutes considérations éthiques mises à part — elles sont toujours très à part dans les projets de Gilbert —, l'opération semblait assez lucrative.

Deux cyniques issus de familles aussi riches que pingres ne pouvaient élaborer meilleur plan pour les faire cracher. Il y avait quand même un problème, et de taille.

« Mais quand même, Gilbert… tu veux te marier pour de bon avec Moira ?

— Non bien sûr, on partagera un appartement pendant un an ou deux, c'est tout. Pour un paquet de fric pareil je suis prêt à supporter Moira comme colocataire.

— Mais vous allez être mariés, devant le juge !

— À titre temporaire, mon grand. On a déjà signé un contrat prénuptial, et à la séparation on partagera tout. Des fiançailles au divorce on a tout prévu. C'est le gros lot, l'Eldorado ! »

Il se mit à chanter, à taper des mains et des pieds dans un accès de jubilation.

« Arrête, on nous regarde. »

Il retrouva une once de dignité et leva son verre pour porter un toast.

« À Philip, mon meilleur ami et bientôt mon témoin !

— Jamais !

— Pourquoi ?

— Parce que c'est une combine trop déprimante. »

À dire vrai, j'étais surtout convaincu que le scénario ne finirait pas sur le *happy end* attendu, et que si j'y tenais un rôle je prendrais la tarte à la crème en pleine figure. Tant qu'à s'évader du casting, autant le faire avec dignité.

« Déprimante ? Ce n'est peut-être pas tout à fait honnête, mais ça ne fait de mal à personne.

— Tu racontes des bobards à tout le monde, à ta mère…

— Elle sera soulagée que je me marie.
— Mais quand elle connaîtra Moira ?
— Elle sera soulagée que je divorce.
— Et Tony ?
— Lui ! lança-t-il méprisant, il m'a dit que je devais me débrouiller, alors je me débrouille. Quant aux autres on va leur donner l'occasion de faire la bringue entre cousins pour quelques dollars de plus. Ils ne vont quand même pas venir pleurer.
— N'oublie pas que tu escroques une duchesse, fis-je en roulant le mot duchesse dans ma bouche comme un bonbon anglais.
— Tu voudrais que je culpabilise à cause d'une femme dont le principal souci est de savoir si la pluie ne va pas compromettre sa chasse au renard ? Ne sois pas ridicule. Tu seras mon témoin. »

Ses beaux yeux commençaient à se mouiller, et ma vieille expérience ne me laissait que trop présager la suite des opérations.

« Après tout, Philip...
— Arrête.
— ...tu as été le *premier*. Le pre-mier. »

Ce n'était que trop vrai : il y a dix ans nous en avions seize et nous usions nos fonds de culotte sur les bancs du collège Notre-Dame-de-l'Éternelle-Prière. Notre idylle, commencée au printemps, tourna court lorsqu'en juillet je ne pus plus douter du goût prononcé de Gilbert pour les vieux messieurs riches, mais pendant trois mois nous avions connu une grande passion d'adolescents avec scènes de jalousie et réconciliations larmoyantes. Depuis, Gilbert se répand régulièrement en débordements nostalgiques à l'évocation de cette amourette, ce qui ne me gênerait pas s'il ne m'en rebattait les oreilles chaque fois qu'il a un service à me demander.

Il me jeta un regard empli de tendresse.
« Tu te souviens ?
— Mieux que toi.
— Je ne savais rien de l'amour...
— Et moi rien des morpions.
— As-tu oublié nos promesses ?
— Écrase, tu veux ?
— Si tu le prends comme ça... Combien je te dois ? demanda-t-il, troquant la Carte du Tendre pour la carte Visa.
— Y compris les derniers dégâts ?
— Si tu insistes.
— Cinq cents dollars à peu près.
— Tant que ça !
— Au moins ça !
— Alors tu as cinq cents bonnes raisons de souhaiter que notre projet réussisse. Phil, si tu refuses d'être mon témoin il faudra que j'en cherche un dans la tribu Cellini et je devrai jouer les machos du matin au soir. Jamais je ne tiendrai le coup. Et puis si on te voit beaucoup avec Moira et moi, les gens goberont plus facilement tes histoires.
— Mais je ne veux pas raconter d'histoires !
— Mon chéri, tu n'as pas vraiment le choix ! remarqua-t-il d'un ton navré. Pense à tous ceux qui vont te harceler au téléphone. Tu leur répondras quoi ?
— Je ne sais pas, mais ça me paraît cher payer juste pour récupérer mon fric.
— O.K., fit-il en sirotant son margarita. Je double ta part.
— Tu plaisantes ?
— Pas du tout. Sois mon témoin, fais quelques menteries à droite et à gauche, et le tiroir-caisse se déclenchera tout seul.

— 1.000 dollars?

— Disons 1.500. Comme ça tu pourras t'acheter l'ordinateur qui te fait baver depuis un an et demi. »

Un large sourire illumina son visage en voyant mes beaux scrupules fondre comme neige au soleil.

Je vous rappelle que tout cela se passait à la mi-octobre. Or, en décembre dernier, ma précieuse Olivetti électrique avait rendu l'âme et je devais me contenter d'une vieille Remington, un cadeau de l'oncle Walter que je soupçonnais de l'avoir « empruntée » définitivement au Musée des sciences et techniques pré-colombiennes.

« C'est fabuleux les ordinateurs, lança Gilbert. Tu peux changer tout ce que tu veux sur ton écran. Le temps d'avaler ton sandwich, ta nouvelle version s'imprime toute seule. C'est bien ça?

— En gros, oui.

— Plus besoin de passer tes nuits à retaper?

— Non.

— Plus besoin de barbouiller tes pages avec ce Tipp-ex qui ressemble à du porridge pas cuit?

— D'accord. Je serai ton témoin.

— Géant, Philip! Je savais que tu ne me laisserais pas tomber. »

Il se pencha au-dessus de la table, prit ma main entre les siennes et m'embrassa à bouche que veux-tu.

« Pour quelqu'un qui veut prouver qu'il a viré sa cutie, ça commence mal, me crus-je obligé de remarquer.

— Qui peut nous voir à une heure pareille? Aïe! »

Il eut un petit sourire contraint et agita mollement la main par-dessus mon épaule. Je me retournai. Moira Finch, de l'autre côté de la rue, affichait un air d'étonnement ravi. En me reconnaissant elle ajouta pour trois tonnes de ravissement car Moira, il faut que vous le sachiez, ne fait jamais les choses à moitié. Elle éconduisit sans ménagement un passant trop entreprenant, s'engouffra dans le café, et fonça droit vers nous.

## CHAPITRE TROIS.

« **G**ILBERT chéri, et avec Philip ! »
Elle s'empara d'une chaise à la table voisine :

« C'eſt fou, les hasards ! Vous êtes superbes tous les deux. Je nage dans le bonheur.
— Félicitations.
— Il t'a annoncé la nouvelle ?
— C'eſt fait.
— Étonnant, non ?
— Étonnant, c'eſt le mot.
— Tu ne peux pas savoir ce qu'on eſt heureux. Vivement que tout le monde soit au courant !
— Excusez-moi, coupa la serveuse qui piétinait près de la table.
— On se demande si on doit juſte le dire aux amis, ou donner une grande fête pour l'annoncer officiellement. Peut-être qu'on devrait...
— Vous prenez quelque chose ? se hâta de bredouiller la serveuse.
— Ma foi... commença Moira en louchant vers nos margaritas, puis vers son sac. Non, rien pour moi, merci.

— J'ai toujours mon petit morceau de plastique, dit Gilbert dont les finances semblaient s'améliorer à chaque tournée.

— On ne te l'a pas retiré ?

— J'ai dû vendre quelques bricoles, mais je l'ai sauvé.

— Alors va pour un verre de vin. Du champagne plutôt. On va arroser ça. Vous avez de la Veuve-Clicquot ?

— Vvvoui.

— Fabuleux ! Une bouteille ! »

La serveuse s'éloigna. Moira s'enfonça dans sa chaise avec un soupir d'aise, puis se redressa incontinent.

« Chéri, j'ai une nouvelle hallucinante !

— Quoi donc ?

— Pas si vite, mon ange. Attendons Vulpina. »

Gilbert et moi blêmîmes de conserve.

« Vulpina ?

— Oui. Je dois la retrouver juste en face, mais ne t'inquiète pas, je la verrai arriver. »

Nous échangeâmes discrètement des regards consternés. Vulpina (sans nom de famille, vous voyez le genre...) possède une boutique à son nom dans SoHo. C'est l'une des meilleures amies de Moira, sans doute parce qu'à côté d'elle notre amie peut espérer passer pour une grande fille toute simple. Vulpina doit peser dans les vingt kilos pour deux mètres et des poussières, parle avec un fort accent russo-hollywoodien, et porte exclusivement ses propres créations qui, si elles offrent une grande diversité de coupe, de tissu et d'usage, affichent toutes une hideur hors de prix.

« Ce qu'on va s'éclater tous les quatre ! s'écria Moira.

— Aux frais de ma carte ? hasarda Gilbert.

— Mon petit Picsou adoré! s'esclaffa-t-elle, puis se tournant vers moi : alors, tu as été surpris?
— Pas du tout. Ça fait des années que je sais qu'il te court après.
— Et il a fini par me rattraper! gloussa-t-elle en lui pinçant affectueusement la joue. Me rattraper... me rattraper... répéta-t-elle d'un air glouton. Bien sûr tout le monde va parler de coup de foudre sans lendemain, mais j'ai toujours soutenu que si on est fait l'un pour l'autre, on le sait, au fond. Il a fallu des années avant que ça fasse *tilt* entre Gilbert et moi, mais ce jour-là c'était limpide. Comme pour T. S. Eliot.
— Ah?
— Oui, la première fois qu'on lit Eliot on s'ennuie, on n'y comprend rien. Et puis on relit, on relit encore, et un beau jour on se dit bon sang mais c'est bien sûr... Gilbert et moi c'est pareil. On était allongés tous les deux dans l'herbe, à regarder les étoiles, et on s'est mis à chialer de bonheur. Synchrone.
— Ne te fatigue pas, Moira. J'ai dit à Philip qu'on se mariait pour les cadeaux.
— C'est malin! J'ai l'air fine, moi.
— J'ai pensé qu'on avait besoin d'un associé. Et s'il y a une personne au monde à qui on peut faire confiance, c'est bien Philip.
— Pas d'objection, votre honneur? lançai-je à Moira.
— Tu penses! J'espère seulement que Gilbert a raison de compter sur ta discrétion.
— Tu peux faire toute confiance à Phil, répéta Gilbert. D'ailleurs, il aura sa part du gâteau...
— Ah oui? fit-elle, et un microclimat polaire s'étendit jusqu'aux tables voisines.

— ... prélevée sur la mienne, bien sûr, s'empressa d'ajouter Gilbert.

— C'est très gentil, ça. Mais c'est vrai qu'il est chou ce Gilbert. Il t'a dit qu'il va venir habiter chez moi ?

— Quand ça ?

— Demain à la première heure, m'apprit l'intéressé.

— On s'est dit que les parents seraient étonnés si on ne le faisait pas. Ils ne doivent surtout pas penser qu'on hésite encore. En plus il y a de la place. Même une petite pièce où Gilbert pourra travailler à son roman.

— À propos, il avance ce roman ? demandai-je.

— Je veux ! Il a doublé de volume depuis la dernière fois qu'on s'est vus.

— Tu as ajouté une dédicace ? »

Il faut préciser ici que Gilbert se considère comme un écrivain. Il s'est mis en tête de devenir coûte que coûte un géant de la littérature mondiale alors qu'il ne sait pas aligner trois phrases sur du papier. Ce n'est pas qu'il ait l'angoisse de la page blanche, dans son cas ce serait plutôt une répugnance physique. Il soutient volontiers, pour sa défense, que son hédonisme militant est une condition nécessaire à l'éclosion de l'œuvre du siècle. En réalité nous vivons dans un milieu où il est devenu quasi impossible de ne pas être un artiste, que dis-je un créateur. Présentez-vous comme un terroriste du dimanche à tendance nécrophile, tout ira bien pour vous, mais allez donc avouer que la création sous toutes ses formes, y compris les poèmes en prose et même les simples collages, n'est pas vraiment votre tasse de thé, on vous considérera comme une bête curieuse qui mérite au mieux la pitié, au pire la fourrière. Voilà pourquoi, depuis quelques années, Gilbert se met régulièrement à sa table de travail pour écrire un roman. Du coup il se sent autorisé à sortir tous les soirs et se plaint amèrement que ses obligations mondaines l'empêchent de se consacrer à son œuvre.

« Tu ne vas pas recommencer, Philip! protesta-t-il. Il ne faut pas croire que je ne fais rien simplement parce que je ne te soumets pas chaque page que j'écris.

— D'accord. Moira, tu me préviendras si jamais tu entends cliqueter la machine à écrire.

— De toute façon je n'écris qu'à la plume...

— Par ici les bubulles! » s'écria Moira en voyant la serveuse apporter le seau à glace.

Tous nos espoirs de boire tranquillement les bubulles s'envolèrent à l'arrivée soudaine de Vulpina. Elle portait ce soir-là de vastes jodhpurs marron et un haut-tube hypermoulant en soie blanche, le tout drapé dans une sorte de mantille de dentelle noire. L'ensemble évoquait irrésistiblement une hampe de drapeau en berne.

« Pina! On commençait à s'inquiéter.

— Désolée. J'ai été retenue. Une impasse. Je te raconterai, confia Vulpina d'un ton énigmatique. Puis, se tournant vers nous avec l'ombre d'un sourire : salut vous deux!

— Géniale, ta tenue! C'est nouveau? »

Vulpina réfléchit, comme hésitant devant un aveu délicat.

« Non, c'est un vieux truc. Cela fait trois ans que je ne l'ai plus mis. Trop de souvenirs...

— Quel genre de souvenirs?

— Oh, un certain mardi. C'est loin tout ça.

— Dis donc, tu es filiforme en ce moment, commenta Gilbert.

— Mais non. Aujourd'hui j'ai mangé une pizza, et hier soir... »

Elle marqua une nouvelle pause, puis acheva d'un ton sibyllin :

« ...d'autres choses. Tant d'autres choses... »

Vous n'êtes pas sans avoir remarqué que Vulpina cultive le mystère le plus glauque dans son discours. Elle a toujours l'air d'être sur un quai du métro à Zurich, autour de minuit, des plans *top-secret* sous son imperméable, à guetter fébrilement un Bulgare qui doit impérativement porter un œillet rouge à la boutonnière.

Gilbert demanda une coupe pour Vulpina, et nous portâmes un toast aux futurs époux.

« Bon, maintenant que Pina est là, quelle est cette grande nouvelle ? demanda Gilbert.

— Au fond de mon grand sac, mes petits agneaux », fit Moira en ouvrant son sac-mangeoire.

Elle avait dû aller à un cocktail ce soir-là. L'odeur de brie trop fait ne trompait pas. Bientôt, Moira brandit une lettre.

« C'est maman qui m'écrit, expliqua-t-elle. Vous savez, la duchesse de Dors...

— Oui, on sait.

— Écoutez ! »

Et elle entreprit sa lecture en prenant un léger accent britannique :

« Moira chérie. On vient de se téléphoner il y a quelques heures à peine, mais je tenais à t'écrire pour te dire que le duc et moi-même sommes absolument ravis de cette merveilleuse nouvelle. Comme il s'agit d'une étape importante dans ta vie, nous aurions aimé connaître ce jeune homme avant que tu ne t'engages — elle est hyperprotectrice — mais d'après notre conversation je comprends que Gilbert est un garçon charmant, travailleur, et nous sommes persuadés que tu as su faire preuve de ton discernement habituel. »

Opinion surprenante quand on sait que Moira est connue pour avoir claqué un jour trois mille dollars dans un projet d'obsèques à thème personnalisé.

« Pour ce qui est du mariage, j'ai une foule de projets en tête et j'ai hâte de traverser l'Atlantique pour en discuter avec Gilbert et toi. Malheureusement, je vais être bloquée ici à Trebleclef — c'est l'antique demeure — jusqu'à la fin des fêtes médiévales de Little Chipperton, en novembre — la pauvre, elle doit organiser ça tous les ans, et les discours, et les prix, et l'élection de la rosière... Elle voudrait tout envoyer balader mais comme c'est la seule duchesse de la région...

— Dur fardeau que le sien !

— Tu ne peux pas savoir. Mais écoutez : « J'ai retenu des chambres à l'hôtel Pierre pour huit semaines à partir du vendredi 21 novembre. J'aimerais beaucoup que la réception y ait lieu, mais *hélas* la salle de bal est sûrement trop petite pour tous nos invités. Que dirais-tu du Plaza ? »

Sssuper, mmanman ! bafouilla Gilbert qui n'a jamais supporté le champagne.

« Note bien toutes les idées que tu auras pour la cérémonie, la réception, et envoie moi ça en *exprès*. N'oublie pas que tu es ma fille unique et préférée, alors ne laisse pas de basses questions matérielles brider ton bon goût naturel, je t'en prie. »

Moira eut un petit sourire modeste et replia la lettre qu'elle rangea dans son sac. Mais les phrases de sa mère imprégnaient encore l'air alentour, tel un doux parfum dont même l'odeur du brie trop fait, mêlée à celle de mini pizzas et autres gourmandises, ne pouvait gâter l'arôme.

« Quelle ffemme mmerveilleuse, murmura Gilbert.

— Et toujours si bonne avec moi, renifla Moira qui se tamponna les yeux avec un petit mouchoir d'où s'échappèrent quelques miettes de saumon.

— Tu as une belle-mère en or.

— Félicitations! dit Vulpina. Je me charge de la robe de mariée. »

Sans nous laisser le temps de la remercier, elle annonça qu'elle devait nous quitter pour courir vers un important rendez-vous « d'affaires ». À son ton, on voyait déjà se profiler au coin de la rue une longue limousine noire avec à bord le vice-président, une vamp experte en explosifs, et le vrai-faux jumeau de Mikhaïl Gorbatchev.

Vulpina partie, notre trio s'abandonna à une joie sans mélange. Moira et Gilbert commandèrent une autre bouteille de champagne et portèrent à tour de rôle des toasts à leur beauté, à leur esprit, et à leur savoir-faire. Lorsqu'ils finirent par s'apercevoir de ma modeste présence, ils m'accablèrent de compliments. J'étais le plus beau, le plus intelligent, le plus serviable des amis! Peu à peu, mes réticences se firent moins vives, s'estompèrent, puis disparurent tout à fait.

« Et ch'comprends pas qu'les gens y disent quque t'as ppas bonne mine en c'moment. T'as l'air en plpleine forme. Hein qu'il a l'air en pleine fforme?

— Super frite. Baraqué et tout. Tu t'entraînes, hein?

— Y l'a l'air... ch'sais pus l'mot.
— D'un éphèbe !
— Vvoilà, t'as l'air éphé...phèbe.
— Un vrai playboy, et en plus il écrit des chansons que c'est des merveilles. C'est injuste. C'est trop. Voilà, Phil, t'es trop ! »

Y eut-il jamais amis aussi adorables, aussi perspicaces ? À les voir tendrement penchés sur l'éternelle calculette de Moira je sentais les bons sentiments m'envahir. Gilbert, avec sa longue mèche blonde sur le front et son sourire espiègle d'enfant de chœur ; Moira, ah ! Moira, si injustement calomniée... Il émanait d'elle une sollicitude de sainte tandis que ses doigts voltigeaient sur les touches. Jamais couple n'avait été mieux assorti. Jamais projet n'avait été aussi sûrement promis au succès.

Nous remontâmes Columbus Avenue d'un pas chaloupé, le moral à la hauteur de notre addition, beuglant des airs de *musicals* et nous souciant aussi peu de l'avenir que des dangers de la circulation.

Compte tenu de ma démarche résolument tendue vers l'avenir, et de ma tendance à fermer les yeux en tenant les notes aiguës, c'est miracle que je n'aie pas été renversé par un taxi fonceur. À dire vrai, et à la lumière de ce qui s'ensuivit, cela aurait peut-être mieux valu.

## CHAPITRE QUATRE.

J'AI rarement la gueule de bois mais je ne suis pas immunisé à cent pour cent. Le lendemain de notre petite bringue au Canard Plaqué, je me rendis compte que le mélange bourgogne + scotch + tequila + triple sec + champagne avait des effets très négatifs. Vers midi, je gisais toujours au fond de mon lit. Les cris hystériques des pigeons sur l'échelle à incendie me déchiraient les tympans; mon pouls jouait du tam-tam; très loin au fond de mon crâne, j'entendais le bruit sourd de neurones qui explosaient.

Gilbert et Moira, qui ne devaient pas être très frais non plus, donnèrent quand même le coup d'envoi du match nuptial : Gilbert quitta son trou à rat de la 93ᵉ rue Ouest pour s'installer au Jardin d'Éden. C'est ainsi que les amis, les associés et les victimes de Moira ont baptisé son appartement, à l'angle de Central Park Ouest et de la 83ᵉ rue : quatre chambres, cinq salles de bains, une salle à manger, un bureau, une lingerie, et un salon grand comme un terrain de foot, qui appartiennent à une délicieuse vieille dame nommée Gloria Conkridge.

Elle est veuve, et son mari lui a, selon Moira, laissé un «joli paquet» en décédant d'une façon que la rumeur publique juge fort peu naturelle. Gloria vit maintenant à Palm Beach, mais elle a fait de son appartement un musée où sont conservés les innombrables souvenirs de l'époque où le tout-New York défilait chez elle. Chaque année, au printemps, elle revient comme les hirondelles y donner pendant une semaine de fastueuses réceptions, puis s'en retourne en Floride où elle reprend un régime régénérateur à base d'hormones de mouton, de pamplemousses, et de jeunes costauds.

Hormis cette semaine-là, Moira occupe les lieux sans bourse délier. Elle n'est tenue qu'à dépoussiérer consciencieusement les bibelots et à veiller sur la ménagerie de Gloria : quarante chiens, chats et oiseaux empaillés qu'un taxidermiste virtuose a réussi à immortaliser dans des poses d'un réalisme à couper le souffle.

Quoi qu'on puisse penser de son attachement maladif pour ses gigolos à quatre pattes, Mrs C. avait eu le bon goût de les réunir dans une discrète vitrine au fond de la cuisine. Malheureusement, Moira a trouvé bien plus drôle de les installer dans des niches pour que les invités les découvrent à l'improviste.

Ce côté design macabre ne découragea pas Gilbert. Pour quitter son cagibi, il aurait été prêt à trouver charmante l'idée d'agrémenter les chambres de statuettes de cire à l'effigie de Charles Manson et consorts. En plus, il avait sous-loué son studio 800 dollars alors qu'il le payait 325. Moira n'avait pas manqué de réclamer la moitié des bénéfices, mais comme il avait prétendu ne toucher que 450 dollars il lui en restait quand même 412 à la fin du mois (412 et 50 cents, pour être précis).

Pendant une semaine, nous nous vîmes assez peu. Holly Batterman avait lancé le bouche à oreille, et les invitations pleuvaient sur le jeune couple.

Je les rencontrai par hasard au rayon fromages de chez Zabar où ils achetaient une étrange chose toute de vert marbrée pour le dîner que donnait Marlowe Heppenstall, l'auteur dramatique, en son antre de Barrow Street. Ils s'excusèrent platement de ne pas avoir appelé mais c'était la folie ces temps-ci tu comprends. Ils me racontèrent leur fabuleux dîner dans Long Island avec Maddie et Tony Cellini qui avaient reçu une charmante lettre de la duchesse. Toujours ravie du mariage, Sa Grâce invitait tout le monde à souper au Pierre le soir de son arrivée.

Quant à moi, j'avais dû remplir ma fonction de troisième roue du tricycle dès le lendemain de notre petite fiesta. À peine avais-je retrouvé assez de lucidité pour raccrocher le combiné que le téléphone s'était mis à sonner sans interruption. Et croyez-moi, rien n'est pire que d'entendre onze fois dans l'après-midi des « c'est pas vrai ! » hurlés par onze ex de Gilbert.

Toute la semaine ce fut le même cirque. Ceux qui avaient déjà appelé rappelaient pour savoir si vraiment, si pour sûr... Beaucoup soutenaient que Gilbert avaient voulu nous mener en bateau, monter un canular, comme en 1980 quand il avait prétendu se faire un sang d'encre pour un de ses anciens petits amis que les méchants Iraniens retenaient en otage. Pour en revenir à nos moutons, je fis de mon mieux pour convaincre les sceptiques que Gilbert allait effectivement se faire passer la bague au doigt. Non sans raison, beaucoup avaient malgré tout l'air de penser que c'était un coup monté et que je marchais dans la combine.

L'obstination que mettait Gilbert à se prétendre maintenant hétéro militant ne me facilitait pas la tâche. S'il voulait gagner la confiance de ses amis, mieux valait, lui expliquais-je, soigner la vraisemblance. Le lion peut partager sa couche avec l'agneau — ils peuvent même prendre plaisir à prolonger cette situation contre nature — mais on n'a jamais vu d'agneau aller tuer un zèbre pour le petit déjeuner !

Malgré cet argument de poids, Gilbert restait de marbre.

« C'est non !
— Mais pourquoi ne pas raconter que tu es devenu bisexuel ?
— Parce que j'ai dit à tout le monde que j'avais viré hétéro et que mon homosexualité n'avait été qu'une erreur de jeunesse.
— Arrête !
— Trop tard. Ce qui est dit est dit. Si on change de version, ça détruit la confiance.
— Mais moi aussi j'ai raconté ça. *Personne* n'y croit.
— Pourquoi ?
— Eh bien, pour commencer ils font le compte de tes liaisons, et franchement tu n'as jamais brillé par ta discrétion. »

Là-dessus il ne pouvait pas me contredire. J'ai connu des gens pour qui l'amour était un jeu ; pour Gilbert c'est d'abord un spectacle. Vous vous souvenez de cette vieille chanson de Paul Simon sur les cinquante façons de quitter son amant. Quand Gilbert veut rompre il lui faut nécessairement : *a)* paraître avec son petit ami à la soirée la plus courue de la ville, *b)* écluser sept scotches d'affilée en une heure, le temps d'avoir un bon blues, *c)* attendre une baisse du niveau sonore, *d)* jeter son verre au visage du garçon en hurlant : « Tout est fini entre nous, fi-ni ! »

« Rien que cette année tu as eu trois liaisons et trois ruptures assez mouvementées. Tout le monde m'en parle. Qu'est-ce que je suis censé répondre ?

— Que justement ces liaisons ne pouvaient pas durer parce que seule une femme sait m'apporter ce dont j'ai besoin.

— Une femme comme Moira ? Je t'assure, tu devrais annoncer que tu es bisexuel. Cela passerait mieux.

— Mais ce ne serait pas un vrai changement. Et puis c'est trop banal. Rien que parmi les types qu'on connaît, songe à tous ceux qui ont clamé un beau jour qu'ils étaient devenus bisexuels ? »

À ma grande surprise, je m'aperçus que je pouvais en citer au moins quatre. Gilbert enchaîna sur sa lancée.

« Blair Monroe l'a fait. Et Andy Pommerantz, même si ça n'a pas duré. Un malheureux garçon s'entiche d'une femme, et le voilà qui se croit obligé d'ameuter les foules pour expliquer que dorénavant il ne restreindra plus ses amours à la moitié de l'espèce humaine. À tous les coups ça rate. Six semaines plus tard tu le rencontres avec un beau gosse et tu lui demandes "comment va Lisa ?", et il veut t'étrangler.

— D'accord. Les gens pensent que ça ne peut pas durer. Et alors ?

— Les cadeaux, Philip... les cadeaux ! Mets-toi à la place des invités. Ils doivent être sûrs que le mariage va durer, sinon ils n'investiront pas.

— Tu ne crois pas que tu exagères ?

— Absolument pas. Crois-moi, j'ai bien réfléchi. Ne t'occupe pas de ce que peuvent penser les gens et jure tes grands dieux que j'ai viré hétéro cent pour cent. D'ailleurs je n'ai jamais vraiment été gay, juste un peu marginal. Tiens bon la barre !

— À tes ordres, capitaine !

— Sans rire, continue d'appâter, ça finira bien par mordre. »


Je suis venu, j'ai vu, je n'ai pas vaincu, et ça mordait si peu qu'à la mi-novembre Gilbert et Moira décidèrent qu'il était temps de passer à l'action.

Nancy Malone, une actrice de nos amies, venait de décrocher le rôle peu enviable de Marie Curie dans un *musical* de Marlowe Heppenstall intitulé *Eureka, Baby*. Le bruit courait que la pièce était un efficace substitut du Valium pour intellos fatigués. Mais Nancy était une amie, et nous ne pouvions refuser son invitation à la première (et sans doute dernière). Moira, une vieille copine de l'auteur, accompagnait Gilbert. (Durant sa brève carrière d'actrice, elle avait fait de la figuration intelligente dans une adaptation musicale sans lendemain de la vie de Sylvia Plath.) De mon côté j'avais invité mon amie et collaboratrice Claire Simmons — elle compose la musique de toutes mes chansons. Claire partage mon affection débordante pour Marlowe depuis certain atelier de composition organisé par *Broadcast Music Incorporated*. Les critiques constructives que nous nous étions permises à propos de son travail avaient tellement irrité Marlowe que depuis deux ans il croyait devoir cracher son venin sur toutes nos créations.

Après le spectacle, nous nous rendîmes chez Vanessa où avait lieu une réception en l'honneur de la troupe. Chemin faisant, nous cherchions quelles rimes à « radium » qui avaient pu échapper à Marlowe dans son délirant final. Même Moira s'y était mise. C'est dire que nous étions en pleine euphorie.

Quelle ne fut pas notre surprise de constater peu après notre arrivée que Gilbert et Moira se fusillaient du regard !

« Qu'est-ce qui les prend, ces deux-là ? courut s'informer Holly Batterman.

— Honnêtement, je n'en sais rien.

— À d'autres ! L'autre jour tu prétendais ne pas savoir qu'il allait se marier et le soir même vous avez éclusé des godets au Riviera. Vous avez même remis ça avec Moira et Vulpina au Canard Plaqué. »

J'avoue que, par moments, l'idée que Holly pourrait travailler pour le KGB ne laisse pas de m'inquiéter.

« Holly, tu peux nous croire, intervint Claire. Ils plaisantaient ensemble il y a deux minutes... »

Elle s'arrêta net. Le regard de Holly fixait quelqu'un derrière nous. En nous retournant, nous découvrîmes Gilbert et Moira en plein corps à corps. Gilbert, le visage empourpré de fureur, avait agrippé Moira par les poignets et lui murmurait des choses peu tendres. Moira, dont les traits en cet instant évoquaient certains masques du kabuki, lui distilla en retour son venin dans le conduit de l'oreille dont elle mordit le lobe avant de l'arroser de scotch et de quitter la pièce comme une mégère inapprivoisée.

La plupart des invités avaient assisté à la scène, mais pour ceux qui l'auraient ratée, Holly s'empressa de la mimer dans les moindres détails. Après quoi on ne parlait plus que de l'état de cette Union-là, sauf les deux héros qui se refusaient à toute déclaration. Gilbert me promit seulement de tout me raconter le moment venu.

En temps normal je l'aurais traîné dans la salle de bains où je lui aurais arraché des aveux, mais ce soir-là toute mon énergie était concentrée sur le costumier de la pièce, un jeune gars baraqué qui suçait des glaçons d'un air gourmand. Malgré tout mon désir de connaître le fin mot de la querelle, je songeais surtout à ne pas lâcher les basques de l'éphèbe avant d'être certain que l'un de nous se réveillerait le lendemain dans un lit inconnu.

Tandis que je jouais à touche-touche parmi la foule en délire, la panique s'installait sur le champ de bataille. Moira, qui n'avait plus pleuré en public depuis son baptême, éclata en sanglots et quitta la pièce. Vers minuit, je passai la tête dans la chambre où elle s'était effondrée sur l'épaule de la pauvre Claire qui ne pouvait que murmurer des « Allons, allons » désemparés. Un peu plus tard, Claire nous rejoignit — je tenais toujours les basques du costumier —, et nous lui demandâmes ce qu'elle avait appris.

« Pas grand chose. Elle a juste dit que c'était trop pénible et qu'elle avait besoin d'affection. Elle a pleuré un grand moment avant de se traiter d'idiote. Jamais je n'ai vu Moira dans un état pareil. Elle m'a vraiment fait de la peine. »

Peu après, Gilbert se fit remarquer dans la cuisine en bafouillant des avances de marin ivre aux deux actrices qui venaient d'incarner « Le Courage de Marie» et «Le Doute de Marie» — eh oui, c'était ce genre de *musical*!

L'enchaînement exact des événements qui suivirent fut bientôt englouti dans un maelström de rapports contradictoires, mais toutes les personnes présentes tombèrent d'accord pour dire que vers deux heures du matin Moira et Gilbert étaient introuvables, d'où on avait trop vite conclu qu'ils avaient quitté les lieux. Mais cette déduction élémentaire montra ses limites lorsque Jimmy Loftus, qui allait récupérer son pardessus dans la chambre de Marlowe, les trouva tous deux allongés dessus, à demi-nus et s'étreignant fougueusement. Jimmy ressortit de la pièce comme une flèche et, animé d'une ferveur de prédicateur baptiste, raconta au monde le miracle dont il venait d'être témoin. Une dizaine de noceurs au pied léger et au rare manque de tact se précipitèrent pour voir de leurs yeux les deux tourtereaux qui se rhabillaient à la hâte et rougissaient beaucoup. En quittant la chambre ils firent leurs excuses à Marlowe, et partirent tendrement enlacés.

Je n'assistai pas à la scène, étant trop occupé dans la cuisine à prendre un cours accéléré sur les usages du Velcro, mais de l'avis de tous l'adoration réciproque du jeune couple était on ne peut plus sincère. Les anciens sceptiques s'empressèrent de répandre la nouvelle auprès des absents. Et si d'aucuns doutaient encore, c'est parce qu'ils n'étaient pas là et n'avaient pas vu.

Gilbert me téléphona le lendemain matin, tout fier du stratagème grâce auquel Moira et lui avaient su retourner l'opinion.

«Génial, non?

— Désolé, j'ai raté le spectacle.

— C'est vrai, tu étais occupé avec la cousette. J'espère que tu n'as pas trop perdu de temps.

— Trois heures quand même. Il m'a mené en bateau jusqu'à l'arrivée de son jules, un gros balèze...

— Il s'appelle Barclay, je sais. Je voulais te prévenir, mais je n'ai pas pu. Phil, j'aurais voulu que tu voies notre sortie. Un feu d'artifice ! Les gens se pâmaient sur notre passage. Cette fois ils ont mordu, vraiment mordu.

— Espérons-le.

— J'en suis sûr. »

## CHAPITRE CINQ.

A DIRE vrai, nos problèmes ne commencèrent que le mercredi 19 novembre, un mercredi pluvieux, quarante-huit heures avant l'arrivée prévue de Sa Seigneurie la duchesse de Dorsetshire.

Dans la salle à manger du Jardin d'Éden, Gilbert, Moira et votre serviteur déployaient en pure perte des trésors de diplomatie à l'intention de Vulpina qui nous commentait ses esquisses pour la robe de mariée. Moira, pourtant toujours si prompte à rompre des lances contre les détracteurs de Pina, n'avait pas accepté sans réticence son offre généreuse de créer des modèles exclusifs pour la cérémonie nuptiale. Gilbert et moi lui avions vivement conseillé un refus poli, car le mariage obéit à un code vestimentaire trop strict pour le style psycho-patho-flashy qui caractérise l'art de Vulpina. Moira en convenait, mais pensait que Pina saurait, pour l'occasion, mettre un frein à sa fureur iconoclaste.

Erreur complète. Vulpina avait décidé de renverser tous les tabous et de montrer aux stylistes de

SoHo ce qu'elle était capable de faire quand elle sortait le grand jeu. La terminologie haute-couturière me manque pour décrire le résultat, mais peut-être en aurez-vous une idée assez juste si je vous dis que, Moira eût-elle voulu épouser Destructor le Wisigoth et non le mignon Gilbert, cette création exclusive lui serait allée comme un gant.

«Pina chérie! s'écria Moira après un temps de réflexion. C'est si... dynamique! Les robes de mariée paraissent toujours manquer d'âme, tandis que la tienne est... énergisante... électrisante! Je ne suis pas sûre d'être à la hauteur. Qu'est-ce que tu en penses, petit Gil?

— Moi, j'adore, mais si tu penses qu'elle est un rien trop...

— Pas du tout. Je la trouve fabuleuse, tellement primale!»

Une longue minute s'écoula.

«Alors je peux lancer la fabrication? s'enquit Vulpina.

— Bien sûr, enfin... dès que Mère aura donné son accord.»

Vulpina eut un haut-le-corps indigné, tel un cobra s'apercevant un peu tard qu'il s'efforce d'hypnotiser une mangouste en peluche.

«Parce que c'est elle qui décide?

— Cela fait très vieux jeu, je sais, mais elle m'a fait jurer de ne rien entreprendre sans son approbation. Ne t'inquiète pas, je suis sûre qu'elle va adorer.

— Pourvu que ça ne traîne pas, gémit Vulpina. Je n'ai déjà pas trop de temps. Cela peut prendre des semaines rien que pour trouver la matière première.

— Je m'en doute, compatit Moira en louchant vers le dessin. Toutes ces peaux de bêtes exotiques! Rassure-toi, je te promets un verdict rapide.»

Vulpina la regarda de travers, puis reprit son carton à dessin.

« Bon, passons aux demoiselles d'honneur... »

À cet instant, le téléphone sonna à l'autre bout de la pièce. Gilbert et Moira se précipitèrent en même temps, mais Gilbert l'emporta d'une courte tête et décrocha le combiné. Tout excité, il annonça que l'appel venait de l'étranger.

« Moi, je n'y suis pour personne, déclara Pina du ton anxieux de celle qui regrette amèrement d'avoir gardé les microfilms dans son frigo.

— Pina, ce n'est pas pour toi, voyons ! fit Moira amusée. Ce doit être maman. »

Elle voulut s'emparer du combiné, mais Gilbert se cramponna.

« Moira, branche le haut-parleur. Il faut absolument que Philip l'entende. C'est à mourir ! »

Tout en protestant véhémentement, Moira alla pousser un bouton. Une voix nasale, au fort accent cockney, emplit aussitôt la pièce.

« Y a quelqu'un ? »

Moira arracha le combiné des mains de Gilbert.

« Allô, oui. Qui est-ce ?

— Communication personnelle pour Miss Moira Finch.

— C'est elle-même.

— Très bien, vous pouvez parlez.

— Allô, Moira ?

— Maman !

— Je suis si contente de t'entendre au lieu de ce message enfantin sur ton répondeur. »

La voix avait cette étrange suavité râpeuse qu'aucun fan de *L'Ange bleu* ou de *L'Impératrice rouge* ne peut manquer de reconnaître.

« Incroyable ! murmurai-je à l'oreille de Gilbert.

On croirait Marlene Dietrich. Elle est née en Amérique pourtant.

— Et même à Pittsburgh. C'est dingue.

— Écoute ma chérie, poursuivit la voix rauque. J'ai une terrible nouvelle à t'annoncer.

— Oh non! Ce n'est pas le duc au moins?

— Si seulement! Non, c'est moi. J'ai eu un accident épouvantable et je suis clouée au lit.

— Mais qu'est-ce qui s'est passé?

— Queen Mab m'a jetée dans un fossé.

— Pas possible, c'est la plus docile des juments...

— Un affreux galopin lui a jeté une lance pendant les fêtes costumées, et elle est devenue hystérique. C'était horrible. Elle a piétiné à mort un gamin de neuf ans! Tu te rends compte?

— Bien fait pour lui!

— Ne dis pas ça, chérie. Ce n'était pas le même.

— Excuse-moi, maman. Comment vas-tu?

— Mal, bien sûr! J'ai quand même atterri dans un fossé. Il paraît que je dois absolument rester allongée pendant trois mois à ne rien faire que me gorger de sucreries pleines de calories que mes bonnes amies se font un plaisir de m'envoyer.

— J'en pleurerais!

— Et moi qui voulais tellement perdre du poids pour ton mariage! J'espérais même qu'on pourrait me prendre pour ta sœur. Maintenant les gens se demanderont seulement qui est cette montgolfière en soie crème. Plutôt mourir!

— Admettons, quand penses-tu venir exactement?

— Je te l'ai déjà dit. Entre mon épaule et ma hanche, j'en ai pour trois mois à ne pas pouvoir bouger le petit doigt.

— Trois mois ! Mais tu ne pourrais pas passer ta convalescence ici ?

— Impossible. J'ai dit à Nigel que je voulais partir dans une semaine et faire installer un lit spécial au Pierre, mais il ne veut rien entendre.

— Quelle tête de mule ! Tu souffres beaucoup ?

— Moins maintenant, parce qu'on m'a donné des calmants épatants. Mais je suis excessivement contrariée de ne pas pouvoir superviser tous les préparatifs. Et puis il y a Gilbert que j'avais hâte de connaître ! Pourquoi ne viendriez-vous pas nous rendre une petite visite ? »

Moira jeta un regard interrogateur à Gilbert qui secoua violemment la tête et se livra à une gestuelle des plus évocatrices.

« Cela me paraît impossible, maman. Il est trop pris par son roman.

— Allons, tant pis ! Je suis sûre que c'est un merveilleux garçon, mais justement j'aurais voulu le connaître au plus vite.

— Moi aussi, maman, je voudrais que tu sois déjà là. J'ai tant besoin de toi !

— Ne t'affole pas, chérie. Je suis quand même à portée de téléphone. Tu n'imagines pas les miracles que peuvent accomplir quelques coups de fil bien pensés. Tiens, rien qu'hier je me suis occupée de ta robe de mariée.

— Ma robe de mariée ? répéta Moira en jetant vers Vulpina un regard inquiet.

— Parfaitement. Lady Pym va en Californie la semaine prochaine, chez Jimmy Galanos, le couturier de la Maison Blanche. Il lui doit un service, et elle m'en doit une bonne dizaine. C'est comme si c'était fait.

— Maman, je te remercie mille fois, mais je m'en suis *déjà* occupée.
— Ah bon? fit la duchesse d'un ton surgelé. Aurais-tu l'obligeance de me dire à qui tu en as confié la conception?
— À une amie.
— Juste ciel, Moira, j'espère que ce n'est pas cette Vampirella qui t'avait affublée de la monstruosité que tu portais chez les Smythe-Northopson la dernière fois que tu es venue?»

Moira souriait d'un air gêné. Vulpina, elle, avait son visage inexpressif des jours de détresse.

«Maman! C'est ma meilleure amie et une brillante styliste.
— Ne me raconte pas de bêtises! Je me souviens encore de cette robe... mauve avec des yeux de verre cousus partout dessus! Si tu crois que je vais dépenser une fortune pour voir ma fille unique et préférée faire son entrée dans la cathédrale Saint-Patrick déguisée en vision de mangeur d'opium, je t'assure que tu te trompes!»

Leur difficile dialogue se poursuivit quelques instants encore: Moira marchait sur des charbons ardents; Gilbert et moi étouffions des fous rires tandis que Vulpina nous faisait une remarquable imitation d'une statue de l'île de Pâques. Pour sortir de ce mauvais pas, Moira expliqua à la duchesse que le talent de Vulpina était si éclectique qu'elle pouvait s'adapter sans difficulté aux exigences de ses clientes, et Sa Seigneurie accepta de réserver son jugement jusqu'à ce qu'elle ait reçu quelques modèles.

«Excuse-moi, maman, mais j'allais sortir quand tu as appelé...
— Je comprends. Un dernier détail et je te

laisse. Tu dois te demander comment payer tout ça, maintenant que je suis coincée ici avec mon chéquier magique.

— Écoute, pourquoi n'enverrais-tu pas un gros chèque qui couvrirait tous les frais?

— Impossible, ma chérie. Tu sais comme Nigel est radin. Il me faut sa signature pour le moindre chèque un peu important. Même les petites sommes lui paraissent toujours trop grosses.

— Je ne te suis plus.

— C'est pourtant simple. Nigel veut bien dépenser son argent du moment que ça reste indolore. Avec lui, la meilleure tactique est toujours de le mettre devant le fait accompli. Alors, ma chérie, tu vas tout payer et tu m'enverras les reçus. Garde-les précieusement surtout, je les donnerai à Nigel. Il ronchonnera, mais il finira par t'envoyer un chèque pour le tout. Crois-moi, ça nous évitera bien des crises de nerfs. »

Les grimaces de Moira montraient assez qu'elle n'était pas convaincue par ce traitement analgésique.

« Mais avec quoi vais-je payer? Ce mariage va coûter des centaines de milliers de dollars et je n'ai pas le premier sou.

— Bien sûr que si. Sur ton compte bloqué.

— Maman, tu m'as toujours dit que je n'avais pas le droit d'y toucher.

— Sauf avec mon accord. Je vais écrire à ton fondé de pouvoir pour lui donner l'ordre de tout liquider. Il doit y en avoir pour 200.000 dollars environ. Ensuite il t'ouvrira un compte courant.

— Mais je vis des intérêts du compte bloqué, moi!

— Comme ça tu disposeras de tout à la fois.

— Cela ne serait pas plus simple que je te fasse envoyer les factures ?

— As-tu perdu la tête ? Tu imagines les factures arrivant ici jour après jour. Nigel viendrait hurler à la mort jusque dans ma chambre de malade.

— Tu es sûre de ne pas noircir le tableau ?

— J'enjolive au contraire. Et puis j'ai assez d'ennuis comme ça. Je veux bien plaider ta cause une bonne fois pour toutes, mais pas tous les jours. L'amour maternel a ses limites. Appelle Winslow à la banque la semaine prochaine. Il aura reçu mes instructions. C'est bien plus simple comme ça.

— Bon, d'accord. Il faut que j'y aille. J'espère que tu vas vite te remettre.

— Et moi donc ! Mes amitiés à Gilbert.

— Je n'y manquerai pas. Je t'aime beaucoup, maman.

— Moi aussi, ma chérie... à petite dose. »

Nous restâmes quelque temps silencieux après qu'elle eût raccroché. Fallait-il commencer par panser l'ego blessé de Vulpina ? Exiger que Moira s'explique sur l'existence jusque-là secrète de ces 200.000 dollars ? Lui demander à brûle-pourpoint pourquoi elle contemplait son ventre comme si Alien en personne venait d'en sortir. Étant donné l'importance cruciale de ce troisième point dans le déroulement de notre histoire, je passe rapidement sur les deux premiers.

L'ire de Vulpina s'apaisa dès que nous lui eûmes démontré qu'elle avait parfaitement le droit de retirer son offre plutôt que de plier son génie créateur aux exigences d'une duchesse aussi despotique que béotienne, mais que le risque était grand de jeter ainsi Moira dans les filets d'une quelconque dentellière d'inspiration petite-bourgeoise. Ne devrait-elle pas plutôt concevoir un modèle tout à fait conventionnel pour l'œil du philistin, dans lequel seuls les initiés sauraient reconnaître une subtile caricature de la tradition phallocratique des robes nuptiales ? Pina marqua son accord d'un signe de tête avant de marmonner qu'elle devait au plus vite trouver une cabine téléphonique, à moins qu'il ne soit déjà trop tard...

Dès qu'elle fut partie, Gilbert se tourna vers Moira.

« Alors, comme ça, on a un petit pactole de 200.000 dollars ?

— Et après ?

— Tu aurais pu m'en parler.

— Tu ne m'as rien demandé.

— Cela fait longtemps que tu as ça dans ta corbeille ?

— Tu n'as pas à le savoir. Maintenant, vous m'excuserez tous les deux mais j'ai une migraine atroce. Je vais m'étendre. »

Elle sortit rapidement de la pièce.

« Je ne comprends vraiment pas, me dit Gilbert. Pourquoi ce mystère ? Elle qui la ramène toujours avec sa duchesse de mère, elle aurait dû nous en farcir la tête. »

Il me fallut reconnaître que l'active participation de Moira à la foire aux vanités new-yorkaise rendait son mutisme étonnant. À la réflexion, pourtant, il me revint qu'elle était *aussi* la plus redoutable pique-assiette des bords de l'Hudson. Si on apprenait l'existence de ce magot, elle était fichue. Une fille qui possède 200.000 dollars à la banque ne peut décemment pas en emprunter 20 jusqu'à la fin de la semaine à un jeune auteur crevant la faim.

Restait la troisième question : pourquoi Moira

avait-elle eu l'air atterré lorsque sa mère l'avait vivement engagée à clore ce compte?

« Bon sang, tu connais Moira! s'écria Gilbert. Elle doit avoir les doigts qui lui démangent depuis qu'elle a ce dépôt à la banque!

— Et si elle avait réussi à mettre la main dessus? Sa maman lui demande peut-être de casser une tirelire qui est en morceaux depuis longtemps. »

Gilbert était d'accord avec mon scénario. Dans un accès de fureur silencieuse, il saisit un loulou empaillé et l'envoya bouler à travers le salon.

« Attends, on se calme. C'était juste une hypothèse. Je veux dire... Songe aux risques, aux obstacles juridiques. Pour réussir il faudrait être...

— Moira! » s'écria Gilbert.

L'instant d'après nous tambourinions frénétiquement à la porte de sa chambre, qu'elle avait fermée à clé.

« Barrez-vous! hurla-t-elle.

— Ce fric, insista Gilbert, tu l'as claqué, hein? »

La porte s'ouvrit, et Moira nous apparut en peignoir, la tête enturbannée d'une serviette éponge.

« Qu'est-ce que tu veux dire?

— Pourquoi voulais-tu à tout prix que ta mère trouve une autre solution pour payer la cérémonie? »

Moira le regarda fixement en pinçant les lèvres, puis s'affala sur le lit, alluma une cigarette rose et tira quelques bouffées d'un air boudeur.

« Moira, fis-je avec douceur, on veut juste savoir s'il reste quelque chose sur ton compte? »

Elle éclata en sanglots et enfouit son visage dans les oreillers.

« Arrête ton cirque, s'écria Gilbert. Tu n'as qu'à rappeler ta mère et lui dire que tu as besoin de plus.

— Imbécile ! si je lui dis, elle comprendra aussitôt que le compte est à sec.
— Alors là, bravo. Tu ne crois pas qu'elle s'en doutera quand elle verra qu'on donne la réception au Burger King du coin.
— Philip, sanglota-t-elle en s'effondrant sur mon épaule. Est-ce qu'il était aussi cruel quand vous étiez ensemble ? »

Tout à la confusion d'apprendre que notre idylle avait fait le tour de New York, je bredouillais des mots sans suite. C'est alors qu'elle releva vers moi sa petite tête de serpent :

« Mais j'oubliais, il t'a refilé ses morpions...
— Salope ! hurla Gilbert.
— Moira, tu as vraiment dépensé tout cet argent ? intervins-je diplomatiquement. 200.000 dollars quand même ! Jusqu'au dernier *cent* ?
— Mais je n'ai pas mené la belle vie avec cet argent, pleurnicha-t-elle.
— Ben voyons ! c'est pas ton genre.
— Je te jure. Peut-être 40 ou 50.000 dollars, pas plus. Mais j'ai investi le reste. Je croyais que ça marcherait. Et puis tout a raté. Je n'ai plus le sou, et vous ne montrez pas beaucoup de compassion, tous les deux.
— Écoute, pourquoi ne racontes-tu pas cette belle histoire à ta maman ? persifla Gilbert avec un soupçon de compassion. Plus vite ce sera fait, plus elle aura de temps pour s'en remettre avant le mariage.
— Gilbert, tu es un grand naïf. Tu l'as entendue me reprocher encore des robes que je portais il y a deux ans ! Combien de temps crois-tu qu'elle mettra à avaler l'histoire des 200.000 dollars ? Elle ne viendra même pas au mariage. Au revoir les cadeaux ! »

Le visage décomposé de Gilbert montrait assez que l'idée d'un mariage de convenance dans lequel il jouerait seul le rôle de la poule aux œufs d'or ne lui souriait pas vraiment.

« Moira, comment as-tu réussi ce coup-là ? demandai-je. Si ta mère a ouvert ce compte à ton nom, elle doit bien en recevoir régulièrement le relevé.

— Évidemment, fit-elle d'un ton désinvolte. Tous les mois Winslow — c'est mon fondé de pouvoir — lui envoie un relevé en bonne et due forme prouvant que l'argent est bien là et que je continue à en toucher les intérêts.

— Un employé de banque t'aide à escroquer ta mère ? fis-je, atterré.

— Il n'a pas vraiment le choix, répliqua-t-elle avec un sourire angélique. C'est lui qui m'a permis d'avoir accès à ce compte. Il y a deux ans il a écrit une pièce sur un groupe de gays qui décident de suivre Jim Jones à Guyana. Personne ne voulait la produire, moi je la trouvais géniale, alors je lui ai proposé d'investir dans une tournée s'il se débrouillait pour que je puisse pomper mon compte sans que maman le sache.

— Mais enfin, il a réfléchi au pétrin dans lequel il se fourrait si elle découvrait le pot aux roses ?

— Oui bien sûr, c'est un grand inquiet. Mais je lui ai raconté que ma pauvre maman avait un cancer des os en phase terminale et qu'il n'y avait pas de problème puisque tout l'argent qui se trouvait sur ce compte me reviendrait à sa mort. La pièce a fini sa carrière au Nouveau Mexique. Je lui ai dit que maman était en rémission, et il continue très gentiment à lui envoyer les relevés.

— Grand Dieu, Moira ! s'écria Gilbert. Rien ne t'arrête quand tu as quelque chose dans le crâne.

— Oh, je t'en prie. Tu connais l'histoire de la paille et de la poutre. »

Ils continuèrent sur ce ton pendant quelque temps. Je m'apprêtai à quitter discrètement le navire lorsque me vint à l'esprit une pensée fort déplaisante. En cas de naufrage les revenus de notre syndicat se trouveraient réduits de moitié et Gilbert risquait de réexaminer d'un œil particulièrement froid certains chapitres budgétaires comme la petite prime promise à son meilleur ami et témoin. J'entendais déjà ses arguments : « Est-ce que Shakespeare travaillait sur un ordinateur ? Et Tchekhov ? »

« Suffit ! m'écriai-je interrompant un commentaire déplaisant de Gilbert sur les cheveux de Moira. Tout le problème est de savoir comment empêcher Madame Mère de découvrir le pot aux roses tout en s'arrangeant pour qu'elle paye les frais du mariage.

— Cela tombe sous le sens, soupira Moira. On va taper quelqu'un d'autre, et quand maman me remboursera mes dépenses, on remboursera nos dettes.

— Si je comprends bien, il suffit de trouver une bonne poire », conclut Gilbert.

Un lourd silence s'installa tandis que chacun de nous faisait mentalement le tour de ses relations. Le silence se prolongea un grand moment : les milliardaires sans cervelle ne courent pas les rues. Soudain le visage de Moira s'éclaira.

« J'ai trouvé ! Je vais refiler le bébé à Winslow.

— Tu crois qu'il acceptera ?

— Tu parles ! Si jamais maman découvre nos magouilles je ne serai peut-être plus en odeur de sainteté, mais pour Winnie ce sera le voyage au bout de l'enfer !

— Il a une somme pareille à te prêter ?
— Non bien sûr, mais il saura où la trouver. J'aurais dû lui téléphoner avant de vous raconter toutes ces histoires. Cela m'aurait évité vos insultes.
— Et à moi quasiment une crise cardiaque ! » se plaignit Gilbert.

Jugeant qu'un petit rapprochement servirait les intérêts de notre syndicat, Moira gratifia Gilbert du regard de brebis égarée qui avait fait craquer tant de vigiles dans les grands magasins de New York.

« Mon Gil en sucre, tu n'es pas fâché ? Tu ne me détestes pas vraiment ? Jamais je ne supporterai qu'on se marie si je dois penser que tes sentiments à mon égard...

— Arrête ton char, tu veux ? Débrouille-toi pour que ta mère n'ait vent de rien, qu'elle nous donne notre paquet, et je jure de t'aimer jusqu'au jour du divorce.

— Tu es vraiment un amour quand tu t'y mets. Bon, j'ai une idée géniale. Si on allait manger quelque chose au Burma Burma. Après on ira danser à l'Abattoir pour é-li-mi-ner.

— Tu crois qu'on nous laissera entrer ? demanda Gilbert tout excité.

— Pina m'a donné des coupe-file. O.K., j'offre le dîner. »

Bien que la petite phrase « J'offre le dîner » déclenche généralement chez moi un réflexe quasi pavlovien, j'estimais que faire la fête ce soir-là était prématuré et risquait de nous desservir. N'oubliez pas que cela se passait deux jours seulement avant l'arrivée initialement prévue de la duchesse, et Maddie nous avait invités à déjeuner le lendemain pour préparer sa réception.

Selon Gilbert, Maddie avait bien voulu entrer en action dès qu'elle avait appris la bonne nouvelle, mais elle avait été freinée dans son élan par la tradition qui veut que la famille de la mariée paye tous les frais et supervise les préparatifs et engagements de toutes sortes. L'accident de la duchesse allait permettre à Maddie de prendre la relève sans tarder et de dévaliser les magasins de la Cinquième Avenue à l'aide de sa carte platine. On ne pouvait quand même pas la laisser faire sans savoir comment la rembourser !

« J'aimerais qu'on fête ça, moi aussi, mais vous ne croyez pas qu'avant on a quelques détails à régler ? Il faudrait au moins appeler Winslow pour qu'il ait le temps de trouver une idée.

— Écoute, Philip, on doit retrouver Maddie à treize heures. Winslow est à la banque tous les jours à neuf heures. On a largement le temps.

— Je crève d'envie d'aller dans ce club, avoua Gilbert.

— Empêcheur de danser en rond, me lança Moira.

— Justement, ça fait des jours que je n'ai pas dansé, enchaîna Gilbert.

— Fais-moi confiance, Winslow est génial !

— Comment je m'habille ? demanda Gilbert.

— Tu verras, reprit Moira à mon intention, Winslow aura sûrement une super-idée ! »

Nous ne devions pas être déçus.

## CHAPITRE SIX.

G ILBERT consulta de nouveau sa montre.
« Je vais l'étrangler.
— On se calme !
— Cela va faire bon effet, je te jure ! Maman sera là d'une minute à l'autre. « Alors, Gilbert, où est passée Moira ? — À la banque, maman. Cela risque de prendre un peu de temps car elle doit faire chanter son fondé de pouvoir. C'est un pédé qui l'aide à escroquer sa mère. »

Nous buvions une blonde au bar du Trader Vic's, le restaurant attitré de Maddie, où Moira avait promis de nous retrouver à midi et demie pour nous exposer le plan de Winslow. Nous commencions à désespérer d'en avoir la moindre idée avant l'arrivée de Maddie, et Gilbert avait des raisons très personnelles de nourrir pour Moira des sentiments plus noirs que la pénombre du bar. Difficile de lui en vouloir. La veille au soir il avait bu la coupe jusqu'à la lie. Il lui en restait comme un arrière-goût.

Au cours de notre fiesta à l'Abattoir, Erhard Lund était venu s'asseoir à notre table. Erhard est un splendide mannequin blond dont Gilbert fait le siège depuis plusieurs années déjà. Or, après avoir annoncé qu'il avait rompu avec son petit ami, Erhard avait clairement laissé entendre que si Gilbert décidait de donner l'assaut final, il était prêt à hisser le drapeau blanc. Hélas, la présence à notre table de Moira, et surtout de Billy Tengrette et de Fay Milton («Le Courage de Marie»), les deux meilleurs indics de Holly, obligea Gilbert à lui battre froid alors qu'il ne rêvait que de battre ce fer qui paraissait si chaud.

«Allons, Gilbert, un petit sourire. Je trouve que tu en rajoutes dans le tragique.

— Mais Erhard Lund, tu te rends compte! Erhard Lund me mordillait l'oreille et il fallait que je fasse le dégoûté, que je tienne tendrement la main de cette créature sans scrupules avec laquelle je vais être obligé de vivre jusqu'au... Ah, il était temps!»

Moira venait d'apparaître à l'entrée du bar, plissant les yeux pour s'habituer à la pénombre. Elle portait une création de Vulpina, un truc orange vif parsemé de pois noirs, à l'ourlet effrangé, qui rappelait irrésistiblement l'amanite tue-mouches. Elle se hâta vers notre table, mais nous n'eûmes pas un instant pour parler du compte car Maddie Cellini déboula sur les talons de Moira et se mit à agiter la main avec l'exubérance du naufragé apercevant la chaloupe des sauveteurs. Elle portait une robe noire décolletée, et un chapeau à voilette assorti. Elle fonça vers notre table, mais fut arrêtée dans son élan par l'hôtesse du bar qui l'étreignit comme si elles ne s'étaient pas vues depuis une éternité.

«Où étais-tu passée, bon Dieu? demanda Gilbert à Moira, les dents serrées.

— Devine, imbécile! répliqua-t-elle tout en adressant à Maddie un petit signe de main et un large sourire. J'étais avec Winslow, voyons.
— Alors, il a une idée?
— Tout est réglé... J'adore la robe de ta mère.
— Mais comment diable va-t-il pouvoir... Bonjour maman!
— Bonjour les enfants. Vous êtes superbes tous les deux. Je viens d'annoncer la nouvelle à Kungshe. Elle trouve que vous avez l'air très amoureux. Philip! Mon grand, ça fait un siècle que je ne vous ai vu. Toujours aussi séduisant... Aucune jolie fille ne vous a mis le grappin dessus?
— Pas encore.
— Patience, ça viendra. Et votre travail?
— Cela avance, mentis-je.
— Tant mieux! Je voudrais bien que mon Gilbert finisse son roman. J'ai des tas d'amis qui ont hâte de le lire.
— Mrs Cellini! s'écria une serveuse en sarong surgie de la pénombre.
— Lelani! Quel plaisir! Comment va le petit?
— Il aura six ans la semaine prochaine.
— Souhaitez-lui bon anniversaire de ma part. Bon, on est venus déjeuner mais d'abord on va prendre un verre. Apportez-moi ce que vous voulez, mais avec un gardénia. Et vous, les garçons, ces bières sont d'un triste! Je vais vous choisir quelque chose de plus excitant. D'accord?»

Nous acceptâmes avec reconnaissance, et elle commanda deux Stinkers.

«Et vous, Moira? Ne me dites pas que vous prendrez juste un Perrier. C'est la fête!
— Je prendrai la même chose que vous, maman Cellini.»

Avant que Lelani ne reparte, Maddie se hâta de lui confier que la mère de Moira était une vraie duchesse — si, si — tout ce qu'il y a d'authentique. Lelani s'en souciait comme d'une guigne. Jamais encore Moira ne s'était laissé voler ce scoop.

« Désolée d'arriver dans cette tenue funèbre, enchaîna Maddie, mais je reviens d'un enterrement et je n'ai pas eu le temps de me changer.

— Encore un enterrement ? s'écria Gilbert.

— Oui. C'est incroyable, n'est-ce pas ? Depuis que j'ai épousé Mr Cellini, je passe mon temps dans les cimetières. Ces Cellini battent tous les records d'accidents domestiques. Ce matin c'était Joey Sartucci, le cousin de Tony, un homme charmant. Croyez-vous qu'il s'est noyé dans son bol de soupe ! Si, si. Tony m'a expliqué que Joey avait eu un malaise en mangeant son minestrone et qu'il avait piqué une tête dans le bol. Quand sa femme est rentrée, il était trop tard. Pauvre femme. Six mois plus tôt son frère Frank était passé sous une bétonnière en folie. Il y a deux semaines c'était le tour de Robby, le fils aîné du défunt frère de Tony.

— Robby est mort ? s'inquiéta Gilbert qui guettait l'arrivée de nos verres.

— C'est tout comme. Il a disparu. Envolé. J'ai vu sa pauvre mère à l'enterrement de Joey, elle est morte d'angoisse.

— Au fait, Maddie, demandai-je du ton le plus naturel possible, dans quelle branche travaille Mr Cellini ?

— Tony est dans les affaires. Il gagne beaucoup d'argent mais il a des horaires invraisemblables. Le téléphone sonne à des trois, quatre heures du matin, et le pauvre chéri doit filer à l'entrepôt régler Dieu sait quel problème. J'ai beau lui dire d'envoyer quelqu'un à sa place — c'est lui le patron quand même —, il ne veut rien entendre. Il paraît qu'il doit assumer ses responsabilités. Pour ça, on ne peut pas dire qu'il les néglige. Et quel homme brillant ! La famille entière lui confie son argent parce qu'il sait toujours quelles actions vont se mettre à monter. C'est comme un don. Ah, voilà les cocktails ! De petites merveilles ! Merci Lelani. Au fait, Freddy Bombelli m'a demandé de saluer les tourtereaux de sa part.

— Freddy ! Ce vieux monsieur adorable que nous avons rencontré au mariage ?

— Il était à l'enterrement. Il n'en raterait pas un pour tout l'or du monde. Et il a quatre-vingt-six ans. Incroyable, non ? Bref, il vous envoie ses amitiés.

— C'est vraiment gentil à lui », commenta Moira.

Dans un dessin animé sa bouche se serait ouverte avec une sonnerie de tiroir-caisse et ses yeux se seraient remplis de $ flamboyants. Elle pria Maddie de transmettre au vieux monsieur son meilleur et plus respectueux souvenir. Maddie répondit qu'elle pourrait le faire personnellement lors de la soirée qu'elle donnait le 12 décembre à l'occasion de Noël et à laquelle nous étions tous conviés, puis elle nous quitta un instant pour demander au barman comment se passait son divorce.

J'en profitai pour attraper Gilbert par le poignet. J'avais tant de questions à lui poser que je ne savais par où commencer, mais il ne m'en laissa pas le temps.

« Alors, Winslow ? lança-t-il à Moira.

— Je te l'ai déjà dit, tout baigne. Winslow a une idée géniale, gloussa-t-elle. C'est encore mieux qu'avant.

— Désolé de t'interrompre, Gilbert, mais que sais-tu au juste de ta belle famille ?

— Les Cellini ? Qu'est-ce que tu veux savoir ?

— Ne fais pas l'idiot. Tout ce que Maddie nous a raconté indique assez clairement qu'ils se livrent à des activités pas très... catholiques.

— Philip ! s'exclama-t-il avec un sourire incrédule. Tu insinues que ma mère a épousé une sorte de... gangster ?

— Ce n'est pas drôle !

— Ah bon ? Moi je suis mort de rire.

— Moira, tu as entendu sa mère. Ces bétonnières en folie, ces gens qui disparaissent sans laisser d'adresse... ça ne te rappelle rien ?

— Mon cher Philip, commença-t-elle sèchement, tu as trop lu *Dick Tracy*. Je connais très bien la famille Cellini et je peux te dire que ce sont les gens les plus chaleureux, les plus courtois qui soient au monde. »

Gilbert fit chorus, et Maddie revint avant que j'aie eu le temps d'étayer ma thèse. Je me sentais frustré, mais pas inquiet. Notre querelle, au fond, avait quelque chose de théologique. Gilbert et Moira avaient bien le droit de croire que la famille de Tony était vêtue de probité candide et de lin blanc. Où était le mal ? Partout, comme on devait bientôt le découvrir.

De retour à notre table, Maddie commanda une seconde tournée et nous répéta combien elle se réjouissait de faire la connaissance de la duchesse. Moira, un sourire stoïque aux lèvres, dut lui annoncer la triste nouvelle. Soupirs à fendre l'âme, exclamations navrées, Maddie plaignit bruyamment la pauvre Moira tout en l'assurant que l'accident était des plus banals. Elle ne manqua pas non plus de faire les offres de service prévues, maintenant que la duchesse était hors-jeu. Moira écrasa une larme en acceptant avec gratitude, puis s'écarta du scénario d'origine pour se lancer dans une longue histoire qui devait faire partie du plan machiavélique qu'elle venait d'ourdir avec Winslow.

« Maman Cellini, commença-t-elle en baissant pudiquement les yeux. J'ai un aveu à vous faire. J'aurais préféré que Maman vous le dise elle-même. Elle a tellement de tact, et je suis si maladroite... »

Maddie lui tapota affectueusement la main :

« Dites-moi ce qui vous tracasse, mon enfant.

— Eh bien voilà. Maman est quelqu'un de très fier, et elle aime faire les choses dans les règles. Alors elle insiste pour que ce soit elle et le duc qui paient la cérémonie, la réception... le mariage quoi...

— Et alors, l'encouragea Maddie.

— Eh bien, tout devra se passer dans la plus stricte intimité. Vous comprenez.

— Qu'entendez-vous par stricte ?

— Disons, les parents, quelques cousins et amis proches. Le témoin du marié, bien sûr, fit-elle en se tournant vers moi, et Pina, ma meilleure amie qui est mon témoin. Mais ni demoiselles ni garçons d'honneur. Une petite cérémonie discrète... C'est tout ce qu'on peut se permettre.

— Ma petite Moira, commença Madie, est-ce qu'il s'agit d'un problème financier ? »

Moira, l'air pâle et défait, fit oui de la tête.

« Quand maman a épousé le duc, elle savait qu'il était loin d'être aussi riche qu'on le disait. Elle recevait simplement Trebleclef, et l'homme qu'elle aimait. Vous connaissez leur fiscalité.

— Non.

— C'est une honte. Entre les droits de succession, les charges et la taxe sur les titres de noblesse, il ne leur reste presque rien. Oh, ils s'en tirent, mais c'est tout juste. Ils ont dû ouvrir le manoir aux touristes. L'année dernière on a même tourné un film d'horreur à Trebleclef, *Les Buveurs de sang*. Vous l'avez vu ? »

Non, Maddie ne l'avait pas vu.

« Bref, ils étaient décidés à vendre les bijoux de famille pour m'offrir un grand mariage et puis il y a eu... cet accident. »

La gorge serrée, elle refoula ses larmes.

« Bien sûr, maman pourra remarcher. Avec des cannes. Seulement le traitement coûte très cher. Le duc a exigé qu'elle reçoive les meilleurs soins possibles. Alors nous avons décidé de réduire au strict minimum les frais du mariage. D'abord Maman ne voulait même pas en entendre parler, mais le duc et moi avons fini par la persuader que sa colonne vertébrale devait avoir la priorité. Voilà pourquoi le mariage se déroulera dans l'intimité. Je suis désolée de gâcher ce déjeuner, mais il m'a semblé qu'il valait mieux mettre les choses au point pour éviter tout malentendu. »

Ce n'était pas la première fois que j'assistais à un numéro de Moira — je ne parle pas de ses prestations sur scène — mais son professionnalisme me stupéfia. Émotion contenue, tristesse sans ostentation, dévotion filiale, tout sonnait juste, vrai. C'en était terrifiant.

Maddie se tamponna les yeux avec une petite serviette en papier tandis que Gilbert foudroyait Moira du regard.

« Vous avez bien fait de tout me raconter, finit par dire Maddie. Pardonnez-moi de vous parler avec une franchise un peu brutale, mais tout mon tact pourrait tenir dans un demi dé à coudre ! »

Elle prit les mains de Moira dans les siennes et poursuivit avec un sourire radieux.

« Je n'ai qu'un fils, et j'ai toujours pensé que la femme de Gilbert serait un peu ma fille. J'ai attendu longtemps — il est si timide ! — mais aujourd'hui qu'il a sauté le pas je serais catastrophée de ne pas pouvoir inviter au mariage tous mes vieux amis, et ma nouvelle famille. Chérie, vous m'avez dit vous-même qu'avant cet accident stupide votre mère souhaitait pour vous un grand mariage. Puisque c'est le vœu des deux familles, peu importe qui paiera la note. »

Moira ouvrit la bouche pour protester, mais Maddie l'arrêta d'un geste :

« Je sais très bien ce que vous allez me dire, et c'est ridicule ! Votre mère a sa fierté. Elle veut respecter les convenances. Mais ma petite Moira il faut cesser de penser à ces histoires de gros sous et ne songer qu'à la fête. Tenez, pourquoi ne prendrais-je pas le premier vol pour l'Angleterre ? Je parlerais de tout ça avec votre maman et...

— Surtout pas ! Elle serait furieuse... Pas à cause de vous, maman Cellini. Mais elle ne veut voir personne avant sa chirurgie plastique.

— À cause de l'accident ?

— Hélas oui. Elle est tombée la tête la première sur une dalle, et elle s'est arraché la lèvre.

— La pauvre !

— Oh, on l'a recousue tout de suite, mais avec sa cicatrice, ses bleus, son nez cassé, elle ne se sent pas très présentable, et de vous à moi, maman est très coquette.

— Quelle femme ne l'est pas ?

— Elle serait très vexée que vous la voyiez pour la première fois dans cet état.

— Je la comprends parfaitement. Eh bien, je me contenterai de lui téléphoner.

— Mais elle ne peut pas parler ! Les médecins lui ont interdit de remuer les lèvres jusqu'à ce qu'ils soient sûrs que la greffe a pris.

— Mais c'est affreux ! Gilbert, tu ne te sens pas bien ? Philip, vite, tapez-lui dans le dos.

— Cela va mieux, mon amour ? demanda Moira.

— Pas mal, mon ange. J'ai dû avaler de travers.

— Il ne me reste plus qu'à lui écrire une lettre avec tous les détails et mes très affectueuses pensées, conclut Maddie.

— Comme c'est gentil de votre part, et si généreux ! mais je sais d'avance que votre offre va la perturber. Oh, elle finira par accepter malgré sa gêne. C'est ridicule, je sais, mais elle est comme ça.

— Fière..., fit Maddie d'un ton grave.

— Et puis les docteurs lui ont bien recommandé d'éviter toute émotion pendant les six premières semaines de sa convalescence.

— Six semaines ! Mon chou, il est hors de question d'attendre aussi longtemps. Nous avons trop à faire. »

Elles retournèrent la question dans tous les sens, et arrivèrent à l'arrangement suivant : Maddie se chargerait des premières dépenses, et vers janvier Moira prendrait mille précautions pour annoncer à sa pauvre mère que les Cellini avaient insisté pour partager les frais.

« Comment pourrais-je jamais vous remercier ? s'écria Moira.

— C'est très simple. Laissez-moi me charger des préparatifs. J'adore organiser les mariages, et comme je n'aurai plus l'occasion de m'en charger pour moi — vu les occupations de son mari, cette affirmation me parut bien pessimiste —, rien ne pourrait me faire plus plaisir que de m'occuper du vôtre. »

Sur ces fortes paroles elle gagna les toilettes pour réparer les dégâts qu'avait infligés à son mascara le tragique récit de Moira.

Rayonnante, celle-ci s'attendait visiblement à se voir couvrir de fleurs après une mission impossible. Elle avala son cocktail d'un trait, sourit aux anges, puis comprit son erreur.

« Qu'est-ce qui vous prend tous les deux ?
— Tu te rends compte de ce que tu as fait ? siffla Gilbert, glacial.
— Plains-toi ! J'ai trouvé quelqu'un qui va tout payer.
— Mais c'est ma mère, sale garce. Tu as claqué tout ton fric en placements idiots et maintenant tu la fais casquer. Comment oses-tu ?
— Décidément la reconnaissance ne vous étouffe pas.
— De la reconnaissance ?
— Imbécile ! Je viens de te faire gagner entre 25 et 50.000 mille dollars.
— Qqqquoi ? bafouilla Gilbert.
— Dieu de Dieu, heureusement que Winslow et moi on a pris les commandes, parce qu'avec deux handicapés comme vous... Vous n'avez pas compris la manœuvre ? Si on emprunte il faudra payer nos dettes quand maman me remboursera, mais comme là c'est un cadeau — ca-deau —, on va toucher deux fois le gros lot. »

Gilbert resta saisi d'extase.

« Moira, finit-il par articuler d'une voix que le

rhum chargeait d'émotion, sois bénie entre toutes les femmes.

— Je préfère ça! fit-elle en l'embrassant sur la joue. Vous savez, le plan de Winslow était un peu différent. C'est lui qui a eu l'idée de faire payer ta famille avant que ma mère ne nous rembourse, mais il voulait que j'utilise le fric pour renflouer mon compte, comme ça il aurait été peinard. Heureusement je lui ai démontré par a + b qu'il valait mieux chercher un bon petit placement à 150% et...

— Vous êtes *dingues*! » explosai-je.

Le restaurant était tout ouïe.

« Moins fort!

— Qu'est-ce qui te prend?

— C'est vous qui êtes malades. Vous n'allez pas faire ça!

— Pourquoi? On roule le vieux Tony dans la farine et on palpe un maximum.

— Gilbert, les gars de la mafia n'aiment pas se faire rouler dans la farine. Pas du tout. Si jamais Tony flaire la magouille, il va te descendre. Il pourrait tous nous massacrer. »

Gilbert pouffa dans sa paille et des bulles remontèrent à la surface de son cocktail.

« Phil, s'il te plaît, fit Moira très en joie elle aussi, tu ne vas pas remettre ça!

— Écoute, Gilbert, commençai-je au bord de l'apoplexie, tu es en train de faire une grosse bêtise. Je ne connais pas les Cellini, mais ils me font peur rien que d'y penser.

— Oh, toi, tu aurais peur de ton ombre. »

Gilbert montra du doigt un paysage des mers du Sud qui trônait juste au-dessus de Moira.

« Tu vois ce tableau. Les yeux de la vahiné viennent de bouger!

— Au secours, le Gang des Ukulélés nous espionne ! »

Leur plaisanterie débile les fit hurler de rire. Ils se tenaient encore les côtes quand Maddie nous rejoignit.

« Qu'est-ce qui vous arrive ? s'enquit-elle en se rasseyant près de Moira.

— Philip nous a raconté des histoires d'un drôle !

— Ah, ces écrivains ! En tout cas je suis ravie de voir que vous avez retrouvé votre bonne humeur. J'ai horreur que les gens se rongent les sangs pour des histoires d'argent alors que Tony jette le sien par les fenêtres ! Tenez, il y a un mois je l'ai vu bourrer une valise de billets de vingt dollars rien que pour un week-end aux Bahamas. Je lui ai dit : "Tony, tu ne vas pas claquer tout ça au bar !" Ah, Lelani, merci pour les cocktails. Ils étaient délicieux. »

CHAPITRE SEPT.

« P HIL, commença Gilbert tandis que nous traversions Central Park — sa mère et sa fiancée s'en étaient allées bras dessus, bras dessous procéder aux premiers achats d'une longue série —, je reconnais que j'ai parfois considéré Moira comme la forme de vie la plus primaire qu'on puisse observer sans microscope. L'idée de devoir partager son appartement pendant un an et demi m'a parfois donné des boutons. Mais tu l'as entendue jongler avec les reçus, les avances, les remboursements... elle est faite pour moi !
— Ouvre les yeux, Gilbert ! Cette fille est du concentré de poison. Tu ne vois pas où elle t'entraîne ?
— Si, vers une tranche d'impôt supérieure ! D'un seul mensonge, d'un seul, elle a doublé notre bénéfice...
— Mais ce mensonge va faire des petits.
— On assumera, dit-il en souriant.
— Pas moi. »
Son beau sourire s'effaça aussitôt.
« Tu ne vas pas me laisser tomber ?

— Bien sûr que si. Et dès demain. Je n'ai aucune envie de jouer au plus fin avec la mafia ! »

Il me fit asseoir sur un banc et entreprit paternellement de me démontrer qu'il n'y avait pas de grand méchant loup caché dans le placard.

« Philip, Dieu sait pourquoi tu tiens absolument à ce que mon beau-père soit un Napoléon du crime, mais tu devrais changer de disque. Cela devient pénible.

— Et les noyés du minestrone, et Tony et ses valises pleines de petites coupures, tu expliques ça comment ? »

Il m'adressa un sourire mi-affectueux, mi-condescendant.

« Phil, as-tu jamais entendu ma mère dire quelque chose de sensé ? »

Là, il marquait un point. Il me revint en mémoire une soirée pénible d'il y a une dizaine d'années — c'était l'époque où Gilbert venait de découvrir que les messieurs de quarante ans savent parfois se montrer généreux, et où il en ramenait souvent chez lui. Très gênée, Maddie m'avait pris à part pour soulager son cœur : elle ne pouvait pas en vouloir au cher Gilbert de rabattre vers sa pauvre veuve de mère des messieurs si bien de leur personne — et au portefeuille si bien garni ! —, mais elle ne supportait décidément plus de passer toutes ses soirées à l'opéra...

« Quand elle raconte que Joey Sartucci s'est noyé dans son bol de soupe, je te parie que le pauvre a simplement eu un arrêt cardiaque pendant qu'il était à table. Pour ce qui est des accidents de voiture, avec tout ce qu'ils boivent je suis plutôt surpris qu'ils ne soient pas plus nombreux à plonger par-dessus les falaises, et le cousin mystérieusement disparu doit être en virée à Las Vegas avec une fille. Si tu tiens absolument à jouer les seconds rôles dans un remake du *Parrain*, il faudra t'adresser ailleurs !

— Gilbert, même à supposer que ta belle-famille ait cessé de m'inquiéter, et je te jure que ce n'est pas le cas, il reste que ce projet c'est de la dynamite, et avec ta chance habituelle elle ne va pas tarder à t'exploser à la figure. Je ne tiens pas à être là le jour du big bang. »

La discussion s'envenima. Gilbert me traita de déserteur, de poule mouillée, et menaça de raconter à Holly quelques-uns de mes petits secrets les plus croustillants. Que dirait la douce Moira quand tout New York saurait qu'à dix-sept ans j'avais laissé tomber de mon cartable un numéro de *Mecs en cuir* devant sœur Joselia et toute la chorale de l'école ? Mais, pour la première fois depuis que nous nous connaissions, j'étais décidé à écouter la voix de la raison qui me criait de détaler pendant qu'il était temps.

C'est alors qu'il m'offrit 5.000 dollars de plus si je marchais dans la combine. La voix de la raison devint inaudible. Je promis de tout faire pour lui venir en aide.

Vous trouvez sans doute que chez moi cupidité rime avec stupidité, et vous avez bien raison. Gagnerai-je votre indulgence, sinon votre compréhension, en vous brossant un tableau de ma situation financière du moment ?

Comme vous l'avez sans doute deviné, j'écris. Quand Gilbert me fit sa proposition, je tirais la langue à la recherche de la poule aux œufs d'or — je la tire toujours. Un certain Milt Miller, dont les romans à l'eau de rose publiés sous le pseudonyme de Deirdre Sauvage se vendaient comme des petits pains, m'employait à mi-temps en tant que secrétaire et factotum. Je devais faire les courses, répondre à ses fans, préparer son déjeuner, et courir les bibliothèques pour qu'il puisse savoir « comment on se fringuait chez Louis XIV ». Cela me rapportait entre 75 et 90 dollars par semaine, juste de quoi payer le loyer de mon mini-studio délabré de la 99ᵉ rue Ouest.

À part cela, je n'avais eu de rentrée d'argent que grâce à l'option d'un an prise par une jeune dame fort riche du nom de Pears Beaufort sur une pièce que j'avais achevée en août. Pears avait son bureau dans sa belle maison de Sutton Place, et son expérience de productrice se limitait à une « fantaisie de printemps » qu'elle avait fait monter à Smith College. Elle avait craqué pour mon *Silence, j'explique!* mais, quatre mois après la signature de l'option, ne manifestait pas la moindre intention de produire cette petite comédie à décor unique. À mes questions angoissées, elle se contentait de répondre d'un ton excédé qu'elle s'occupait de l'affaire.

Ma meilleure pièce étant vouée à végéter dans un tiroir de bureau pendant les huit mois au bout desquels je pourrais enfin me mettre en quête d'un autre producteur, je ne pouvais pas faire la fine bouche devant les 5.000 dollars de Gilbert. Mon raisonnement fut à peu près le suivant :

« 5.000 dollars! Qu'est-ce que c'est, 5.000 dollars? Une chaîne convenable, des livres, des disques, des places de théâtre! Finie la galère! D'accord j'ai des soupçons, mais pas de preuve. Même si ce sont des gangsters, ils ne flaireront pas forcément l'arnaque. Et s'ils la flairent, on leur rendra l'argent. Simple comme bonjour. 5.000 dollars, ça vaut le détour. Une nouvelle garde-robe, des restaurants, scotch au lieu de vodka ! »

« Qu'y a-t-il de si drôle ?
— Tu aurais dû voir ta tête quand j'ai parlé des 5.000 dollars ! On aurait dit un Français en plein orgasme, fit-il d'un ton connaisseur.
— Soyons clairs. Les 5.000 dollars, c'est bien en plus de l'ordinateur et de l'imprimante ?
— L'imprimante ?
— Que veux-tu que je fasse d'un ordinateur sans imprimante ?
— Cela me paraît un peu excessif, minauda-t-il ; on aurait cru Pears Beaufort marchandant chez Cartier. Je veux bien me montrer généreux, mais il va falloir mériter ta part.
— Comment ça ? demandai-je mal à l'aise.
— Difficile à dire de but en blanc, mais l'occasion se présentera, ne crains rien. Tu as raison, il faut soigner les détails. Tiens, il faudrait que tu nous fasses une petite étude de marché.
— Quel genre ?
— Tu fais la liste de tout ce qu'on doit acheter, et tu cherches les boutiques qui vendent le plus cher.
— Pourquoi le plus cher ? Ah, c'est vrai...
— Comme tu dis. Puisque tout est remboursé au *cent* près, on ne va pas mégoter. Aïe, j'avais oublié Vulpina ! Ce manche à balai ambulant va nous faire perdre un maximum en nous offrant un de ces trucs en perles que vingt travailleurs clandestins vont se ruiner la vue à coudre.

— Dis à Vulpina que vous exigez de payer le prix fort.

— Philip, tu as entendu ce que la duchesse pense des créations de Vulpina. Jamais elle n'acceptera de débourser une fortune pour des horreurs pareilles. Non, ce qu'il nous faut c'est Galanos ou Bill Blass.

— Tu crois?

— Sûr. Exit, Vulpina! Moira sera dans le pétrin mais je ne vais pas claquer des milliers de dollars histoire de ménager l'amour propre de cette sangsue.

— Il y a plus urgent. Les Cellini ne doivent surtout pas découvrir qu'on leur a monté un bateau avec l'histoire de la duchesse dans la dèche.

— Tu as raison. Si jamais ils l'apprennent on peut faire une croix sur leur contribution. Tu as une idée?

— Non. »

Nous retournâmes le problème en silence.

« Écoute, dis-je au bout d'un moment. Objectif numéro un, éviter tout contact entre les familles. Moins ils se causeront, moins on risquera la gaffe.

— Mais si ça arrive quand même?

— À nous de nous arranger pour que ça n'arrive jamais. »

Nouveau silence.

« On pourrait dire à maman et à Tony que la duchesse est si fière et si sensible qu'elle éclate en sanglots dès qu'on fait allusion à sa situation financière. Tu vois le topo.

— Je ne suis pas sûr que ce soit la bonne solution. Si elle ne remercie pas tes parents, ils risquent de se poser des questions.

— Pas si elle est trop gênée pour aborder le sujet. Attends... j'ai encore mieux. On va dire qu'elle est un peu fêlée et que la pauvre femme se fait tout un cinéma avec ses idées de richesse et de grandeur. Il faut juste se débrouiller pour qu'ils préfèrent se taire plutôt que de lâcher une bourde. C'est génial ! »

Ravi de son idée, il se mit à glousser, à trépigner, et finit par me serrer sur son cœur. J'étais moins convaincu de l'efficacité de la tactique choisie. Dans ma tête je commençai à dresser l'inventaire des risques encourus par Phil et Gil tout en surveillant prudemment les alentours pour m'assurer que notre fugitive étreinte avait lieu sans témoin. Soudain mon sang se glaça. Le fil de mes pensées se cassa net.

Du banc voisin un homme s'était levé et était venu se planter juste en face de nous. Gilbert, sentant sa présence, se retourna et plissa les yeux pour essayer de distinguer le visage éclairé par un soleil de novembre déjà déclinant. La voix, elle, était parfaitement identifiable.

« Mr Selwyn, susurra-t-elle avec des intonations meurtrières, vous ne pouvez savoir combien j'espérais vous revoir. »

Au cours de sa brillante carrière mondaine, Gilbert a écrasé tant de pieds qu'il a emporté bien des inimitiés à la semelle de ses souliers. Je ne crois pas qu'existe encore un « Comité pour l'Élimination Radicale et Définitive de Gilbert Selwyn », mais croyez-moi il ne manquerait ni d'adhérents ni de fonds.

Aucun des innombrables ennemis de Gilbert ne lui vouait pourtant une haine aussi wagnérienne que cet homme qui se tenait debout devant nous. Il s'appelait Gunther von Steigle.

« Gunther, ça fait une éternité ! s'écria Gilbert

avec jovialité. Un peu gênant de se rencontrer comme ça, hein ? Encore des bleus au cœur ? Ah l'amour, toujours l'amour ! Asseyez-vous, mon vieux Gunther. Comment ça va ? Sans rancune, j'espère ? »

CHAPITRE HUIT.

Comme beaucoup d'entre vous, j'en suis sûr, les flash-backs m'agacent au plus haut point. Partisan résolu d'une narration bien enlevée, je considère leur apparition au détour d'un récit avec la même suspicion que celle des marques brunâtres qui constellent les livres de la bibliothèque du quartier.

Je m'en vais donc vous conter le plus brièvement possible le psychodrame dont Gilbert, Gunther von Steigle et le poète Pâris Godfarb furent les protagonistes.

Gilbert et moi avons fait la connaissance de Pâris Godfarb en juin dernier, lors de la fête que Holly Batterman donnait pour la seconde fois de l'année en l'honneur de ses trente-neuf ans. Il n'avait pas fallu à Gilbert plus de cinq secondes pour repérer Pâris à l'autre bout de la pièce, l'examiner de la tête aux pieds, puis m'avouer gravement qu'il venait de rencontrer l'homme auprès de qui il voulait finir ses jours. Je n'en fus pas surpris outre mesure. Gilbert ne sait pas résister à un joli visage, et celui de Pâris aurait fait reprendre la guerre de Troie.

Gilbert se précipita sur Holly pour obtenir un c.v. complet. Le beau jeune homme s'appelait Pâris Godfarb, avait vingt-six ans, était originaire de Summit dans le New Jersey, habitait St. Marks Place, et travaillait chez un antiquaire dans la partie chic de Madison. C'était aussi le plus éminent raseur de la galaxie. Pour de mystérieuses raisons, sa grande beauté n'avait pu l'empêcher de sombrer dans une morbidité noire comme les eaux du Styx. Quand il ne discourait pas sur la vivisection ou la Tyrannie du Temps, il déclamait de longs extraits d'*Échos du Néant*, un recueil de ses poèmes dont les invendus encombraient les soldeurs. Pour faire bonne mesure, Holly tint à prévenir Gilbert que l'ami de cœur de Pâris souffrait de la même morbidité pathologique.

Ledit ami, Gunther von Steigle, tenait un salon de coiffure sur Lexington Avenue. Il était aussi acteur, à l'occasion. Des cheveux épais, des yeux bleus et perçants, un nez aquilin surplombaient malheureusement chez lui un visage tellement grêlé que, de près, on s'attendait à voir des astronautes miniatures planter leurs petits drapeaux dans les cratères qui le disgrâciaient. Ce physique ingrat limitait son répertoire aux emplois de beau monstre.

« Crois-en l'oncle Holly, conclut celui-ci. Il a l'air à croquer, mais il ne vaut pas le détour. »

Gilbert n'était pas de cet avis. Persuadé que les tendances morbides de Pâris résultaient de sa liaison contre nature avec le mauvais génie vérolé, il avait décidé de « sauver Pâris des griffes de Gunther ».

Gunther, ou comment s'en débarrasser... La chance sourit à Gilbert quand l'un de ses ex, producteur de son état, décida de monter une tournée d'été de *Arsenic et vieilles dentelles*. Gilbert s'empressa de lui signaler qu'il connaissait l'acteur idéal pour reprendre le rôle de Boris Karloff, et que par miracle l'oiseau rare était encore sur la branche. Le producteur contacta donc l'agent de Gunther qui, n'ayant plus rien joué depuis qu'en janvier il avait tenu off-off-off Broadway le rôle de Jud dans *Oklahoma*, accepta avec enthousiasme.

Peu après le départ de Gunther, les petits amis de Gilbert commencèrent à bombarder Pâris de coups de téléphone du style :

JEUNE HOMOSEXUEL : Bonjour, je suis bien au 555-9026 ?

PÂRIS : Oui.

J. H. : Salut Gunther. Alors, tu m'as oublié ? Il y a quinze jours tu me disais pourtant que tu adorais mon bronzage !

P. (voix glaciale) : Qui êtes-vous, je vous prie ?

J. H. : Oh pardon, c'est une erreur ! (gloussements, rires étouffés, cling.)

Après une semaine de ce traitement, Gilbert s'arrangea pour revoir Pâris lors d'une petite soirée chez Holly. Sérieux comme un pape, il se prétendit passionné d'antiquités et de poésie maudite. Huit jours plus tard, il passait ses nuits à St. Marks Place.

Tout alla bien jusque vers la fin juillet, lorsque Gunther profita d'un jour de relâche pour faire une visite suprise à son beau ténébreux. Il débarqua un dimanche à onze heures du soir, et lorsque les fumées se furent dissipées sur le champ de bataille on constata que Pâris occupait désormais le mini appartement de Gilbert (celui de St. Marks Place étant au nom de papa Gunther) et que Gunther, ayant rejoint le reste de la troupe, disait son texte sur un ton encore plus menaçant qu'au début de la tournée. Au bout de quinze jours Gilbert, qui ne supportait plus les vers libres au petit déjeuner, montra la porte à Pâris.

Gunther et Pâris ne se raccommodèrent jamais. Le jeune poète sans logis décréta que New York était un lieu infiniment trop frivole pour sa tristesse raffinée et partit en quête de verts pâturages. Nous n'avions plus revu le couple infernal jusqu'à ce jour maudit.

« Sans rancune, j'espère, répéta Gilbert. Après tout, à l'amour comme à la guerre !

— Mes sentiments à votre égard vous sont connus, Mr Selwyn.

— Ah, toujours des regrets ! Allez ne t'en fais pas, tu l'oublieras, ce garçon. Moi, ça n'a pas traîné ! À propos, je ne t'ai pas présenté mon meilleur ami, Philip Cavanaugh. Philip, Gunny von Steigle.

— Enchanté, fis-je en lui tendant cordialement une main qu'il ignora.

— Holland m'a dit que vous alliez épouser une certaine Miss Finch ? reprit-il.

— Exact. Une fille merveilleuse. J'espère avoir l'occasion de te la présenter.

— Et ça ne la gêne pas que vous soyez gay ?

— Mais je ne le suis pas ! s'écria Gilbert. C'était juste une phase... expérimentale. J'étais curieux, c'était le grand truc à New York, mais pas le mien ! Remarque, je n'ai rien contre les gays. Hein, Philip ? Mais je suis parfaitement heureux avec ma petite Moira.

— Je ne vous crois pas.

— Eh bien, tant pis ! fit Gilbert avec un bâillement d'indifférence. Qu'est-ce que tu veux que ça me fasse ?

— Cela ne vous fait rien non plus, j'imagine, que la mère de cette jeune personne soit immensément riche ? Une duchesse, m'a dit Holly.

— Pardon ? Dis tout de suite que je suis un *coureur de dot !* »

Le large sourire de Gilbert soulignait l'absurdité manifeste d'une pareille suggestion.

« Bien évidemment vous niez. Mais vous ne m'abusez pas, Mr Selwyn. »

Gilbert poussa un soupir indiquant clairement que ce dialogue commençait à le lasser. J'étais loin de partager son insoutenable légèreté. Gunther était peut-être grotesque — on aurait dit un planton nazi dans un film de Mel Brooks —, mais il incarnait la malveillance à l'état pur.

Si Gilbert s'en était aperçu, il aurait tenu sa langue au lieu de lancer :

« Pâris m'avait bien dit que tu avais tout le charme d'un œuf mal cuit, mais je ne savais pas qu'il voulait être gentil. »

J'espérais vivement que Gunther lui renverrait la balle. Un bon vieux coup bas, au lieu de ce calme inquiétant de Grand Inquisiteur. Mais il se contenta de nous jeter un regard d'une déplaisante fixité, puis, tirant un canif de sa poche, entreprit de se curer les ongles.

« Pâris était très amoureux de moi, dit-il enfin. S'il a réellement prononcé de telles paroles, c'est qu'un mauvais esprit les lui a soufflées. Je me demande bien qui. Vous avez une idée ?

— Pas vraiment. New York ne manque pas d'observateurs avertis.

— Au cours de notre altercation, il m'a parlé de certains coups de fil. Des messieurs affirmant qu'ils avaient couché avec moi alors que je n'ai jamais été infidèle à Pâris. Comment expliquez-vous ces appels en série ?

— Sale nazi, je n'ai pas à te donner d'explications ! Viens, Philip, on a entendu assez de bêtises pour la journée.

— Des bêtises, Mr Selwyn ! Vous m'avez volé le seul homme que j'aie jamais aimé, vous l'avez dépouillé de sa candeur et de sa confiance, et vous le jetez dehors dès l'instant qu'une... pouffiasse pleine aux as en pince pour votre petite gueule d'amour !

— Cela suffit, tu insultes la femme que j'aime ! »

Gilbert dut se rappeler tout d'un coup qu'il s'agissait de Moira car il fut pris d'un fou rire incontrôlable.

« Ainsi tout cela vous paraît très drôle ?

— Mais non ! protesta Gilbert.

— Les souffrances que vous infligez, les vies que vous détruisez...

— Oh, la ferme ! lança Gilbert. Si tu n'arrives pas à faire entrer dans ta caboche que ton copain en avait marre de toi bien avant de me rencontrer, tant pis pour toi.

— Je vous méprise et je vous hais, Mr Selwyn.

— Assez de blabla ! On s'en va.

— J'aimerais vous arranger le portrait et graver au couteau le nom de Pâris sur votre jolie figure.

— Il serait toujours moins laid que ta face de lune !

— Gilbert, le musée va bientôt fermer.

— Quoi ? Philip, ne me dis pas que cette créature te fait peur.

— Non, mais ce n'est pas moi qu'il menace.

— Mr Cavanaugh, Mr Selwyn a eu de nombreux complices, et si je ne m'abuse vous êtes son meilleur ami...

— Eh bien, vous vous abusez. J'ignore ce qu'il a fait. Je n'y suis pour rien. Laissez-moi tranquille!

— Vous semblez bien nerveux, Mr Cavanaugh. Serait-ce parce que...

— Gil-bert! hurlai-je en m'éloignant.

— J'arrive!»

Il m'emboîta le pas, mais ne put s'empêcher de se retourner vers Gunther:

«Hé fous, ezpèze de zale boche, goiffeur à la manque, si fous fenez m'embêter, che regrette mais fous zerez fusillé demain matin à l'aube!»

Pour la première fois, Gunther sourit. Un rictus figé de tête de mort qui me glaça les sangs.

«Mr Selwyn, c'est vous qui allez être au regret...»

Son sourire s'effaça dans un cliquetis de mâchoire, puis Gunther joignit les talons et s'éloigna.


Aussitôt je fis part à Gilbert de mes craintes. Gunther avait évidemment grand soif de vengeance et tenait à l'étancher dans les plus brefs délais. Mieux valait l'éviter, ou l'amadouer, qu'attirer l'attention sur ses petits problèmes de peau.

Gilbert m'expliqua qu'il n'y avait rien à craindre. Pâris lui avait dit cent fois que Gunther n'était qu'un tigre de papier. À quoi je répliquai que ses crocs ne m'avaient vraiment pas eu l'air d'être en carton-pâte.

Je déposai Gilbert au Jardin d'Éden puis traversai Broadway pour rentrer chez moi. Au Thalia on jouait *Le Parrain I* et *II*. J'en eus la chair de poule. Le doigt de Dieu lui-même semblait me signifier qu'en punition de mon avidité les mitraillettes de la mafia n'allait pas tarder à m'expédier *ad patres*. (Pendant mes crises d'angoisse existentielle, autant dire en permanence, je suis particulièrement sensible aux signes et aux présages.)

Comme je passais devant le kiosque à journaux de la 96ᵉ rue, la manchette du *Post* attira mon regard : MEURTRE SANGLANT EN PLEIN NEW YORK : DEUX MORTS. Même si ce genre de titre fait la une du *Post* trois jours sur cinq, cinquante-deux semaines par an, celui-là m'était si évidemment destiné que je fis le reste du chemin les yeux baissés. J'avais trop peur de me trouver nez à nez avec un titre du genre : IL AIMAIT TROP L'ARGENT. UN PAROLIER GAY RETROUVÉ DÉPECÉ DANS UN APPARTEMENT SORDIDE.

Quand j'arrivai chez moi, le commutateur près de la porte était une fois de plus en panne et je manquai m'évanouir à l'idée de traverser l'obscurité pour atteindre la lampe à l'autre bout de la pièce. Je réussis néammoins cet exploit sans rencontrer sur mon chemin aucun gras Sicilien jouant négligemment avec une corde de piano. Effondré dans mon fauteuil-relax, je respirais profondément et entrepris de méditer sur la complexité sans cesse croissante de la situation. D'un côté, les gains éventuels ; de l'autre, les dangers éventuels. Après mûre réflexion j'arrivai à la conclusion suivante : si je restais dans le syndicat nous aurions à affronter la mafia et en tant que complice je serais sauvagement assassiné ; si je me retirais, Gilbert et Moira iraient au bout de leur projet de toute façon et ramasseraient une petite fortune dont je ne verrais pas le premier cent.

J'en étais là quand retentit la sonnerie du téléphone. C'était Claire Simmons.

« Quand vas-tu te décider à t'acheter un répondeur ? Nous sommes au vingtième siècle, tu sais. Cela fait des jours que je t'appelle et tu ne le sais même pas !

— Désolé, Claire. Offre-moi un répondeur.

— Compte là-dessus et bois de l'eau. Où étais-tu passé ?

— Je suis pas mal sorti avec Gilbert et Moira.

— Veinard ! Qu'est-ce qu'ils deviennent ? »

À quoi je m'entendis répondre :

« Oh, ils ont monté un coup délirant pour escroquer leurs familles et je leur donne un petit coup de main. Soit je touche le gros lot, soit je me fais liquider par la mafia. Tu ne pourrais pas venir tout de suite ? »

## CHAPITRE NEUF.

Claire arriva environ vingt minutes plus tard, et à l'instant même où son ample silhouette franchit le seuil de ma porte, je me sentis tout revigoré, comme après un verre de scotch par une nuit glacée. Nounou énergique, Claire n'a pas son pareil pour démêler les écheveaux d'embrouilles qu'assemblent à plaisir les grands enfants terribles.

Elle me demanda une tasse de thé — «j'ai bien dit du *thé*, pas une de tes décoctions de fleurs des champs» —, et écouta mon récit d'un air songeur. Je dois reconnaître, c'est tout à son honneur, que pas une fois elle ne m'interrompit pour faire état des mille et une remarques désobligeantes qui devaient lui traverser l'esprit. Elle attendit patiemment que j'en aie terminé avant de me demander les yeux dans les yeux si je marchais à la came.

«Tu plaisantes! J'ai pas les moyens. Pourquoi?
— Parce que tes cellules grises marchent à l'envers! Qu'allais-tu faire dans cette galère, que dis-je, dans ce bateau ivre?
— Ben, au départ Gilbert m'a juste dit qu'il avait besoin de quelqu'un de confiance...

— ...pour mentir comme un arracheur de dents à tous vos copains, y compris moi. Tu crois que ça me fait plaisir ? Je t'ai *demandé* ce qu'il mijotait avec ce mariage, et tu m'as juré sur la tombe de ta grand-mère que...

— Pardonne-moi. J'étais coincé.

— Tu aurais pu tout me raconter. Tu sais bien que je suis muette comme une carpe. »

C'est vrai. Claire est la seule personne que je connaisse capable de garder un secret — Holly Batterman la déteste.

« Désolé, j'avais promis à Gilbert...

— Un bon conseil, ne fais plus de promesses à Gilbert. Cela ne t'attire que des ennuis. Il est drôle, charmant même, mais il n'a pas inventé l'eau chaude. Ses combines ont toujours été plus débiles les unes que les autres, et ce n'est pas fini. Alors fais comme moi, regarde tout ça de loin. Le spectacle est parfois drôle.

— Tu as fini ton sermon ?

— N'y compte pas.

— Alors qu'est-ce que je fais ?

— Pas la moindre idée. Il me manque trop d'éléments, surtout à propos des Cellini. Si ce sont des mafiosi, tu reprends tes billes illico et tu évites Gilbert comme la peste. Sinon je raconte tout à ta mère.

— Tu n'oserais pas.

— Je ne te laisserais sûrement pas refroidir pour une poignée de dollars.

— Et si ce sont d'honnêtes citoyens ?

— Je te conseille quand même de laisser tomber. C'est de l'escroquerie pure et simple, et ça ne marchera probablement pas. Mais comme d'habitude tu n'en feras qu'à ta tête. Vrai ou faux ? »

Ce n'était que trop vrai.

« Tu ne vas pas me laisser tomber tout de même ?
— Je n'interviens que lorsqu'il y a des vies en jeu.
— Et tu penses que le projet est voué à l'échec ?
— Pas forcément, mais il faudrait un génie rien que pour tenir le compte de tous vos mensonges. Et puis Moira ! Comment peux-tu avoir la moindre confiance en elle ? Elle roule dans la farine sa propre mère, son beau-père, son fondé de pouvoir, ses beaux-parents et ses meilleurs amis, pourquoi prendrait-elle des gants avec toi ?
— Parce que je suis compris dans la part de Gilbert, et qu'il ne me jouera pas de sale tour, lui.
— Admettons, mais qui te dit que Moira ne lui en jouera pas ? Je t'en prie, mon grand, déclare forfait. Fais ça pour moi. Même si les Cellini ne sont pas cent pour cent mafieux, tu as plus de chances de te retrouver avec un procès sur le dos ou un couteau entre les épaules que de toucher le gros lot.
— Claire, tu ne pourrais pas me donner un coup de main au lieu de me saper le moral ? »

Elle se redressa légèrement et pinça les lèvres comme si un régiment de cafards défilaient sur le bras du fauteuil.

« Tu me connais assez pour savoir que je ne mange pas de ce pain-là !
— Mais je veux mon ordinateur ! pleurnichai-je. Si j'avais un traitement de texte notre comédie musicale avancerait dix fois plus vite.
— Elle avancerait mille fois plus vite si tu avais un peu de discipline ! »

Touché, une fois de plus. Je pris un air surpris, puis blessé. Au bout d'un moment elle poussa un soupir et se détendit un peu.

« Philip, je souhaite de tout mon cœur que ce coup réussisse. Tu t'es assez souvent mis en quatre pour Gilbert sans que ça te rapporte un *cent*.

— Alors, aide-moi ! Je te raconterai ce qui se passe et tu n'auras qu'à nous prévenir dès qu'on risquera de se planter. De toute façon, personne n'est lésé. Maddie et Tony roulent sur l'or, et Moira finira bien par toucher l'argent de la duchesse quand elle cassera sa pipe.

— Théoriquement !

— Justement, la théorie n'est pas mon fort, alors que toi avec ta psychologie et ton intelligence tu sais toujours ce que les gens ont derrière la tête. »

Si je voulais la convaincre, c'était la bonne tactique. Bien qu'elle s'en défende, Claire est extrêmement fière de son cerveau. À juste titre, d'ailleurs. Je ne connais qu'elle pour résoudre les impossibles mots croisés du *Times* de Londres. Vous savez, le genre « Définition : Peut se déclarer dans le vestibule. Réponse : Otite. » Tout défi, toute gageure l'attirent irrésistiblement. Au fond, il me suffirait sans doute de lui présenter la situation comme un problème d'échecs aux complexités byzantines pour arriver à mes fins.

« Tu viens de dire que nous avions besoin d'un génie pour nous tirer d'un sac de nœuds pareil, et comme tu es géniale...

— Arrête ! J'ai l'impression que tu essaies de m'avoir à la flatterie.

— Tu vois, quelle perspicacité ! Claire, tu sais très bien que je vais marcher dans la combine et je n'arrive pas à croire que tu pourrais regarder sans réagir les tours de cochon que Moira s'apprête à nous jouer.

— Tu plaisantes !

— D'ailleurs, ajoutai-je en changeant de tactique, rien ne prouve que tu réussisses à démasquer Moira. Elle est très futée.

— Tu ne m'auras pas comme ça, Philip.

— Elle t'a quand même bien possédée à la soirée de Marlowe. On venait de passer un joyeux moment chez Vanessa, et ça ne t'a pas empêchée une seconde de croire à cette histoire de rupture subite entre elle et Gilbert. Tu l'as même consolée quand elle est venue pleurer sur ton épaule. Depuis elle ne s'est pas privée d'en faire des gorges chaudes ! mentis-je éhontément.

— C'est vrai, ça ? » s'inquiéta Claire en fronçant les sourcils.

Je me contentai d'une bourrade amicale, genre ça-peut-arriver-à-tout-le-monde, afin de la mettre hors d'elle.

« La garce ! s'écria-t-elle pour ma plus grande joie, car elle n'use de cette épithète malsonnante qu'en cas de guerre ouverte. Si Gilbert continue avec elle, c'est vraiment le dernier des crétins. Et toi aussi.

— Je sais. Mais comme on va continuer, on a besoin de ton aide.

— Mettons les choses au point. Si la mafia montre ne fût-ce que le bout du nez, tu te retireras.

— D'accord.

— Ensuite, je me contenterai de surveiller Moira pour qu'elle ne vous roule pas. Un point c'est tout.

— Parfait, mais comment savoir si les Cellini sont d'honnêtes hommes d'affaires ou d'affreux gangsters ?

— Il faudra mener une enquête discrète, très discrète, fouiller les archives des journaux. Cela m'intéresserait aussi de rencontrer Maddie. Elle a l'air charmante et bavarde comme une pie. »

Je lui répondis que rien n'était plus facile. Il lui suffirait d'être ma cavalière à la grande fête de Noël que Maddie donnait le 12 décembre. Claire hésita un instant, puis dit qu'elle avait prévu d'être absente de New York jusqu'au 14 mais qu'elle modifierait son planning.

« J'ignorais que tu partais bientôt.
— Cela fait trois jours que j'essaie de te prévenir. Je pars deux semaines, d'abord Chicago, puis Boston. Tu pourras tenir tout ce temps sans faire de bêtises ? »

Je répliquai sèchement que je ferais de mon mieux, trop content de feindre l'indignation.

Tant que Claire n'aurait pas rendu son diagnostic quant à la vraie nature de la famille Cellini, je décidai de me tenir à l'écart de notre petit syndicat. Dès le lendemain j'appelai donc Gilbert, et lui annonçai que Milt Miller m'avait demandé une recherche super approfondie sur Venise à l'époque de Casanova. Il s'agissait surtout de savoir ce qui pouvait arriver à une jeune et chaste servante accusée d'un crime qu'elle n'avait pas commis et contrainte de se déguiser en gondolier. Cela risquait de prendre des semaines. Gilbert maugréa, me fit remarquer que je manquais à tous mes devoirs syndicaux, mais finit par se calmer lorsque je lui fis remarquer que l'argent ainsi gagné me permettrait d'être généreux pour son petit Noël.

Il m'invita même à fêter *Thanksgiving* avec lui et Moira à la Casa Cellini, ce que je pus refuser en invoquant tout à trac l'incontournable dîner que ma sœur Joyce et son mari Dwight donnent chaque année à New Rochelle en souvenir des Pèlerins du Mayflower. Dwight est le type même du *golden boy* et possède à un point pathologique l'américanissime instinct de possession. Il achète tellement de gadgets qu'il a obtenu un abattement fiscal spécial.

Je pris donc la route de New Rochelle où tout fut sinistre à souhait, exactement comme prévu. Je dus m'extasier sur la nouvelle chattière électronique et écouter patiemment Dwight me demander quand j'arrêterais de «faire le clown», ce qui me parut déplacé en ce jour de bonté. Je me consolai à l'idée que je m'étais acquitté de mes obligations familiales pour cette année, et que je n'aurais pas à revenir à Noël (ce qui, au vu des années précédentes, ne manquerait sans doute pas d'être interprété comme une proclamation de foi marxiste).

Gilbert me téléphona le lendemain et m'inonda de nouvelles.

«Je t'ai appelé cinquante fois! Où étais-tu passé?
— À la bibliothèque, mentis-je.
— Tu as bientôt fini tes recherches?
— J'ai à peine commencé. Quoi de neuf?
— Des tas de choses. Écoute.»

Et il commença un long compte rendu des derniers épisodes.

L'Opération Duchesse avait bien démarré. Moira avait expliqué à Mère que Maddie était une femme adorable qui lui avait été d'un grand secours pour régler mille détails du mariage. La duchesse avait sur le champ envoyé une lettre aux Cellini, les remerciant vivement d'assumer avec tant de générosité les «lourdes tâches» auxquelles elle ne pouvait elle-même faire front.

Maddie avait reçu sa lettre le mercredi et l'avait montrée le lendemain à Gilbert et Moira pour *Thanksgiving*. Profitant de la formulation ambiguë des remerciements, Moira se lança dans un nouveau mensonge. Elle aurait avoué à Maman que Maddie, mise au courant de leur déchéance, avait proposé de financer le mariage. Humiliée au-delà de toute expression — c'étaient les propres termes de Moira — la « pauvre Maman » aurait réussi à vaincre sa fierté et accepté l'offre généreuse des Cellini. Tout cela le jour de *Thanksgiving*! Loué soit le Seigneur.

Tony, pour sa part, montra moins d'enthousiasme. Certes, il répéta vingt fois qu'il considérait Gilbert comme son fils, mais lorsque Moira demanda tout ingénument combien d'invités on pouvait accueillir au Plaza, Gilbert crut voir le regard de Tony se voiler.

Et le lendemain matin, Maddie appela Gilbert pour lui annoncer que Tony avait eu l'idée de faire la réception à la Casa Cellini. C'était bien assez grand pour les deux cent cinquante invités prévus, il y avait une « charmante petite salle de bal » et des cuisines splendidement équipées. Ce serait tellement plus agréable, plus « famille ».

Gilbert abonda dans son sens, sachant fort bien que les suggestions de Tony étaient autant d'oukases, puis réveilla Moira et prépara le café tandis que sur sa calculette elle faisait rageusement le compte des pertes du syndicat. Impossible de présenter à la duchesse une facture pour l'usage d'une maison privée, et puis la duchesse accepterait-elle pareille générosité ? Après réflexion, Moira conclut que la somptuosité du lieu viendrait à bout des résistances de sa mère, et que le duc ne laisserait sûrement pas passer pareille occasion d'économiser quelques sous.

L'épisode ne montrait que trop les limites de la générosité de Tony. Il fallait donc agir avec la plus grande prudence, et trouver rapidement une parade à ce regrettable esprit d'économie.

Dans cet esprit de haute stratégie, Gilbert décréta que Vulpina avait peut-être des talents de modéliste mais qu'elle n'était certainement pas assez célèbre pour vendre ses créations à des prix aussi exorbitants. Dans un accès de loyauté qui ne lui ressemblait pas, Moira défendit mordicus son amie et ne lâcha prise qu'au moment où Gilbert menaça d'appeler lui-même la duchesse pour lui expliquer à quels sommets de mauvais goût Pina s'était haussée.

« Je ne comprends pas pourquoi Moira en a fait une telle histoire, ajouta Gilbert. Elle pouvait fort bien tout mettre sur le dos de sa mère. Pina sait à quoi s'en tenir sur l'opinion de la duchesse.

— Ce sont de grandes amies, Moira ne veut sans doute pas lui manquer de parole.

— Mon cher Philip, tu es d'une naïveté! Moira voulait seulement me donner le mauvais rôle. Elle trahirait Pina plutôt dix fois qu'une s'il y avait quelques dollars à la clef. Bref, voilà les dernières nouvelles... ah non, devine qui j'ai rencontré avec Moira quand on est allés mercredi soir au Caveau de Marilyn ? Gunny von Steigle !

— Non !

— Si ! On avait dansé avec Nancy et un mannequin hollandais de ses amis, et on reprenait notre souffle dans une de ces salles hallucinantes. Tu connais ? Rien que des pierres tombales, des statues sorties du Kāma-sūtra, et des filles et des garçons à poil qu'on paye pour se couvrir de plâtre et se promener de long en large. On devrait y aller ensemble un de ces jours.

— Et Gunther ?

— Ah oui. Eh bien, on buvait des bières à six billets l'unité en essayant d'améliorer notre hollandais quand il a surgi devant nous.

— Qu'est-ce qu'il a dit ?

— Tu t'en doutes. "Bonzoir moziou Selwyn" — on aurait cru Arnold Schwarzenegger passant une audition à la Royal Shakespeare Company. Alors j'ai répondu : "Écoute, mon chou, si tu continues à me coller je te fais la peau." Et lui, tout sourire : "Che ne fou golle pas, moziou Selwyn. Notre rencontre en ze lieu est une zimple coïnzidenze". Puis il s'est tourné vers Moira. "Che zuppose que z'est fotre fianzée ?"

— Moira était au courant pour Pâris et Gunther ?

— Bien sûr. Je lui avais tout raconté. Elle savait parfaitement qui c'était, et ses yeux jetaient des éclairs. Il a dit : "Bonzoir, Miz Finch. Il paraît que fous êtes fianzée à ze coureur de dot homozeggzuel ?" Là-dessus Moira se lève et le foudroie du regard. "Monsieur, je sais tout de Gilbert et n'ai besoin ni de la vérité ni de vos bobards. Alors cassez-vous sinon j'écraserai de mes mains le presse-purée qui vous sert de figure !" Tout le monde écoutait, et Gunny est parti la queue basse. J'aurais voulu que tu voies ça. Quelle bonne femme ! »

Ainsi parla Gilbert en ce vendredi. Le jeudi suivant, il m'appela vers cinq heures.

« Viens tout de suite, c'est urgent !

— Qu'est-ce qui se passe ?

— Moira me fait des infidélités ! »

## CHAPITRE DIX.

J'AVAIS senti sa vive contrariété au téléphone, mais je ne pris conscience de l'étendue du désastre qu'en voyant la poubelle du Jardin d'Éden déborder d'emballages de glace à la noisette. C'est le péché mignon de Gilbert, et s'il en réduit la consommation par souci obsessionnel de conserver une silhouette adolescente, dans les moments de grand bouleversement intérieur il en ingurgite des kilos sans même mâcher les noisettes.

« Quel culot ! fulmina-t-il. Après tous ses petits sermons acidulés sur mes pulsions — "Un seul faux pas, petit Gilley, et tout le monde comprendra que c'est de la frime" —, voilà qu'elle s'embarque dans une histoire glauque avec Dieu sait qui ! »

Je lui demandai s'il était certain de ce qu'il avançait. Il me répondit qu'il avait de bonnes raisons.

Moira, qui avait fait preuve d'un grand élan de sympathie envers Pina depuis que celle-ci avait perdu la commande de la robe nuptiale, prétendait avoir passé plusieurs nuits de la semaine précédente à redonner courage à la désespérée. Mais ce matin, Gilbert était allé traîner ses guêtres dans

SoHo à la recherche d'une boutique appelée Albino.

« Albino ?

— Une papeterie branchée. Le moindre carton d'invitation coûte cinq billets ! Bref, c'est tout près de la boutique de Pina, alors je me suis dit que j'allais en profiter pour l'inviter à déjeuner, arrondir les angles, quoi. J'entre, et je tombe sur Peter, son assistant chinois.

— Il est mignon ?

— Oui, si on aime les modèles réduits. Je lui demande où est Vulpina, il me répond à Los Angeles pour dessiner les tenues de scène d'un groupe punk, Entrailles Hurlantes. Et elle est partie depuis quand ? *Deux semaines !* Moira ne l'a pas plus virée que consolée la semaine dernière. Peter m'a demandé si je voulais lui faire une commission puisqu'elle appelait la boutique tous les jours et j'ai dit oui-oui-oui, dites-lui bien que Mr Selwyn a un message de la part de Moira Finch. Miss Finch sera désolée de ne pouvoir porter une robe de mariée signée Vulpina. La mère de Miss Finch, la duchesse, préférerait voir sa fille porter un sac poubelle avec des trous pour les bras !

— Du calme ! Qu'est-ce que ça peut te faire qu'elle s'envoie en l'air du moment qu'elle le fait discrètement ?

— Mais Erhart Lund ! hurla Gilbert. Si je renonce à Erhart, elle pourrait se passer de coucher deux fois la semaine avec le premier réverbère qui passe. Je grimpe aux murs, moi. Je n'ai eu personne depuis Pâris. Personne, et ça fait trois mois ! Tu imagines l'enfer ?

— Mieux que tu ne le crois.

— Pour toi, c'est différent.

— Ben voyons !
— Tu sais bien ce que je veux dire. Tu es plus fort, plus indépendant que moi. Je suis trop...
— Obsédé ?
— J'allais dire... romantique. Je ne me sens bien dans ma peau que lorsque je suis amoureux. Je ne m'en étais pas rendu compte parce que je n'avais jamais aimé plus d'une semaine ou deux, mais depuis trois mois c'est l'horreur. »

La porte d'entrée claqua, et Moira entra d'un pas léger.

« Philip, mon ange, ça fait une éternité ! Qu'est-ce que tu deviens ?
— Eh bien, je cherche de la doc pour Milt Miller et j'écris un livret de comédie musicale avec Claire. Tu vois, je suis débordé.
— Et moi donc ! Je n'aurais jamais pensé que préparer son trousseau était aussi épuisant ! Je préférerais écrire dix comédies musicales. Gilley chéri, je suis encore obligée d'annuler notre sortie de ce soir.
— Oh non ! » fit Gilbert en me jetant un regard innocent.

Elle se tourna vers moi pour m'expliquer d'une voix douce :

« On devait aller à un petit cocktail chez Holly. Tu es invité ?
— Non.
— Vraiment, je ne comprends pas ce que Holly a contre toi ! Enfin, bref, je ne peux pas y aller. J'ai un empêchement.
— Quel genre ?
— C'est encore cette pauvre Pina. Elle a commencé à dessiner sa collection de printemps, et elle a besoin de mes conseils. Je cours vraiment dans tous les sens en ce moment. Bon, je vais prendre

une douche vite fait, et je repars. Emmène donc Philip chez Holly. Je suis sûre qu'il n'en fera pas un drame. Allez, bonne soirée vous deux!» susurra-t-elle en quittant la pièce.

Gilbert me jeta un regard lourd de ressentiment, et nous enfilâmes nos pardessus sans un mot. J'avais compris qu'il projetait de filer Moira, et j'espérais qu'il me laisserait au moins l'accompagner dans cette aventure puérile.

Aussitôt les portes de l'ascenseur refermées, il me dit:

« Voilà ce qu'on va faire...

— Te fatigue pas, j'ai un métro d'avance. »

Une fois dans la rue, nous repérâmes derrière l'enceinte de Central Park un endroit discret d'où on pouvait contrôler à la fois l'entrée de l'immeuble et ses abords immédiats. Nous escaladâmes le mur sous les regards inquiets de quelques honnêtes citoyens qui nous prirent sûrement pour des candidats au suicide, voire à l'homicide, en nous voyant sauter dans le parc à la nuit tombante (et en plein mois de décembre).

Planqués dans l'obscurité, nous respirions bruyamment après ce gymkhana, avec au cœur l'agréable picotement des jeux interdits. On se serait cru dans un de ces polars invraisemblables où des citoyens ordinaires sans le moindre entraînement militaire démantèlent comme en se jouant les cartels internationaux du crime.

À peine vingt minutes plus tard, Moira sortit de l'immeuble. Elle portait un trench-coat et serrait un grand carton à robes sous son bras. Elle longea Central Park West d'un pas décidé, et, toujours dissimulés derrière le mur, nous la suivîmes jusqu'à ce qu'elle oblique dans la 81$^e$ rue.

C'était en face d'une sortie du parc, heureusement pour nous, mais la circulation nous barra la route de scandaleuse façon (dans tout bon polar elle s'interrompt pour laisser passer les gentils). Nous restâmes quelques instants à grommeler, puis Gilbert m'entraîna au milieu du tohu-bohu des klaxons, des grincements de pneus et des vociférations des taxis.

Notre traversée accomplie, nous ralentîmes l'allure en apercevant Moira à la hauteur de Columbus Avenue. Elle s'arrêta brusquement, et nous dûmes nous réfugier dans une entrée d'immeuble.

L'impression que cette scène sortait tout droit d'un film de série B fut accentuée par l'arrivée d'une immense limousine noire qui s'arrêta juste à la hauteur de Moira. Gilbert en eut le souffle coupé, et on le comprend. Le visage grêlé du chauffeur, les vitres opaques à l'épreuve des balles, tout dans cette voiture transpirait à grosses gouttes l'argent sale. Sa longueur même avait quelque chose d'incroyable. J'ai déjà vu des limousines avec bar incorporé, mais là c'était au moins un wagon-restaurant.

Le chauffeur descendit pour ouvrir la portière à Moira, et la voiture repartit à vive allure dans Columbus.

« Je rêve ! s'écria Gilbert les yeux écarquillés. Personne ne supporterait de coucher avec... lui !

— Tu connais le propriétaire de la voiture ?
— Bien sûr, c'est Freddy Bombelli !
— Freddy Bombelli ?
— Je t'assure.
— Il n'est pas un peu... mûr pour Moira ?
— Mûr ? Tu rigoles ! Il a lu l'Ancien Testament

quand ce n'était encore qu'un vague synopsis!
Non, je rêve, je te dis!»

Nous fîmes demi-tour pour rentrer à la maison, Gilbert vociférant sans se soucier des regards amusés ou choqués des passants.

«La pouffiasse! S'envoyer ce vieux bouc décati!
— Écoute, Gilbert...
— Tu ne l'as pas vu! Il mesure un mètre cinquante, pue le cigare à un kilomètre, et porte une moumoute blanche qui ressemble à un hamster mort! Personne avec un poil de décence ne voudrait coucher avec le vieux.
— *Gilbeeeert!*
— Sans compter qu'il n'a plus une hormone en état de marche. Il doit rester assis à baver devant Moira pendant qu'elle secoue ses lolos sous son nez en lui racontant des cochonneries...
— Qu'est-ce que ça peut te faire?
— ...et il est tellement gaga qu'il doit l'inonder de bijoux et de gros chèques sous prétexte qu'elle le chouchoute, se laisse mater et...»

Il s'arrêta net, et poussa un soupir venu du fond de l'âme.

«Dieu du ciel, gémit-il, il ne pourrait pas être pédé comme tout le monde?»


Moira réintégra l'Éden à minuit et demie, nous gratifia d'un charmant «bonsoir», et sans qu'on l'en ait priée se lança dans un récit détaillé de sa soirée avec la pauvre Pina. Gilbert l'écouta en silence jusqu'au moment où Moira finit par lui demander pourquoi il semblait de si mauvais poil. Alors il explosa, la submergeant d'injures ordurières qui la laissèrent pétrifiée mais ne me surprirent pas car j'avais entendu Gilbert les peaufiner depuis des heures.

Lorsque le flot se fut tari, Moira usa fort à propos de l'antique prérogative féminine pour éclater en sanglots. Comment pourrait-elle épouser un homme qui la filait comme une voleuse et l'accusait sans preuve de se vautrer dans la luxure tarifée ?

Bien sûr, elle voyait Freddy Bombelli, mais il fallait une imagination perverse pour la croire sa maîtresse alors que leurs relations étaient purement professionnelles. La vue de Freddy baissait, et il avait engagé Moira pour lui faire la lecture.

« Freddy m'emploie trois soirs par semaine à 20 dollars l'heure, ce qui n'est pas vraiment le tarif d'une call-girl. Je ne voudrais pas le toucher même s'il me le demandait, ce qu'il se gardera bien de faire car c'est un parfait gentleman et je ne pourrais pas en dire autant de cette espèce de face de rat, détective à la manque, auquel j'ai le malheur d'être fiancée ! »

Gilbert n'était pas convaincu. Une jeune femme honnêtement employée à faire la lecture au quatrième âge n'avait aucune raison de s'en cacher, alors qu'une pute vénale prête à se livrer à des pratiques sexuelles nécrophiles prendrait toutes les précautions nécessaires pour garder secrètes ses tristes activités. Moira balança vers Gilbert un gros cendrier qui atterrit sur mon genou droit.

« Sale brute ! cria-t-elle. Si tu ne me crois pas, demande à ta mère. C'est elle qui a tout arrangé ! »

Gilbert la toisa d'un air menaçant en demandant si elle traitait sa mère d'entremetteuse.

« Arrête le mélo freudien, tu veux ? Va plutôt me chercher un verre. Je te raconterai tout. »

Gilbert haussa un sourcil réprobateur, mais

s'exécuta. Et Moira commença son récit après avoir avalé un gorgeon avec des gestes de bayadère.

Le jour où elles avaient fait du lèche-vitrines après le déjeuner au Trader Vic's, elles s'étaient arrêtées pour se reposer dans un charmant petit bistro de la 52ᵉ rue.

« Cela s'appelle le Paradiso.

— Je sais. Il est tenu par Aggie, une cousine de Tony.

— On prenait un café et des gâteaux, et devine qui entre ? Freddy ! Ta mère lui a fait signe, et quand il l'a reconnue il a insisté pour nous inviter à sa table avec ses cinq avocats. On a passé un fabuleux moment. Je ne sais pas de qui tu tiens ton sale caractère, mais ce n'est sûrement pas de ta mère. Elle est adorable. »

J'allais me resservir un verre tandis que Moira continuait de chanter les louanges de la femme à laquelle elle était en train d'extorquer des milliers de dollars.

« Tellement simple et naturelle ! Tu aurais vu les six vieux sous le charme. Elle leur racontait des histoires, s'inquiétait de leur santé, de leurs petits-enfants, etc. Moi je me taisais comme toujours, mais au bout d'un moment Freddy m'a demandé si je travaillais. Je lui ai dit que j'avais fait du théâtre mais que c'était un milieu trop hypocrite et que j'avais tout arrêté. Là il est devenu tout excité et il a dit que c'était le destin qui m'avait conduite dans ce restaurant. Avec ses problèmes d'yeux, il avait besoin qu'on lui fasse la lecture, mais les crêpes qu'il avait essayées étaient infoutues de mettre le ton. Alors qu'une vraie pro comme moi — je rappelle qu'elle avait en tout et pour tout fait une apparition dans *Bong* de Marlowe Heppenstall — était faite pour le job. En tout cas, deux jours plus tard j'ai fait un bout d'essai et il m'a engagée. Je lui fais la lecture, Gilbert. *C'est tout !* »

Gilbert fit remarquer qu'il était pour le moins étrange que ni Maddie ni elle n'aient jamais évoqué un travail si honorable.

« C'est moi qui ai demandé à Maddie de ne rien dire. Je voulais te faire un beau cadeau pour Noël, mais maintenant je me demande ce qu'on peut offrir à un fiancé qui vous prend pour une pute ! »

Elle lui jeta un regard noir et vida son verre d'un trait, une moue victorieuse aux lèvres. Très involontairement, je prononçai les mots qui firent basculer la situation.

« Qu'y a-t-il dans cette boîte, Moira ? »

Je voulais parler du carton que Moira portait sous le bras lorsqu'elle allait faire sa B.A. Elle l'avait toujours à son retour et l'avait posé près de la penderie du vestibule, presque hors de ma vue mais pas assez pour échapper à mon œil d'aigle, avant d'entrer dans le séjour.

« Quelle boîte ? » dit-elle d'un ton dégagé.

Mais c'était raté. Malgré son expérience de la scène, elle n'avait pas su dissimuler une panique de coupable prise la main dans le sac.

« Celle que voilà ! répondit Gilbert en déposant à ses pieds le corps du délit.

— Oh, ça ! fit-elle en étouffant un bâillement. C'est juste mon livre.

— *La Dynastie des Forsyte* sans doute ! dit Gilbert en faisant mine d'ouvrir le carton.

— Je t'interdis d'y toucher. C'est à Freddy ! »

Mais Gilbert souleva le couvercle et éclata bientôt d'un rire sardonique en brandissant triomphalement un livre de poche.

« Pas étonnant que sa vue baisse ! »

Au premier coup d'œil je vis qu'il s'agissait d'un de ces pornos gothiques soft à jaquette prometteuse qui alimentent si généreusement le tiroir-caisse de mon patron, Mr Miller. Un second regard m'apprit que Deirdre soi-même était l'auteur de cette œuvrette de jeunesse intitulée *La Tendre trique de Cupidon*.

La couverture, dans la plus pure tradition, montrait une altière beauté à la chevelure aile de corbeau, au sommet d'une falaise baignée de lune, avec en toile de fond les tours d'un château ancestral. Son visage défait avait cette expression de souffrance extatique qui semble de rigueur chez toutes les cover-girls gothiques. Elle portait une longue robe dont le décolleté plongeant s'arrêtait à un demi-centimètre des mamelons de sa généreuse et palpitante poitrine. Derrière elle, posant une main de fer sur son épaule nacrée, se tenait un homme de haute stature, torse nu, qui, à en juger par son apparence, était le maître du château et devait aussi posséder un des rares *Nautilus* en service dans la Cornouaille du dix-neuvième siècle.

« Regarde, mais regarde ! » s'écria Gilbert de plus en plus hilare.

Il s'était mis à danser autour de la pièce en tenant à bout de bras une robe presque identique à celle de l'héroïne de la couverture — qui d'ailleurs, en y regardant de plus près, ressemblait assez à Moira, sauf que l'on imaginait une expression aussi extatique chez notre copine qu'en cas de rencontre avec un virtuose de la fraude fiscale.

« Mon Dieu, Moira, je rêve ! réussis-je à articuler entre deux éclats de rire. Il exige vraiment ce genre d'accoutrement ?

— Je ne vois pas ce qu'il y a de si drôle ! »

Gilbert m'arracha le livre des mains et se précipita vers une chaise à bonne distance de Moira.

« Vous êtes de vrais gamins tous les deux ! Tout ça parce que Freddy aime bien voir une histoire prendre vie. Après tout c'est le même principe que *Nicholas Nickleby* mis en scène par la Royal Shakespeare Company !

— « *Non, non !* lut Gilbert. "*Il ne faut pas, Simon. Ce serait mal."* *Mais si mes paroles se voulaient fortes, ma chair était faible. Et je ne sus résister au tendre assaut de ses bras musclés qui m'attiraient contre son torse brûlant.* »

— Tais-toi, Gilbert !

— « *"Daisy O'Malley", m'avertit une petite voix intérieure à l'accent irlandais, "quelle sorte de créature es-tu devenue depuis que tu as quitté le couvent Sainte-Cécile il y a juste trois mois ?"* »

Moira bondit à l'autre bout de la pièce et s'empara du livre.

« Si l'un de vous a le malheur de dire un mot à qui que ce soit...

— Holly ? susurais-je en saisissant le combiné. Holly Batterman ! Tu as un crayon, mon grand ? »

C'était le bouquet. Gilbert et moi étions morts de rire sous le regard vénéneux de Moira.

« Vous avez fini de faire les clowns ?

— Les clowns ? fit Gilbert. Mon ange, tu es déjà tombée très bas pour grappiller quelques dollars, mais là... »

Il s'arrêta net, comme saisi d'un doute affreux.

« Dis donc, tu vas trois fois la semaine faire la reine du porno chez le vieux Crésus et il te paye seulement 20 dollars de l'heure ? »

Présenté de cette manière, cela paraissait difficile à croire.

« C'est un tarif plus que convenable, répondit-elle d'un air pincé en rangeant sa robe dans le carton.
— Sûr ! »

Moira poussa un soupir de lassitude et se dirigea d'un pas furieux vers l'entrée d'où elle revint avec son trench-coat sur le bras. Elle en sortit une enveloppe qu'elle tendit à Gilbert.

« Tiens, tu n'as qu'à vérifier ! »

L'air ulcéré, Gilbert me confia l'enveloppe qui contenait un chèque de 70 dollars à l'ordre de Moira.

« Alors, heureux ?
— Non, répliqua-t-il en s'emparant de l'imperméable dont il fouilla les poches.
— Rends-moi ça, ordure ! »

Il rendit le trench-coat, mais pas un petit écrin bleu de chez Tiffany. Moira prit un air accablé tandis qu'il en sortait une paire de pendants d'oreilles en rubis qui jetaient mille feux.

« C'est du toc ! annonça Moira.
— Alors donne-les moi, j'en ferai don à la paroisse. »

Moira les lui arracha, prétextant leur valeur sentimentale.

« Tu n'es qu'une petite garce ! Cela vaut une fortune et tu le sais très bien. Je comprends pourquoi tu ne voulais rien dire pour Freddy ! Tu ramasses le paquet et pas question de le partager !
— Si Freddy veut me faire un cadeau de temps en temps, ça le regarde, non ? »

Gilbert n'avait absolument pas la même optique. Craignant une de ces longues altercations sans issue dont nos tourtereaux commençaient à se faire une spécialité, je les remerciai pour cette charmante soirée et pris congé sans demander mon reste.

Le lendemain, un coup de téléphone de Gilbert me confirma que j'avais eu bien raison de m'esbigner. Ils s'étaient écharpés jusqu'à l'aube sans démordre de leurs positions. Gilbert estimait que sans leurs fiançailles Moira n'aurait jamais connu Freddy Bombelli et que le syndicat avait droit à 50 % de son salaire horaire et des petits à-côtés ; Moira se permettait de n'être pas, mais alors pas du tout de cet avis.

Ce désaccord marqua la fin brutale de l'entente cordiale qui avait jusque là régné entre les deux principaux actionnaires du syndicat. Le microclimat d'amabilités réciproques qu'ils entretenaient soigneusement se dissipa — au Jardin d'Éden l'atmosphère devint polaire —, mais en public ils continuèrent de donner la touchante image d'un couple d'amoureux.

Au début, Moira se prétendit fort affectée par ces dissensions et pratiqua une active politique de détente. Sourde aux silences hostiles de Gilbert, elle était charmante avec lui et lui offrit même un cache-oreilles de tous les couleurs. Comme rien n'y faisait, elle prit son courage à deux mains et appela Vulpina à Los Angeles à qui elle expliqua qu'il lui faudrait mettre une croix sur la robe de mariée car la duchesse ne voulait pas en entendre parler. Gilbert, loin de l'en remercier, lui fit remarquer qu'elle s'enferrait dans des mensonges absurdes puisqu'il faudrait commander une robe à un autre couturier qui serait encore plus cher et qu'il leur faudrait partager cette dépense supplémentaire.

Outrée par l'accueil que recevaient ses efforts, Moira changea brusquement de cap. Du jour au lendemain elle se mit à narguer délibérément le malheureux Gilbert. S'il entrait dans la cuisine sur les dix heures du matin, il était certain de l'y trouver en train de lire le *Times*, parée de ses pendants d'oreilles en rubis, d'un collier de perles fines, et d'un foulard Hermès. Gilbert se vengeait en vaporisant du parfum bon marché dans la chambre de Moira et en remplaçant toutes les ampoules par des spots rouge sang. Moira renvoya l'ascenseur en laissant trois traînées de talc sur la table basse du bureau.

Ainsi commença la saison des fêtes.

Mais cette guéguerre ne fut ni la seule ni la plus grave conséquence du nouvel emploi de Moira («Lectrice à domicile — Service personnalisé»). Après la drôle de guerre, les hostilités commencèrent pour de bon le 12 décembre, lors de la fête qu'organisait Maddie Cellini.

## CHAPITRE ONZE.

La réception commençait à 17 heures, et pour rester dans l'esprit d'innocence de cette période de fêtes, les deux premières heures devaient être entièrement consacrées aux jeunes membres de la grande famille. Au programme des réjouissances étaient prévues une bataille de boules de neige et une visite surprise du Père Noël — on l'imaginait bien prendre les petits Cellini sur ses genoux et leur demander qui ça leur ferait plaisir de couler dans le ciment pour leur petit Noël. Nous décidâmes d'arriver vers 19h 30, ce qui nous obligeait à quitter Manhattan à 18 heures.

Claire ne rentra de Boston qu'à 17 heures, et je dus lui résumer en deux mots l'évolution de la situation. Elle me prêta une oreille attentive, ravie d'apprendre que le torchon brûlait entre Gilbert et Moira : allons, Gilbert redeviendrait peut-être raisonnable, et puis Moira devait être grandiose en sa colère. Elle l'était, comme Claire put bientôt le constater.

« Phil, mon ange, je suis si heureuse de te voir ! s'écria Moira en faisant son entrée. Bisou, bisou !

Oh, tes joues sont gelées, mon pauvre chou. Vite, un grog!»

Elle se tourna ensuite vers Claire, qui avait pris quelques petits kilos pendant son voyage.

«Claire, ça fait un siècle! Tu as quelque chose de changé. Je ne vois pas bien quoi... en tout cas ça te va *à ravir*.»

La fille de la duchesse portait une robe de soirée rouge sang, sur laquelle se détachait une petite broche de pierres précieuses en forme de couronne de Noël. Arborer ce cadeau du vieux Freddy était pure provocation à l'égard de Gilbert qui, toute la soirée, allait avoir sous les yeux la preuve éclatante d'une bonne fortune à laquelle il était hors de question de l'associer. Elle accueillit le malheureux avec un tendre et vénéneux sourire.

De son côté, Gilbert nous gratifia d'une prestation honorable, sans plus. Il bavardait d'un ton enjoué avec Claire et moi mais ne pouvait regarder sa promise sans grimacer, et mon ouïe fine détectait sans mal le concentré de haine qu'enrobaient ses «mon cœur» et «ma chérie» — imaginez Josef Mengele dans le premier rôle de *Pieds nus dans le parc*...

Quand nous eûmes fini nos verres, nous descendîmes sans nous presser puisque Freddy Bombelli avait prêté à Moira une limousine pour la soirée.

Nous arrivâmes à vingt heures tapantes.

Gilbert m'avait confié un jour que sa mère «donnait à fond» dans les fêtes de Noël. C'était peu dire. Un simple coup d'œil à la maison permettait de comprendre que la vénération de Maddie pour Noël surpassait de loin celle de Charles Dickens.

«Mon Dieu! s'écria Claire. Il y a des gens qui *habitent* là-dedans?

— Gil chéri, c'est fa-bu-leux ! » s'exclama Moira.

La Casa Cellini est une de ces constructions massives que les architectes qualifient parfois de Très Grand Manoir, voire Manoir Normand, soit un tas de pierres grises percé de fenêtres à petits carreaux et libéralement couronné de tourelles. Dans la clarté lunaire de novembre, on devait se croire devant quelque sinistre forteresse bâtie par un puissant seigneur devenu maniaque de haute sécurité à force de bisbilles avec ses paysans. Mais ce soir, sous la bénéfique influence de lady Maddie, la demeure brillait de tous les feux de la fête.

Des spots blancs éclairaient les moindres détails architecturaux, des candélabres garnis d'ampoules rouges illuminaient chaque fenêtre, et une allée sinueuse, bordée de sucres d'orge au néon, menait à une imposante porte d'entrée que flanquaient deux anges clignotant plus grands que ceux de Rockefeller Plaza. À trois mètres au-dessus du toit, vision fantasmagorique, le Père Noël et tout son attelage de rennes descendaient une pente douce, un mécanisme invisible donnant l'illusion que seul le sabot avant gauche du premier renne touchait le toit.

Et ce n'était pas tout !

Des guirlandes lumineuses ornaient les arbres et les massifs autour de la maison. On apercevait trois elfes mécaniques qui patinaient avec ardeur sur un étang gelé, tandis que de vrais moutons, bien protégés du froid par des loupiotes à infrarouge, se serraient contre les statues grandeur nature des personnages de la Crèche. Soudain l'air des Rois mages retentit dans les haut-parleurs. Trois mannequins aux habits somptueux se dirigèrent vers la

Crèche en glissant le long de rails savamment camouflés, et une étoile d'une brillance inhabituelle s'alluma dix mètres au-dessus d'eux. Quand ils atteignirent la mangeoire, on entendit les premières notes de « Il est né le Divin enfant ». Les elfes s'arrêtèrent de patiner pour mieux voir. Puis l'éclairage baissa peu à peu pendant que les Rois mages regagnaient leur point de départ et que les spectateurs faisaient oh et ah en voyant le toit s'illuminer et le gigantesque Père Noël agiter la main en nous souhaitant un joyeux Noël.

Il n'était pas tombé un flocon dans tout l'État de New York, et pourtant la scène était recouverte d'un blanc manteau de neige artificielle. Nous étions médusés, incrédules, émerveillés.

« C'est moins bien que l'année dernière, fit pourtant remarquer Gilbert. Pourvu que Tony n'ait pas fait de mauvaises affaires ! »

Notre hôtesse vint nous accueillir. Dans sa robe rouge vif à jupe ballonnée, elle semblait la reine de ce royaume enchanté.

« Bonjour les enfants. Où étiez-vous passés ? Vous avez raté la bataille de boules de neige !

— Bonjour maman. Qu'est-ce qui est arrivé à l'atelier du Père Noël ?

— Ah, tu te souviens ! Moi aussi il me manque. Mais il était tout mouillé. Un malheureux électricien a failli s'électrocuter sur la Mère Noël ! »

Deux domestiques en livrée vinrent nous débarrasser de nos manteaux.

« Moira, petite chérie, vous êtes ravissante ! J'adore votre broche. Un cadeau de Gilbert, sans doute... Mon cher Philip, je suis ravie que vous soyez des nôtres. Qui est cette charmante personne ? »

Je lui présentai Claire qu'elle serra dans ses bras comme l'enfant prodigue.

« Claire est ma partenaire depuis des années...

— Partenaire, ho, ho, ho! gloussa Maddie. Enfin, vos histoires ne me regardent pas. Gilbert, tu as cassé ta tirelire pour ta petite Moira.

— Mais ce n'est pas Gilbert qui m'a offert la broche, c'est Freddy, roucoula Moira.

— Ah, tant mieux! Il peut se le permettre, lui. Si je comprends bien vous avez vendu la mèche.

— Oui. Gil est rusé comme un renard. Il m'a fait tout avouer.

— L'adorable petite! Tu sais qu'elle n'a pris ce travail que pour pouvoir t'offrir un beau cadeau! »

Gilbert bredouilla qu'il n'avait pas mérité ça.

« Mrs Cellini, intervint Claire, vous nous avez donné un spectacle magnifique!

— Appelez-moi Maddie, je vous en prie. Oui, c'est grandiose, n'est-ce pas? Vous savez que certains vieux schnocks du conseil municipal voulaient nous faire tout enlever sous prétexte qu'on n'avait pas demandé l'autorisation ou Dieu sait quoi. Tony leur a vite fait entendre raison... Bon, vous n'allez pas rester plantés là toute la soirée. Je vais vous présenter à la famille. »

Impossible de refuser!

À gauche du vestibule j'aperçus une immense surface parquetée, sans doute la « petite salle de bal » dont m'avait parlé Gilbert, mais Maddie nous entraîna à droite vers un vaste salon à la décoration recherchée. Un énorme sapin de Noël trônait dans un coin, et les énormes Cellini dans tous les autres.

Quand Maddie nous avait dit que les Cellini étaient une « très grosse famille », elle ne faisait pas seulement allusion aux conséquences de leur penchant pour le strict respect du devoir conjugal (avec récitation de l'*Ave Maria* comme seul contraceptif autorisé). Il y avait des tonnes de Cellini dans cette pièce et, à l'exception de quelques jeunes gens minces au bronzage hors saison qui se frayaient difficilement un chemin entre les panses de chanoines et les robes-montgolfières, chaque Cellini pesait lui-même plusieurs tonnes.

Maddie, comprenant que nous avions besoin d'un cordial avant d'affronter ce troupeau d'éléphants, nous entraîna vers le bar d'où l'on avait une vue imprenable sur les infatigables petits patineurs. Derrière le comptoir, un beau serveur baraqué semblait avoir été placé là pour nous induire en tentation, autant et peut-être plus que sa collection de bouteilles.

« Roger, mon chou, je vous présente mon fils Gilbert et sa charmante fiancée. »

Bonjour, bonjour.

« Et voici son ami Philip et sa cavalière. Roger n'est pas un vrai barman. Il se fait un peu d'argent avec des extras de ce genre, mais c'est un acteur. Dès la semaine prochaine il commence à répéter une série de pièces en un acte pour une seule et unique représentation. »

Gilbert et moi demandâmes du Chivas, Claire une coupe de champagne, et Moira, très pro, un sage ginger ale.

« Gil, vieux frère ! » barrit une voix derrière nous.

Nous nous retournâmes pour découvrir un mastodonte complètement chauve, la bouche fendue d'un large sourire et les bras grands ouverts.

« Chick ! » couina Moira en se jetant à son cou.

Elle devait répéter bien des fois cet exercice au cours de la soirée. Avec quel esprit méthodique elle menait sa campagne publicitaire pour la conquête des cœurs et des chéquiers...

« Je suis si heureuse de vous revoir !

— Et moi donc, Moira ! »

Maddie nous présenta Chick Sartucci, un cousin de Tony.

« Comment va Rosa ? s'enquit Moira.

— Elle descend les porto-flips comme si c'était du Perrier, mais ça va.

— Et Lina, elle est ici ?

— Bien sûr. Elle fait un régime draconien en ce moment, alors n'oubliez pas de lui dire qu'elle est superbe.

— Ugo, Betty ?

— En pleine forme.

— Et vos petits enfants ? Vous m'aviez montré leur photo au mariage de Steffie. Ils doivent être aux anges aujourd'hui ! Surtout le petit Silvio. À trois ans on sait à quoi ça sert, un père Noël...

— Oh, pour ça il a tout pigé ! s'écria Chick dans un gros éclat de rire. Sa liste de cadeaux est plus longue que la route 66. Dis-donc, Gil, elle a une sacrée mémoire ta petite fiancée. C'est pas dangereux pour un chaud lapin comme toi ?

— Moira ne fourre jamais son nez dans mes petites affaires... sauf quand je lui demande ! »

Chick partit d'un rire gras tandis que Gilbert gratifiait Moira d'un sourire. Lui aussi savait y faire avec les sous-doués.

« Au fait, reprit Chick d'un ton plus grave, il faut que je vous remercie de la carte que vous nous avez envoyée après la mort de mon frère Joey. On a été très, très touchés, Rosa et moi. »

Après un coup d'œil paniqué vers Moira, Gilbert répondit que c'était la moindre des choses.

« Surtout que vous êtes nouveaux dans la famille, insista Chick. Il y a beaucoup de jeunes qui n'ont pas pris la peine d'écrire un mot, encore moins un poème... »

Maddie fit de grands gestes vers l'autre bout de la pièce.

« Lunch ! s'égosilla-t-elle. Venez, je veux vous présenter des amis.

— Lunch ? demandai-je.

— C'est Dickie Fabrizio, expliqua Chick. On l'appelle Lunch parce qu'entre midi et quatre heures il n'y a jamais moyen de l'avoir au téléphone. Il déjeune. Regardez-le, j'ai l'air d'un champion de surf à côté. »

Lunch traîna sa gélatine jusqu'à nous.

« Vous auriez dû venir plus tôt, me souffla Chick. C'était lui, le père Noël.

— Sans blague, vous aviez tartiné la cheminée ? »

Chick hurla de rire.

« Hé, Gil, il me plaît ton copain. Tartiner la cheminée, elle est bonne ! »

Claire se hâta de glisser son bras sous le mien. Du haut des quinze centimètres que j'ai de plus qu'elle, je remarquai son sourire étrangement figé.

« Ah, voici nos tourtereaux ! siffla Lunch. Maddie m'a tout raconté. Félicitations ! »

Maddie me présenta comme le plus vieil ami de Gilbert et eut le malheur de dire que j'écrivais des pièces de théâtre avec la charmante Claire.

Lunch appartenait à cette race d'amateurs-à-idées que craignent comme la peste les auteurs du monde entier. Son idée du jour était de porter à la scène la liaison d'une belle femme de trente ans et d'un homme d'âge mûr très attiré par la fillette de la dame mais aussi — « c'est là que ça se corse » — par sa jolie maman de cinquante ans. Il mettait ce sujet autobiographique à mon entière disposition, et je m'entendis répondre que je l'examinerais avec la plus grande attention.

« Comment va Samantha ? demanda Moira.

— Sammy ? Elle est là-bas. Demande-lui donc. He, Sam !

— Qu'est-ce que tu veux encore ? nasilla une dame sur le retour en s'approchant de notre cercle.

— Viens féliciter ce charmant petit couple !

— Toi, ça m'aurait étonnée de ne pas te retrouver au bar. Allez mon loup, sers-moi une autre vodka-citron, feula-t-elle en tendant à Roger son verre vide. Il est beau gosse le serveur, hein Maddie. »

Maddie pouffa comme une gamine et reconnut que Roger était mignon tout plein.

« Une vraie gueule d'ange, enchaîna Sam en pinçant la joue de Roger. Et tu les aimes, les nanas, hein que tu les aimes !

— Je les adore », répondit Roger d'un ton lamentable.

Son adoration devait être des plus platoniques.

« Je te taquine, chouchou ! Gilbert, que tu es beau toi aussi ! Viens embrasser tante Sammy. »

Sammy Fabrizio était une forte femme près de la soixantaine. Elle portait une robe bleu électrique moulante de partout, et des pendants d'oreilles qui auraient déclenché une scoliose chez toute femme normalement constituée. Sa coiffure, aux étagements étranges, ressemblait à un vieux temple inca au sommet d'un haut plateau, et sa voix évoquait celle d'un canard qui aurait biberonné du gin et fumé comme un sapeur depuis qu'il était caneton.

Les présentations faites, Lunch, qui considérait la position debout comme une périlleuse gymnastique, proposa de se diriger vers le premier canapé libre.

Moira, selon sa bonne habitude, les bombarda de questions sur cette noble branche de sa future belle-famille. Elle se rappelait les prénoms de tous leurs rejetons, et même celui du mari de leur fille aînée, celle qui avait déjà quatre enfants. Ils la félicitèrent chaudement pour l'agilité avec laquelle elle se promenait dans leur arbre généalogique, alors que Gilbert, qui avait tenté de se lancer lui aussi dans la compétition, s'y égarait dès les branches basses. « Mon étourneau charmant », le gourmandait Moira.

Devant ce numéro de voltige, je craignis que Moira ne finît par éveiller les soupçons quant à la vraie nature de son intérêt passionné pour la famille Fabrizio. Heureusement, la fine mouche eut l'idée de se lancer dans un vibrant éloge des Grandes Familles.

« Maman a souffert le martyre quand je suis venue au monde, et on lui a interdit d'avoir d'autres enfants. Alors quand papa est mort — j'avais six ans — on s'est retrouvées toutes seules. Bien sûr on avait des cousins du côté de papa, mais ils l'avaient désavoué à cause de sa mésalliance. Naturellement je rêvais de faire partie d'une grande famille. Lorsque j'ai vu *Les Quatre filles du docteur Marsh*, j'ai cru reconnaître ma vraie famille sur l'écran... Vous comprenez qu'en voyant tous ces Cellini rassemblés je sois folle d'impatience de faire partie de votre tribu !

— Vous êtes déjà des nôtres, ma petite chérie, nasilla Sammy en écrasant une larme.

— Gil, tu as tiré le bon numéro, fit Lunch en reniflant.

— Et vous ? demanda Sammy en pivotant vers moi. Quand vous passerez-vous la bague au doigt ?

— Très bientôt, répondit Claire en me prenant la main, mais nous n'avons pas encore fixé la date.

— C'est vrai ? s'écria Maddie. Et moi qui ne savais rien ! Tu étais au courant, Gilbert ?

— Noooooonnnn !

— Allons, j'ai vendu la mèche, fit Claire en m'enfonçant ses ongles en pleine paume. Phil, tu ne m'en veux pas ?

— Bien sûr que non, chérie ! répondis-je, soudain pris de vertige.

— Moi, ça ne me surprend pas du tout, déclara Moira. Les femmes sentent ce genre de choses. »

Maddie fondit en larmes.

« Quel cœur sensible, exactement comme mon Freddy, ajouta Moira.

— Freddy qui ? demanda Sammy.

— Freddy Bombelli ! roucoula Moira. Votre oncle.

— Vous connaissez Freddy ? s'enquit Lunch, soudain très intéressé.

— *Très* bien. C'est grâce à lui que je connais si bien la famille. Il parle de vous sans arrêt. Il est si fier de tout ce que vous faites ! »

Elle parla avec enthousiasme de son job, sans toutefois s'étendre sur les goûts littéraires de Freddy et sur son exigence d'une interprétation *live* et en costume. À entendre Moira, on aurait plutôt cru qu'elle lui lisait *David Copperfield* dans les jardins d'un presbytère.

« Putain, la coïncidence ! crut devoir remarquer Lunch. La future belle-fille de Tony au service de Freddy-le-Clebs...
— Un peu de respect, que diable ! s'indigna Sammy en lui arrachant son verre. Tu as assez bu comme ça ! Il n'est pas huit heures et quart et tu es déjà bourré. Tu pourrais surveiller ton langage. Les enfants savent que c'était toi, le Père Noël.
— À propos de Père Noël, Phil m'en a raconté une bonne... commença Chick.
— Maddie, où sont les toilettes ? me hâtai-je de demander.
— Première porte à gauche en haut de l'escalier de l'entrée.
— Les dames d'abord ! lança ma fiancée. Tiens-moi la main, j'ai peur de me perdre.
— À vos ordres, princesse », réussis-je à répliquer en souriant de toutes mes dents.

La voix de Maddie nous accompagna un instant.

« Qu'ils sont charmants ! Soyez bien sages ! »

## CHAPITRE DOUZE.

AVANT de vous entraîner dans la salle de bains pour y entendre les horreurs dont Claire me régala, je dois mettre au net certains détails de l'organigramme du «Clan Cellini». Vous voudrez bien me pardonner cette nouvelle rupture narrative, il s'agit là d'éléments si essentiels à la compréhension des événements qu'il vous faudra les connaître tôt ou tard. Autant vous les livrer en bloc.

Sans doute avez-vous remarqué que les membres du clan Cellini ne sont pas tous des Cellini. Mieux vaudrait en effet, pour être exact, parler de clan Bombelli puisque tout le monde y descend de Freddy ou de ses trois sœurs, même si Freddy et Bruna, son infortunée belle-fille, restent les seuls survivants porteurs du nom.

Au début des années vingt, Freddy monta une petite entreprise d'équarrissage qui ne tarda pas à devenir grande grâce à de malheureux incendies qui ravagèrent l'un après l'autre les entrepôts de ses concurrents. Durant cette période de prospérité croissante, les trois sœurs de Freddy convolèrent : la première avec Enrico Cellini (le père de Tony), la deuxième avec Carlo Sartucci (le père de Chick), la troisième avec Tommy Fabrizio (qui engendra Lunch).

Les maris furent l'un après l'autre engagés par leur riche beau-frère dont les affaires marchaient si fort qu'il put les diversifier et confier à chacun d'eux la responsabilité d'une branche précise. Enrico Cellini fut chargé du stockage et des expéditions, Carlo Sartucci de la fabrique de vêtements qu'un certain Mr Klein avait donnée à Freddy dans un accès de générosité. Mr Fabrizio, lui, resta dans la viande car son fils commençait sa croissance.

Freddy convola à son tour vers la fin des années trente, quand il épousa la chanteuse Gina Latour (née Rose D'Amiglio) dont la brève carrière phonographique et les cinq années de triomphe au Cayenne Club sont restées gravées à jamais dans la mémoire de certains (rares) amateurs.

Vous suivez toujours ? Attention maintenant. À partir de la génération de Tony, les choses se compliquent — n'oubliez pas qu'entre autres petits défauts, les personnes sus-mentionnées avaient celui d'être catholiques, apostoliques et romaines. Accrochez-vous donc, et n'oubliez pas de corner cette page pour vous y reporter en cas de besoin car je m'en vais dresser la liste de la seconde génération des Bombelli.

Branche Cellini :
   Tony Cellini (marié à Maddie, comme on le sait).
   Steven Cellini (époux de Lisa).
   Teresa Cellini Pastore (mariée à Charlie Pastore).

Frankie Cellini (décédé, sa veuve s'appelle Connie).
Carlo Cellini (décédé, sa veuve s'appelle Marie).

Branche Sartucci :
Chick Sartucci (époux de Rosa).
Manny Sartucci (marié à Liz).
Sœur Deena Maria Sartucci (du couvent Notre-Dame de Fatima).
Joey Sartucci (victime du minestrone, sa veuve s'appelle Ann).

Branche Fabrizio :
Lunch et Sammy.
Aggie Fabrizio (divorcée).
Eddie « La Saucisse » Fabrizio (marié à la charmante Mona).
Le Père Eddie Fabrizio, s. j.
Big Jimmy Fabrizio (décédé, ni femme ni enfant).

Les Bombelli, heureusement, sont en nombre beaucoup plus restreint. Si Freddy rêvait comme ses sœurs d'une grande famille, il n'engendra qu'un fils : « Dum-Dum » Bombelli, qui épousa Bruna (Freddy et Bru sont les seuls survivants du clan, voir plus haut). La femme de Freddy est morte dans les années soixante, et un mauvais effet boomerang a eu raison de Dum-Dum deux ans avant le début de ce récit.

Les hommes et les femmes de cette seconde génération, entre quarante et soixante ans, ont à leur tour engendré des enfants, mais cette descendance ne présente que peu d'intérêt — si nous en rencontrons des spécimens au détour d'une page, il sera toujours temps de nous en occuper. Dans la maison des Bombelli, seuls les anciens ont droit au respect. Toute autorité émane du sommet, et vous connaissez maintenant assez la *nomenklatura* bombellienne pour comprendre les tenants et les aboutissants du drame dont Gilbert et moi furent les Rosencrantz et Guildenstern.

Sitôt arrivés dans la salle de bains, Claire me foudroya d'un regard qui me rappela celui de sœur Joselia lorsqu'un numéro de *Mecs en cuir* était tombé de mon cartable. Mon cœur se mit à battre la chamade.

« Alors, c'est la mafia ?

— Évidemment ! Dickie Fabrizio, ça ne te dit rien ? Et Moira qui est devenue la bonne amie de Freddy-le-Clebs... Tu aurais pu me prévenir !

— Mais je ne connaissais même pas Lunch. Et pour Freddy, je t'ai raconté.

— Tu m'as parlé de Freddy Bombelli, pas de Freddy-le-Clebs. C'est comme Jimmy-le-Grec. On ne le connaît que par son surnom.

— Pas moi, en tout cas. Mais d'abord, qui est Freddy-le-Clebs ? »

Sœur Joselia me foudroya pour la deuxième fois.

« Quand tu achètes le *Times*, ça t'arrive de lire autre chose que le supplément Spectacles ? »

Et de m'expliquer que Freddy-le-Clebs était un des gangsters légendaires des années quarante, cinquante, soixante. Un jour ou l'autre il avait été poursuivi pour chacun des délits répertoriés dans le code, mais aucun procureur n'avait réussi à l'inculper, les témoins à charge ayant toujours succombé à une incontrôlable bougeotte, ou à des tendances suicidaires jusque-là insoupçonnées.

Au début de la carrière du Clebs, un de ces témoins avait raconté à la presse que tous ceux qui lui cherchaient noise finissaient au fond d'une boîte de K-Niche, une marque de pâtée pour chiens fort populaire que l'usine de Freddy produisait en quantité illimitée. Ledit témoin n'avait pas tardé à se jeter par la fenêtre en laissant une belle autocritique tapée à la machine, mais le surnom de Freddy-le-Clebs était resté.

« Mais enfin, s'il est connu comme le loup blanc comment se fait-il que jamais je n'en ai entendu parler ?

— Peut-être parce qu'il y a un bon moment qu'il n'a pas fait la une. Ils ont fini par l'épingler pour fraude fiscale à la fin des années soixante, et il est resté si longtemps à l'ombre que je le croyais mort. Il était déjà vieux quand ils l'ont mis en taule.

— Et moi j'avais dix ans !

— D'accord, mais quand Big Jim Fabrizio a comparu en justice il y a trois ans tu savais lire, il me semble.

— Big quoi ?

— Tu sais bien, ce coup monté par le FBI. Ils l'ont filmé en train d'offrir cinquante mille dollars au sénateur Fowler pour qu'il déclare ne pas avoir la preuve que les boucheries Bombelli-Fabrizio servaient de couverture au trafic des stups. »

Cela me disait vaguement quelque chose.

« Résultat ?

— L'inculpation est tombée pour vice de forme,

mais Big Jim est mort un an et demi après. Dans un accident de voiture…

— Comment peux-tu être sûre que ce sont les mêmes Fabrizio ?

— Parce que leur oncle aussi s'appelle Freddy-le-Clebs, figure-toi ! »

Un coup violent frappé à la porte nous paralysa. Un malabar en costard croisé et borsalino allait-il nous agiter son pétard sous le nez ?

« Un instant ! cria Claire.

— Philip est avec toi ?

— Gilbert ! Entre vite. »

Il nous jeta un regard inquisiteur.

« Charmant tête-à-tête !

— Gilbert, il faut qu'on parle.

— Et comment ! Qu'est-ce que c'est que cette histoire de fiançailles ? » commença-t-il prudemment — il ne savait pas à quel point Claire était au courant de nos petites affaires.

Claire lui expliqua par a + b que son meilleur ami ne devait en aucun cas être soupçonné d'être gay, d'où ces fiançailles express.

Gilbert resta un instant muet de stupeur, puis s'écria :

« Philip, tu lui as raconté !

— Oui, et j'ai rudement bien fait.

— Quelle cloche ! Tu m'avais promis qu'en aucun cas…

— Gilbert, tu es ridicule ! coupa Claire. On n'en est plus là. Tu veux rouler dans la farine des poissons trop gros pour toi.

— Oh, épargne-moi ton histoire de mafia ! Je ne sais vraiment pas pourquoi…

— Non, tu ne sais pas. Alors tais-toi et ouvre grandes tes oreilles. »

Quand elle en arriva à la place unique tenue par Freddy dans l'histoire de l'alimentation canine, Gilbert avait le regard éteint du patient dans la salle d'attente d'un cabinet dentaire.

« Tu inventes tout ça pour me faire peur, lança-t-il.

— Gilbert, réveille-toi, bon Dieu ! Tu ne flaires pas la viande froide ? On est en train de faire la grosse connerie.

— C'était déjà de la folie de s'attaquer aux Cellini, mais vous êtes suicidaires d'avoir choisi Moira pour complice ! renchérit Claire. Tu vois bien qu'elle est comme cul et chemise avec la famille entière. Elle est pratiquement la maîtresse de Freddy, et les autres viennent lui manger dans la main. Si les choses tournaient mal, elle jouerait la sainte nitouche entraînée sur la pente savonneuse du vice par un petit pédé qui a brisé son cœur d'ingénue. Elle vous jetterait tous les deux aux fauves sans hésiter ! »

Gilbert avait maintenant l'expression du patient d'une clinique dentaire tenue par les Marx Brothers. On entendit un second coup frappé à la porte.

« Qui est-ce ? susurra Claire.

— Maddie, ma chérie. Vous êtes tous là ?

— Oui, maman », répondit Gilbert.

Toute joyeuse, Maddie fit son entrée, une coupe de cristal remplie de punch à la main.

« Je m'en doutais. Chaque fois que je donne une soirée, les jeunes se retrouvent dans la salle de bains. »

Avec sa présence d'esprit habituelle, Claire lui expliqua que Gilbert nous avait attirés ici pour nous demander conseil à propos du cadeau de Noël de Moira.

Quand nous rejoignîmes le gros des troupes, Moira, debout près du piano, avait pris la tête d'un groupe de petits chanteurs. Nous remarquâmes sans plaisir qu'elle connaissait sur le bout des doigts les paroles italiennes de « Minuit chrétien ».

À travers la salle évoluaient maintenant une dizaine de serveurs. Au premier coup d'œil on comprenait qu'ils travaillaient pour *Marvellous Parties*, le traiteur le plus couru de la saison. Avec leurs cheveux ondulés, leur profil de médaille et cet air de mépris glacé qui les faisait ressembler à des s.s. essayant de se montrer polis avec les autochtones, il n'y avait pas à s'y tromper.

Maddie nous abandonna pour aller accueillir de nouveaux invités, et le sourire figé de Gilbert s'effaça aussitôt.

« Quand je pense à tous les serveurs qui existent sur le marché, il a fallu qu'elle aille dégoter justement ceux-là.

— Et alors ?
— Mon passé me colle aux fesses !
— Tu as eu une aventure avec un des types ?
— Oh non, avec... trois, je crois. »


Le stress est un étrange phénomène, auquel chacun réagit à sa façon. Gilbert, comme vous le savez, sombre dans la morosité et se gave de glace à la noisette. Personnellement, j'ai tendance à débrancher mon téléphone et à me plonger dans la lecture d'un bon polar. Quels que soient mes problèmes, je me console en songeant que personne ne m'a battu à mort dans une bibliothèque dont la porte fermée à clef n'a pu laisser entrer ni sortir l'assassin à l'heure déclarée de mon décès. Mais les glaces et les romans policiers sont des consolations solitaires, sans utilité lorsque le stress vous tombe dessus devant un public impitoyable.

Gilbert et moi réagissons alors immanquablement en faisant les pitres. Un psychiatre expliquerait sans doute que notre angoisse génère un sentiment d'insécurité panique auquel seules des doses massives d'encouragements extérieurs peuvent porter remède, mais on n'en a rien à cirer. À la première alerte nous coiffons le bonnet à clochettes du bouffon.

L'attitude raisonnable, ce soir-là, eût été de passer inaperçu, mais c'était plus fort que moi, il fallait que je fasse l'intéressant. Même s'ils étaient tous d'ignobles crapules qui vendaient de l'héroïne à la sortie des écoles, je voulais qu'ils m'aiment.

« Gilbert ! s'écria une voix.
— Agnes chérie !
— Je déteste qu'on m'appelle Agnes.
— Je sais !
— Vilain garnement, embrasse-moi ! »

Agnes avait grande allure, elle avait même du chien. La quarantaine, non, la cinquantaine fièrement portée, elle ne ressemblait en rien à ses contemporaines présentes à la soirée. Svelte sans être filiforme, maquillée avec art, elle portait une robe de soie mauve qui attirait le regard sans qu'on se demande combien elle avait coûté.

« Tu me présentes tes amis ?
— Voici mon meilleur ami, Philip, et sa fiancée, Claire. Ma cousine Agnes...
— Aggie, voyons !
— ...Fabrizio. Vous avez déjà mangé au Paradiso sur la 52$^e$ Est ?
— Non.

— C'est un tort !
— Il appartient à Aggie. C'est la sœur de Lunch.
— Un homme charmant, dit Claire sans ironie.
— Vraiment ? lança Aggie avec un regard vers son frère qui engloutissait une platée de lasagnes. Il me fuit parce que je l'embête toujours pour qu'il perde du poids. Je n'ai pas raison ?
— Tout à fait, dis-je. Il devrait au moins supprimer ses petits repas entre les repas.
— À mon avis il devrait essayer des coupe-faim.
— Ma chère Aggie, même le gouvernement polonais ne réussirait pas à lui couper l'appétit. »

Aggie, l'air gourmand, me traita moi aussi de vilain garçon.

« C'est bien vrai ! plaisanta Claire. Lunch a toujours eu ce problème de poids ?
— Depuis le collège.
— La photo de classe a dû être prise d'avion ! »

Aggie éclata d'un rire proche du cri du karatéka le soir au fond du dojo :

« Ah ! Gilbert, d'où sort ce garçon ? Il est d'un drôle !
— C'est un ami de longue date. Il écrit.
— Un écrivain, formidable ! Vous êtes célèbre ?
— Pas vraiment, répondis-je en rougissant.
— Il a ses fans, précisa Gilbert.
— Ils se réunissent tous les ans dans une cabine téléphonique !
— Ah !
— En fait, il a beaucoup de talent mais n'est pas encore très connu.
— Quel dommage ! Et ça vit de quoi, un auteur obscur ?
— D'ombre et d'encre fraîche, bien sûr.
— Ah ! »

Le rire d'Aggie avait attiré sur nous l'attention de la moitié de la salle. Ugo et Betty Sartucci, le fils et la belle-fille de Chick, vinrent nous rejoindre.

« Qu'est-ce qu'il y a de si drôle, Aggie ?

— C'est l'ami de Gilbert, Philip, euh...

— Cavanaugh.

— Cavanaugh. A-t-il de l'esprit, le bougre !

— C'est vous qui avez fait cette bonne blague sur Lunch en Père Noël ?

— Laquelle, laquelle ? » demanda Aggie toute excitée.

Ugo s'empressa de la lui répéter en gloussant, puis ajouta à mon intention :

« Méfiez-vous de Lunch. Il a entendu quelqu'un la raconter et ça l'a fait bouillir.

— De toute façon, sa femme est déjà cuite ! plaisanta Gilbert.

— Chéri, je prendrais bien une autre coupe de champagne, intervint Claire, cherchant par tous les moyens à nous arracher à nos admirateurs.

— Bien sûr, mon ange. Ton taux de globules blancs est trop élevé par rapport à ton taux d'alcool ! »

Claire esquissa un pâle sourire et m'entraîna vers le bar, mais notre fan club nous y suivit comme un seul homme. Gilbert et moi continuâmes donc d'amuser la galerie tout en descendant des doubles scotches.

Un de mes effets comiques les plus demandés était la lamentable peinture des souffrances qu'endurent les artistes méconnus.

« Merci, dis-je en prenant une brioche fourrée au crabe. J'en ai bien besoin. La dernière fois que j'ai dîné, c'était d'un bretzel. »

Notre public eut bientôt doublé. Aussi, ayant

glissé discrètement dans la conversation que Claire et moi étions les auteurs de quelques couplets humoristiques des mieux venus, je laissai Aggie nous pousser vers le piano qu'occupait sœur Deena Sartucci. De loin, la petite nonne replète paraissait jouer avec des moufles, une vraie virtuose, de près il fallait bien reconnaître qu'elle n'en portait pas. Aggie lui annonça gentiment que la relève était arrivée. Je consultai rapidement Claire, et nous choisîmes trois ou quatre de nos meilleures chansonnettes. L'accueil fut enthousiaste. Même Claire, qui aurait voulu sauter par la fenêtre au lieu de jouer, se sentit encouragée par les éclats de rire et les applaudissements. Gilbert se joignit à nous pour entonner notre hommage au *New York Post* :

Papa fait marche arrière, il écrase son gamin !
Une voleuse à la tire, prise le sac dans la main !
Meurtre à la tronçonneuse dans un jardin anglais !
Elle viole le grand Noir qui lui livrait le lait !
C'est dans le Post, le Post,
Le New York Post !
Sexe, violence et méchants potins,
À votre réveil tous les matins,
C'est dans le New York Post,
Avec un toast !


La foule en redemandait, mais rien ni personne n'aurait pu me persuader de continuer. La bête égocentrique en moi était rassasiée. Ma victoire était totale. Un excès de zèle en aurait terni l'éclat. Je pris donc poliment mais fermement congé de mon public, et me dirigeai d'un pas leste vers la salle de bal, où les couples commençaient à danser. Claire ne tarda pas à me rejoindre. Elle ne décolérait pas.

« Je me tue à te répéter qu'on est entourés de gangsters et de tueurs à gage, et tu ne trouves rien de mieux que de faire le clown pour qu'on sache bien qui tu es, que dis-je, qui nous sommes. Parfois je ne te comprends pas.

— Pardonne-moi, j'avais l'angoisse. Et quand je suis comme ça...

— Chut ! »

Je suivis son regard et vis Moira et Gilbert s'approcher.

« Bravo ! Vous avez été super tous les deux ! s'écria Moira. En plus c'est chic de vous produire gratis. On ne parle plus que de vous ! À propos, qu'est-ce que c'est que cette histoire de fiançailles ? »

Il y avait une pointe d'inquiétude dans son ton. Elle devait se douter que notre idylle n'était pas sans rapport avec la sienne. Ma chère fiancée trouva aussitôt la parade.

« Moira, il faut que je te dise, fit-elle d'une voix soudain pâteuse. Je ne sais pas ce qui m'a pris, mais quand Chick nous a demandé si on songeait à convoler, mon vilain démon s'est réveillé. Je voulais voir la tête que ferait Philip ! Seulement maintenant ça m'embête de leur dire que je plaisantais. Je te jure, c'était la faute de...

— Ton vilain démon... et d'un peu trop de champagne, fit Moira avec un petit rire enjoué — ouf, elle avait marché.

— Tu as raison, je devrais arrêter après cette coupe.

— Mais non ! Amuse-toi. On est là pour ça. »

Maddie, au comble de l'excitation, annonça que Freddy était arrivé et nous entraîna de nouveau vers le salon, où sur un canapé près du sapin trônait Freddy Supertueur, entre Aggie et Chick Sartucci.

Juste derrière Chick, un gorille élégamment vêtu couvait d'un regard soupçonneux les parents bien-aimés de son boss. Trapu, les épaules carrées, il avait des cheveux noirs, courts et bouclés, surmontant un visage qui aurait sûrement attiré Charles Darwin, mais lui seul. Maddie m'apprit plus tard que c'était Serge, la nurse de Freddy. On l'appelait la nurse car Serge avait pour charge de faire respecter au vieux Freddy l'horaire compliqué de ses prises de médicaments, de diagnostiquer rapidement les agressions imprévues qui pourraient mettre en danger sa santé et d'y remédier par des doses de plomb à effet thérapeutique garanti.

Freddy ne donnait pas l'impression d'être un vieillard gâteux, plutôt un enfant sénile. Avec ses pieds pendant au-dessus du sol, il faisait penser à une petite victime de cette horrible maladie qui fait mourir de sénescence vers l'âge de neuf ans.

« Freddy, très cher, regardez qui est là ! » s'écria Maddie.

Freddy-le-Clebs leva les yeux et son visage s'éclaira à la vue de sa jeune favorite.

« *Cara*, vous êtes venue !

— Bien sûr puisque j'avais promis.

— Oui, mais je connais les jeunes. Tellement de sorties, d'invitations. On oublie... »

Sa voix râpeuse, mais aussi enjouée et sonore, évoquait un râle d'agonie heureuse.

« Freddy, vous vous souvenez de mon Gilbert ?

— Mais oui, il était au mariage de Steffie. Ravi de te revoir, Gilbert.

— Moi aussi, oncle Freddy. Vous êtes en pleine forme !

— Je veille à ma petite santé. Je fais beaucoup de siestes.

— Et voici le très talentueux ami de Gilbert, intervint Aggie. Phil Cavanaugh, et sa fiancée Clara.

— Bonjour, jeune homme. Heureux de vous connaître.

— Tout le plaisir est pour moi, monsieur. J'ai tellement entendu parler de vous... par Moira. Elle adore son travail.

— Vraiment ? C'est gentil. J'ai toujours peur qu'elle s'ennuie et finisse par me quitter.

— Vous quitter ? s'écria Moira. Moi qui ai toujours peur que vous me trouviez une remplaçante !

— Impossible ! Cette jeune personne, fit-il en se tournant vers Charlie Pastore, est la fiancée de Gilbert, le fils de Maddie. Je l'ai engagée pour me faire la lecture. Mes yeux vont mal et le docteur m'a interdit de lire, mais tu sais combien j'aime mes livres. J'en ai toujours lu un après le dîner. Sans ça qu'est-ce qui me resterait ? La télé ?

— Qu'est-ce que vous reprochez à la télé ? demanda Maddie.

— Si tu aimes ça tant mieux pour toi. Moi, j'ai assez vu de flics et de poursuites en bagnoles quand j'étais jeune ! »

Et tout le monde de rire.

« Oh, Freddy ! » gloussa Moira plus fort que les autres.

Claire et moi échangeâmes des regards consternés. Ainsi Moira savait que Freddy Bombelli n'était autre que Freddy-le-Clebs, elle savait que les Cellini étaient des trafiquants de drogue, qu'ils achetaient des sénateurs, qu'ils assassinaient les pauvres gens, et malgré cela elle avait décidé de les arnaquer.

« Cher Freddy, susurra-t-elle. Vous avez vu ? J'ai tenu à porter votre cadeau de Noël ! »

Gilbert, de son côté, ne cessait de jeter des regards inquiets sur sa gauche. Un des serveurs de la Race des Seigneurs le couvait d'un œil de serpent prêt à mordre.

« Philip ! Il faut que je te fasse les honneurs de la maison, se hâta de lancer Gilbert.

— C'est à moi que cela revient, ce me semble, intervint Maddie.

— Je t'en prie, maman. Cela me fait plaisir. À plus tard, Freddy. »

Il nous entraîna, Claire et moi, dans le vestibule.
« Tu l'as échappé belle !

— Tu n'imagines pas ! J'aurais dû rendre sa stéréo à cet allumé !

— Dites-moi, vous deux. Vous avez vu la tête de Moira quand Freddy a fait sa bonne blague ? Elle ne m'a pas fait rire, mais alors pas du tout. Je suis persuadée qu'elle connaît tous les petits secrets de la famille.

— Sûr ! lança Gilbert toute mauvaiseté hérissée. La garce a épluché leur arbre généalogique jusqu'aux racines. Les petits-enfants, les anniversaires, les groupes sanguins, elle connaît ça sur le bout des doigts. »

Claire bredouilla d'un ton incrédule :
« Je ne comprends plus. Si elle sait à qui elle a affaire, comment peut-elle songer une seconde à les escroquer ?

— Parce qu'elle est givrée jusqu'à la moelle et qu'elle sait très bien que Freddy gobe tout ce qu'elle lui raconte ! Si ça tourne vilain, ce sera ma parole contre la sienne.

— Grand Dieu, c'est encore pire que je croyais.

— Peut-être, mais c'est comme ça.

— Chhhut ! »

Tony Cellini s'approchait à grands pas.

« Tony ! s'écria Gilbert d'une voix très hétéro.

— Gilbert ! »

Tony, cas unique parmi les Cellini de sa génération, était un bel homme svelte, bien proportionné, au visage mince, au nez aquilin, à la mâchoire carrée, le tout rehaussé par un bronzage hors saison. Ses cheveux, légèrement clairsemés sur le dessus, laissaient apparaître quelques centimètres carrés supplémentaires de hâle flatteur. Il découvrait facilement sa denture magnifique dans un sourire que, même du fond de ma panique, je trouvai désarmant... Oui, cette première rencontre me désorienta tant les imitations que Gilbert m'avait faites de lui suggéraient un personnage de rustre chauve et bedonnant qui se mouchait dans les nappes. Plus tard je compris que Gilbert avait fabriqué ce Tony imaginaire par dépit de constater que sa mère avait épousé un homme dont il aurait aimé partager la couche.

« Gilbert, tu ne m'avais pas dit que tu chantais.

— Vous ne me l'avez jamais demandé. Vous connaissez mes amis ?

— Non, mais j'ai eu grand plaisir à les entendre. »

Il nous serra la main et nous complimenta vivement sur notre prestation. Nous étions devenus la coqueluche de la soirée.

« Vous devez être Philip, et vous Clara ?

— Claire.

— Claire, pardonnez-moi. Je suis sûr que vous irez très loin tous les deux. »

Sans doute beaucoup plus loin que nous ne l'aurions souhaité, songeai-je.

« Je suis Tony, le mari de Maddie et le beau-père de ce jeune homme.

— Ravie de vous connaître, dit Claire. Votre soirée est très réusie.

— Grâce à vous deux ! Sans votre intervention on aurait dû subir sœur Deena encore une heure. Et le mieux, c'est qu'elle n'ose pas retourner au piano maintenant que tout le monde a entendu une vraie pianiste !

— La pauvre, je suis confuse...

— Il ne faut pas. Personne ne supporte sa musiquette, mais comment dire à une nonne qu'elle ferait mieux de mettre les voiles ? »

Je remarquai que le Grand Blond avec le Regard Noir s'approchait dangereusement, un plat de saumon à la main. Gilbert se hâta de gagner l'abri des toilettes.

Tony nous interrogea sur notre travail et nos projets futurs, mais je sentais bien qu'il avait une idée derrière la tête.

« À propos ! dit-il comme pris d'une inspiration subite que souligna un claquement de doigts peu convaincant. Je connais quelqu'un qui serait ravi de vous rencontrer. »

Et il nous conduisit à travers le salon jusqu'à une vaste salle à manger aux riches lambris où la table croulait sous un buffet gargantuesque. Dans un coin, un adolescent solitaire contemplait d'un air pensif une assiette de scampi posée sur ses genoux comme si chaque crevette était une amie intime. Il avait des cheveux châtains ondulés, des yeux de biche effarouchée, et malgré un nez trop long qui nuisait à son genre de beauté, il émanait de lui le charme attendrissant du doux rêveur.

« Alors, toujours dans les nuages, Leo ? » fit Tony en le regardant affectueusement.

Il nous présenta le jeune Leo Cellini, son filleul et neveu, le fils de son défunt frère Carlo. À dix-sept ans, c'était un brillant élève de terminale qui adorait les comédies musicales, avec une préférence marquée pour celles de Stephen Sondheim.

Je dois vous informer ici que selon une récente enquête de l'Institut Gallup on ne compte pas plus de dix brillants élèves de terminale âgés de dix-sept ans qui soient à la fois hétéros et fans de Stephen Sondheim, et un je ne sais quoi, un presque rien dans le comportement de Leo me conduisait à penser qu'il ne faisait pas partie du lot. La façon qu'il avait de bousculer les mots sous le coup de l'excitation, et de souligner les *tellement* qui ponctuaient son discours, passaient peut-être inaperçus de l'hétéro moyen. Pour moi ils montraient clairement qu'une fouille un peu sérieuse de sa chambre d'étudiant mettrait au jour des piles entières de *Rencontres homo* entre les œuvres complètes de Christopher Isherwood et de Gordon Merrick.

« Leo compose lui aussi, nous apprit Tony. De très jolies choses.

— Vraiment ? demanda Claire.

— Oh, j'essaie un petit peu... répondit Leo, déchiré entre le désir de se précipiter au piano et celui de rentrer six pieds sous terre. Je veux dire, ça ne vous arrive pas à la cheville...

— Tant mieux ! plaisanta Claire. Cela m'évitera de vous détester. »

Tony éclata de rire, et Leo émit une sorte d'éternuement spasmodique qui devait être aussi un éclat de rire.

« C'est vrai, fit-il. Si j'étais aussi fort que vous, ce serait redoutable !

— Je vous crois !

— Vos chansons sont *tellement* bien, et les paroles *tellement* drôles !

— Merci Leo.

— J'ai bien vu que vous aviez pompé à droite, à gauche, mais le résultat est formidable !

— Quel tact ! remarqua Tony.

— Je ne voulais rien dire de méchant, protesta Leo affolé.

— En tout cas vous êtes très observateur. »

Puis, me tournant vers Claire, j'ajoutai dans un faux aparté :

« Qui est ce blanc-bec ?

— Il est odieux, non ?

— Pour qui se prend-il ?

— Je te demande un peu.

— L'affreux Jojo, Leo-la-Science ! »

Leo se tordait de rire, comprenant bien qu'il nous était sympathique, au fond.

Sur ces entrefaites survint sœur Deena qui se prosterna trois fois et balança l'encensoir devant le divin talent de Claire.

« Mes pauvres efforts ont dû vous paraître pitoyables !

— Mais non, vous jouez très bien.

— Vous êtes trop bonne, mais vous avez sûrement remarqué toutes mes fausses notes.

— Mais non voyons, pas toutes, je vous assure.

— Ma chère enfant, c'est si gentil d'épargner la susceptibilité d'une vieille femme... »

Elle continua quelque temps dans cette veine et finit par demander à Claire si elle accepterait de lui prodiguer quelques conseils à condition bien sûr qu'elle ne la trouve ni trop bouchée, ni trop arthritique, ni trop âgée pour espérer faire quelques progrès, si minimes fussent-ils. Claire se sentit obligée de lui prouver sur le champ que ce n'était pas le cas. Tony lui emboîta le pas, nous laissant, Leo et moi, causer de nos centres d'intérêt commun.

Nous discutâmes fort agréablement de la navrante situation de la comédie musicale dans le monde d'aujourd'hui. Leo tenait beaucoup à être pris au sérieux et faisait assaut d'érudition et de raffinement. Son mélange d'égotisme insolent et de timidité maladive me rappelait trop mon propre comportement au même âge pour ne pas me rendre ce garçon très attachant.

Pour la première fois, ce soir-là, j'oubliai que j'étais entouré de gangsters et d'assassins tant Leo occupait soudain mes pensées. Leo... Leo et moi... : les spectacles que nous irions voir, nos discussions, nos dîners en tête à tête, l'expérience dont je saurais le faire profiter, les leçons que je lui prodiguerais à mesure qu'il avancerait en force et en sagesse.

*Ding, Ding, Ding, Ding, Ding, Ding!* (première sonnerie d'alarme.)

Où avais-je la tête pour rêver de jeux interdits avec cet enfant de la mafia ? C'était folie rien que de discuter avec lui des mérites de *Pacific Overtures*.

« Et dans *Please Hello*, vous avez remarqué comme il utilise la même structure métrique que dans la chanson du Major Général de *Pirates of Penzance* en la compliquant de rimes intérieures. C'est la chanson que je préfère dans le spectacle.

— Moi, c'est *A Bowler hat*.
— Oh oui, oh oui ? »

Dans son enthousiasme il me saisit aux épaules et me regarda droit dans les yeux. Un long, très long regard.

DING, DING, DING, DING, DING ! (deuxième sonnerie.)

Où fuir ? Comment fuir ? Pourquoi fuir, surtout ? Ah, que ce garçon me plaisait ! En tout cas il ne fallait pas lui faire de peine. Comme Gilbert je prétextai un besoin urgent de gagner les toilettes.

« Tu sniffes ? me demanda-t-il, ce genre de question facilitant le tutoiement mais ternissant quelque peu l'image de premier communiant que je me faisais de lui.

— Non, c'est juste pour pisser.
— Je vais te conduire.
— Merci, je connais. Finis de dîner avant que ça refroidisse. Ravi de t'avoir rencontré. À tout à l'heure, bye ! »

Dans ma hâte, j'oubliai la règle élémentaire, mes chers Watson, d'une disparition réussie : si vous prétendez que vous devez aller aux toilettes, allez-y. Mais j'avais été mis à si rude épreuve qu'en passant dans la pièce voisine je ne pus m'empêcher de commander un double scotch à Roger-le-Secourable avant d'aller me réfugier près d'une porte-fenêtre. De là je pouvais contempler le Monde Merveilleux de Maddie tout en essayant de débrouiller l'écheveau de complications cauchemardesques dans lequel je me prenais les pieds depuis une heure.

« Coucou, me revoilà ! fit Leo.
— Eh bien, on se retrouve. Il y a une de ces queues aux toilettes !

— Il y a des tas de toilettes ici, je vais te montrer.

— Non, non, ça va. Je peux attendre. Cela forge le caractère.

— Bon... comme tu veux. »

Son expression blessée faisait peine à voir. Il comprenait que je l'évitais sans en savoir la raison, s'imaginant sans doute que je l'avais trouvé ennuyeux, immature, et ne m'étais montré aimable que par politesse à l'égard de mon hôte.

Un violent désir de dissiper ce malentendu stupide s'empara de moi. Je le fis parler de ses compositions, et bientôt la conversation reprit avec autant d'entrain qu'auparavant. Beaucoup trop d'entrain, à vrai dire, car en dix minutes Leo vida deux coupes de champagne qui passaient par là.

Son rire suraigu se fit plus fréquent. Au moindre silence il battait des paupières et me souriait comme le plus beau des anges. Je sentais mon cœur fondre, je disais n'importe quoi, des mots sans suite, pour me soustraire à ces dangereux silences. Il ne comprenait que trop bien la cause de ma nervosité et redoublait ses œillades. Comme si de rien n'était, je tentais de le regarder bien en face et de demander d'un air détaché ce qu'il pensait du *Flower Drum Song*. Il riait de plus belle, je me taisais, et ses beaux yeux me bombardaient à feu roulant.

« Leo ! fis-je en rougissant très fort.

— Quoi ?

— Arrête, s'il te plaît !

— Arrête quoi ?

— Tu le sais très bien.

— Non, quoi ?

— De me regarder comme ça.

— Comme quoi ?
— Tu m'as très bien compris.
— Je te regarde comme tu me regardes.
— Non, pas comme ça.
— Comment, alors ? »

Et ainsi de suite jusqu'au moment où s'approcha de nous un petit homme au visage chafouin, la soixantaine passée, un énorme cigare puant aux lèvres.

« Alors, Leo, tu te marres bien avec le pote à Gilbert ?
— Tu peux le dire ! gloussa Leo en s'emparant d'une nouvelle coupe de champagne.
— Bonjour, je m'appelle Charlie Pastore. Je suis le mari de Teresa, la sœur de Tony.
— Enchanté.
— Ravi de vous connaître moi aussi. Je vous ai entendu tout à l'heure, épatant !
— Fabuleux ! » renchérit Leo en vidant sa coupe.

Il fallait fuir, partir, déguerpir à l'instant. À la recherche désespérée d'un prétexte pour m'éclipser, j'aperçus Claire et sœur Deena derrière le piano. Sauvé !

« Veuillez m'excuser, je crois que je néglige ma fiancée.
— Ta fiancée ? répéta Leo pétrifié.
— Oubliez-la un instant ! conseilla Charlie. Elle a la bonté de donner des conseils à sœur Deena, et si quelqu'un a besoin de conseils, c'est bien notre chère sœur !
— Tu es fiancé ?
— Oui.
— Avec elle ? demanda Leo sans aménité.
— Félicitations ! fit Charlie. Cette jeune per-

sonne est pleine de talent. Alors Leo, ça marche au collège ? Tu finis cette année, non ?

— Mmouais.

— Tu t'es inscrit en fac ? »

Je bondis sur l'occasion.

« Je vous laisse à votre conversation. Ravi de vous avoir connus, au revoir !

— Tout le plaisir était pour moi, fit Charlie qui se retourna vers Leo. Ta mère m'a parlé de Princeton, je crois... »

Je m'éclipsai sans demander mon reste, adressant de grands gestes au fantôme du vestibule. Je m'arrêtai près de la porte d'entrée et jetai un coup d'œil par-dessus mon épaule. Leo avait pris congé de Charlie et descendait une nouvelle coupe de champagne. Nos regards se croisèrent de loin, et ses lèvres formèrent un délicieux « attends-moi » quand il reposa son verre vide.

Je songeai à me réfugier au premier, mais il risquait de me coincer dans une chambre. Restaient deux issues : la salle de bal ou le couloir du rez-de-chaussée, le long de l'escalier — dans lequel je choisis de m'engager — sur lequel plusieurs portes donnaient. Je me dis que je pourrais toujours en ouvrir une au hasard et prétendre que je cherchais les toilettes.

J'ouvris la dernière au bout du couloir, et, ô miracle, c'étaient les toilettes. Je m'assurai que Leo ne croisait pas dans les parages, mais tout était calme.

Après un trop bref intant de soulagement, je songeai que j'étais coincé. Si jamais Leo arrivait jusqu'ici, il frapperait, demanderait s'il y avait quelqu'un, et j'aurais le plus grand mal à contrefaire ma voix. Je pourrais aussi verrouiller la porte et ne pas répondre, ce qui le convaincrait de ma présence, et il m'attendrait à la sortie. Si je ne verrouillais pas, il allait débouler bille en tête !

Cette hypothèse avait l'avantage non négligeable de nous ménager un moment d'intimité pendant lequel je pourrais lui expliquer que tout mon amour allait à la petite dame de soixante-dix kilos qui composait de si jolies chansons.

Mais s'il me sautait dessus sans attendre ? Saurais-je lui résister ? C'était bien peu probable étant donné mon degré d'excitation. Et si quelqu'un nous entendait depuis le couloir, comment expliquerais-je ce que je faisais dans les toilettes avec un garçon de dix-sept ans...

« Toc-toc ! » roucoula Leo.

Il n'avait pas perdu de temps. Au comble de l'affolement, je cherchai une porte de sortie. Il y en avait une... Je saisis le bouton, le tournai le plus délicatement possible, et me glissai dans la pièce voisine.

À en juger par le bruit provenant du mur à ma gauche, je devais me trouver sur l'arrière de la maison, derrière la salle de danse. Le mur de droite était percé de deux larges fenêtres, et la lueur rougeâtre qui nimbait le Royaume Enchanté de Maddie me permit de voir que cette pièce était un bureau. Je collai mon oreille contre la porte qui donnait sur les toilettes et entendis Leo demander s'il y avait quelqu'un, puis entrer.

Il ne tarderait pas à trouver la porte de communication. Où me cacher maintenant ? À ma gauche se trouvait un bureau, et devant, deux vastes fauteuils face à un profond divan de cuir. Devinant un espace entre le sofa et les fenêtres, je m'y jetai à l'instant même où Leo entra dans la pièce et appuya sur le commutateur. La pièce fut inondée de lumière. Il inspecta longuement les lieux, laissa échapper un «crotte alors!» dépité, éteignit et rebroussa chemin.

Par prudence, j'attendis qu'il aille poursuivre son enquête au premier étage et me préparai à passer le reste de la soirée à bécoter Claire sans plus lâcher son poignet. Mes jambes repliées me faisaient un mal de chien. Je me dépliai à grand peine et m'apprêtai à quitter la pièce quand la grande porte s'ouvrit à deux battants. Je replongeai derrière le sofa. Sous le choc, mes genoux reçurent des décharges électriques si douloureuses que je craignis de voir jaillir des étincelles comme autour du Vil Coyote de Bip-Bip quand son skateboard à réaction lui explose à la figure. J'enfonçai mon poing dans ma bouche et souffris le martyre en silence.

J'entendis bientôt la voix sifflante de Freddy Bombelli.

«Non, Serge. On veut parler tranquilles. Reste dehors.

— Comme vous voulez, patron, fit Serge d'un ton défiant.

— Mais préviens-moi quand ils attaqueront la tarentelle. Je ne raterais pas ça pour un empire. Compris?

— *Si.*

— Tu n'oublieras pas?

— J'oublie jamais rien, patron», répliqua la voix offensée du grand primate.

La porte se referma, et il me sembla que deux personnes entraient.

«Excuse-moi, commença Freddy. Désolé de t'arracher à cette belle soirée, mais les grandes familles ont de grandes oreilles, et de grandes langues bien pendues. Tu vas comprendre que j'ai de bonnes raisons de vouloir que notre conversation garde son caractère privé. D'accord ?

— D'accord ? répondit Gilbert, la voix étranglée. De quoi vouliez-vous me parler ? »

**CHAPITRE TREIZE.**

JE me dépliai douloureusement, centimètre par centimètre, jusqu'à me retrouver à plat ventre. Mes pauvres genoux martyrisés en furent bien soulagés mais, quelques secondes plus tard, des préoccupations d'une tout autre nature vinrent chasser de mon esprit jusqu'au souvenir de cette séance de torture.

« Je suis vieux, commença Freddy, mais pas vieux jeu. On voit le monde changer quand on vit longtemps, et si on est malin, on change avec lui. Mes sœurs seraient tellement choquées par ce qui me passe par la tête que je préfère ne rien leur dire. Tiens, Gilbert, au risque de te froisser il faut que je te dise qu'il y a un sujet sur lequel j'ai complètement changé d'avis. Les homosexuels.

— Ah oui ? s'étrangla Gilbert

— Quand j'avais ton âge — il y a longtemps bien sûr, c'était la prohibition — je voyais rouge dès qu'un type avait l'air d'une tapette. Je lui crachais à la figure, je le tabassais, et s'il y avait de l'eau pas loin, je le fichais à la baille. Comprends-moi, je ne m'en vante pas, mais dans mon petit milieu tout le monde faisait pareil. Que de haine, de cruauté absurde! Aujourd'hui je n'arrive pas à comprendre pourquoi j'étais comme ça.

— Peut-être que sinon on vous aurait traité de pédé vous aussi », dit Gilbert en brûlant ses vaisseaux.

Autant que me le permettait ma position, j'essayai de rentrer sous terre pour échapper à la fureur du Clebs. Mais Freddy se mit à rire gentiment.

« Je crois que tu as raison. On avait la trouille. À l'époque, si tu avais le malheur d'être pris pour un pédé tu n'étais plus un homme. On te roulait dans la farine, tout le monde te marchait sur les pieds. Bien sûr, tu pouvais toujours expliquer que ce n'était pas vrai, mais c'était risqué aussi. Alors quand on tombait sur une tante, on lui faisait sa fête. Ridicule ! »

Je priai en silence pour que Gilbert n'essaye pas maintenant de pousser son avantage en exposant la théorie gay bien connue selon laquelle 98 % de ceux qui cassent du pédé sont des homos refoulés.

« Je suis content d'avoir vu ça de mon vivant, reprit Freddy. Les gays en ont eu marre de se faire démolir le portrait. Ils ont dit qu'ils étaient fiers d'être pédés et que si on les tabassait ils rendraient coup pour coup. Ils ont cent fois raison. On est en démocratie quand même !

— C'est sûr !

— Si tu respectes le travail, la famille et la patrie, tu as bien le droit de niquer qui tu veux du moment qu'il ne s'agit pas de mineurs. Moi-même je suis en cheville avec un couple de messieurs, Alan et Derrick. Ils sont gentils comme tout, ils paient leurs factures rubis sur l'ongle, et m'envoient une carte de vœux tous les ans. Tu vois, je n'ai pas de préjugé.

— Vous êtes un homme *juste, compréhensif*, vous êtes...

— Bon, tu as compris où je voulais en venir ?

— Euh... quelqu'un a dû vous raconter que... euh... j'ai été un petit peu... à peine... pas vraiment... gay ?

— Exact. C'est Moira.

— Non !

— Il ne faut pas lui en vouloir. Elle ne t'a pas trahi, et tu sais qu'elle t'aime de tout son cœur.

— Je n'en ai jamais douté.

— C'est moi qui lui ai posé la question. Pourquoi ? C'est un peu délicat, mais je vais quand même te le raconter. Dans ma famille on adore les cancans, comme je te l'ai dit. Or un jour, après une séance de lecture, je déjeune avec l'un quelconque de ces bavards à qui je chante les louanges de Moira. Au passage, je lui apprends qu'elle est fiancée au beau-fils de mon neveu Tony. Il a l'air surpris, très surpris — je précise qu'il travaille au Rampage, une discothèque à moi. Bref, il me dit qu'il t'a souvent vu dans cette boîte avec des jeunes gens pour qui tu avais l'air d'avoir, comment dirais-je... une grande affection. Cela m'a beaucoup inquiété car il y a quelques années une fille de la famille a épousé un homo honteux qui lui a menti comme un arracheur de dents et a fini par lui briser le cœur avant de se suicider... d'une manière assez bizarre d'ailleurs, mais j'ai oublié laquelle. Alors j'ai cru... excuse-moi, que Moira n'était pas au courant. J'ai préféré la prévenir. Elle a eu son petit sourire adorable, et puis elle m'a tout dit.

— Tout ?

— Tout. Toi au moins tu n'es pas un malhonnête comme le défunt mari de ma nièce ! Tu n'as pas fait de cachotteries à ta promise.

— Ah, pour ça non... commença Gilbert qui jugea plus prudent de laisser sa phrase en suspens.

— Ne sois pas gêné, surtout. Je suis un vieux monsieur et j'en ai vu de toutes les couleurs. Tu ne sais peut-être pas que beaucoup d'hommes ont le même problème que toi. En général ça arrive plus tard dans la vie, et c'est bien triste.

— Ah, ça... approuva Gilbert — qu'avait bien pu raconter Moira ?

— Même moi, tu sais, quelques fois... Enfin, quand on ne peut plus, on ne peut plus. Mais être impuissant à vingt ans, quel choc ! Je comprends très bien que tu aies eu peur d'être humilié devant une femme. Alors, vu ce qu'est l'époque, tu as préféré t'engager dans une autre voie, ah, ah ! (Râclements de gorge obscènes.) L'important pour un homme c'est de trouver sa voie, pas vrai ? Si c'est pas ci, y'a toujours ça.

— C'est ma devise !

— Quand même, quel soulagement pour toi d'avoir trouvé une femme capable de te délester de ton problème ! J'étais très ému quand elle m'a raconté ça. Tu as eu ce que tu voulais, et jusqu'à la fin de tes jours tu pourras l'avoir. Je suis un grand sentimental, tu sais, ce genre d'histoires me ravit. Je suis presque aussi heureux que toi. Si, si, je le vois bien, tu en pleures de joie ! Ah, *l'amore...* »

Gilbert était si ému qu'il ne savait quoi dire.

« C'est pour ça qu'il fallait qu'on parle, reprit impitoyablement Freddy. On m'a dit des choses qui m'ont fait peur, Moira m'a un peu rassuré, mais je ne serai vraiment tranquille que lorsque tu m'auras juré que tu sauras la rendre heureuse. Je n'ai plus d'enfants, et Moira c'est un peu ma petite-fille. Alors, tu l'aimeras toujours ? »

Pendant le silence qui suivit, je canalisai toute mon énergie psychique dans l'espoir d'établir le contact avec cette zone crépusculaire non balisée qu'est le cerveau de Gilbert.

*Tire-toi. Dis que tu ne te sens pas assez sûr, que dans l'intérêt de Moira mieux vaudrait peut-être...*

« Toujours ! »

*Oh, noooooooon !*

« Et tu ne lui feras jamais de peine ?

— Jamais !

— Tope-là. Tu es un brave petit, toi. Pas un menteur comme le mari de ma nièce. Ah, je m'en souviens maintenant... il s'est arrosé d'essence, a craqué une allumette, et s'est jeté par la fenêtre de son appartement.

— Bien fait pour lui ! Cela lui apprendra à briser le cœur d'une femme.

— Merci de m'avoir écouté. Tu m'enlèves un gros poids de l'estomac. Comment te prouver ma reconnaissance ? »

Freddy ménagea une pause théâtrale, puis lança :

« J'ai une idée !

— Vraiment ? fit anxieusement Gilbert pour qui un cadeau de Freddy aurait été comme un rayon de soleil perçant la congère de mensonges pervers sous laquelle Moira l'avait enseveli — serait-ce une caisse de scotch hors d'âge, des boutons de manchettes en diamants, une voiture ?

— Moira m'a dit que tu cherchais du travail. »

Ah, le coup bas !

« Elle vous a dit ça ?

— Oui, et je sais très bien que la vie n'est pas

rose tous les jours pour les jeunes auteurs! Je t'ai donc cherché un petit boulot sympathique, et ce soir, grâce à ton charmant ami et à ta cousine Aggie, je crois l'avoir trouvé. »

Cette allusion à ma noble personne me fit dresser l'oreille. J'étais ravi d'être charmant, mais très peu rassuré par ses projets concernant Gilbert. Je commençais à retenir mon souffle dans l'attente des paroles fatidiques quand la porte de l'antichambre s'ouvrit.

«*Scusati*, Signore Bombelli, commença Serge, la tarentelle va comm... »

Soudain il se mit à brailler :

« Bon Dieu, couchez-vous ! »

Une série d'explosions emplit la pièce, la fenêtre derrière moi se brisa en mille éclats, et les mauvaises pensées se mirent à fuser en ma pauvre tête — comment le tireur avait-il fait pour me répérer derrière le sofa ? Si j'avais su que la mort était aux portes, je n'aurais pas résisté au petit Leo, etc. Les talons dans l'estomac, l'estomac dans l'œsophage, l'œsophage dans la gorge, le visage criblé d'éclats de verre, j'enfouis ma tête sous le sofa et fermai instinctivement les yeux. Quand je les rouvris j'aperçus Gilbert, médusé et terrorisé tout à la fois, qui écarquillait les yeux de l'autre côté du canapé. Par d'habiles jeux de physionomie j'essayais de lui faire comprendre que je m'étais planqué là pour échapper à un adolescent trop précocement travaillé par ses pulsions, et que je ne pouvais quitter ma cachette sous peine d'être découvert par l'ex-empereur du crime. Las ! le fracas de la mitraille l'empêcha de prêter à mes mimiques toute l'attention voulue.

J'entendis des bruits de pas, comme si deux ou

trois costauds se précipitaient dans la pièce, puis un magma de voix d'où il ressortait qu'en somme on se demandait ce qui se passait, bon Dieu ! Les pas se rapprochèrent du divan.

« Bon sang, Freddy ! Tu vas bien ? — c'était la voix de Tony.

— Cela va toujours, grommela Freddy. Sont pas près de me trouer la peau, zenfants d'salauds ! »

Un bourdonnement de voix inquiètes emplit l'antichambre.

« Ils étaient trois, bredouilla Serge encore tout retourné. Là, derrière la fenêtre ! Ils sont arrivés sans faire un bruit, ils ont pointé leurs flingues sur Freddy, alors j'ai tiré et... »

Tony partit d'un rire homérique.

« Tu as vu trois *tueurs* derrière cette fenêtre ? »

De bons rires bien gras lui firent écho.

« Il est miro ! s'exclama une voix.

— Il va trop au cinoche ! pouffa quelqu'un.

— Allez, il n'y a pas de bobo. Affaire classée, déclara Tony en s'éloignant. Mon petit Gilbert, tu es bien pâle. Ne te frappe pas, va. On est un peu nerveux dans la famille.

— Freddy, ta nurse est une perle ! On voit qu'elle connaît son affaire...

— Arrêtez de charrier ce pauvre Sergio, dit Freddy. Il ne faisait que son boulot.

— Viens, Gilbert, et ferme la porte derrière toi sinon ça va geler, vilain ! Maddie, ma chérie, ne te fais pas de bile. Il n'y a que la fenêtre de cassée. Giuseppe s'en occupera plus tard. Lunch, du balai ! »

Les lumières s'éteignirent. La porte se referma. Au bout d'un moment je passai la tête derrière le coin du sofa. La pièce était vide. Je poussai un soupir de soulagement et osai regarder par la fenêtre. Deux Rois mages gisaient dans la neige, étreignant encore les cadeaux qu'ils n'offriraient jamais au petit Jésus. Le troisième était encore debout sur son rail, mais avait eu la tête tranchée net. Soudain le mécanisme se remit en mouvement. *De bon matin*... retentit à nouveau, et le Roi sans tête reprit son voyage. Le Divin enfant allait avoir une drôle de surprise.

Je courus dans la salle de bains dont je verrouillai les deux issues. Quelques minutes plus tard, le calme étant revenu, je rejoignis les invités.

Il faut leur rendre cette justice, les Bombelli ne manquent pas d'humour. Tout le monde trouva bien bonne l'histoire du triple régicide. Les rires fusaient de tous côtés à mesure que les invités apprenaient les détails de la fusillade, et un rigolo à la voix de basse proposa d'aller fouiller les santons et les moutons de la Crèche.

À peine avais-je remis le pied dans la pièce qu'Aggie entreprit de me mettre au courant. Elle avait descendu pas mal de petits verres depuis tout à l'heure, mais parvenait encore à se faire comprendre. Ce n'était pas le cas de tout le monde.

Quand le roi sans tête passa devant les portes-fenêtres, cinquante personnes s'écrasèrent pour mieux voir. Victime de mes nerfs éprouvés, je lançai quelques vannes approximatives que mon auditoire de pochetrons trouva pleines d'esprit. («Cette Nativité, c'est ni du Palma Vecchio ni du Palma Giovane, c'est du Brian De Palma!» etc.)

Gilbert choisit ce moment pour se frayer un chemin jusqu'à moi.

«Cela va-t-y? fit-il d'un ton maniaco-dépressif.

— Impec !
— Super ! »

Cette finesse nous fit partir dans un fou rire qui passa inaperçu parmi l'hilarité générale, puis l'assistance s'écarta respectueusement devant Freddy Bombelli qui s'avançait au bras de Moira. Il n'avait pas dû reparler à Gilbert depuis l'affaire des Rois car il lui glissa au passage :

« Ah, Gilbert ! Rien de cassé ? Les Rois mages nous ont interrompus juste au moment où j'allais te faire part de la proposition d'Aggie. Ah, ton ami est là, ça tombe bien.

— Gilley ! s'écria Moira. Tu vas être fou de joie, et Philip aussi.

— Explique leur toi-même, Aggie, suggéra Freddy.

— Avec plaisir. Écoutez, vous deux, commença-t-elle en nous prenant chacun par la main. Vous êtes des artistes fauchés qui avez besoin de manger tous les jours en attendant le jour prochain où vous ne manquerez pas d'avoir gloire et fortune. Moi, je suis une patronne de restaurant qui a besoin d'un maître d'hôtel et d'un barman... enfin, qui en aura besoin quand les deux croque-morts que j'emploie en ce moment auront vidé les lieux. Ce qu'il me faut, c'est deux mignons capables de distraire ma famille de grincheux quand la table ne leur plaît pas ou que le cuisinier est trop bourré pour préparer les pâtes *al dente*. Pendant des années j'ai eu un couple de princes qui étaient parfaits, mais enfin ils sont partis et personne n'a pu les remplacer. J'aurai besoin de vous du mardi au vendredi. On ferme le lundi, et le dimanche je loue le local pour des réceptions. Vous prenez votre service à 17 h et vous finissez à 1 h du matin, comme ça vous avez toute la journée pour écrire. Qu'est-ce que vous en dites ?

— Eh bien... », commençai-je, mais bientôt mes mots hésitants furent couverts par les encouragements bruyants de nos voisins. Que dire, d'ailleurs ? J'avais assez répété que j'avais besoin de travail, et Gilbert n'allait quand même pas expliquer à Freddy que sa femme et ses gosses pouvaient bien crever de faim du moment qu'il finissait son grand roman (ou plutôt envisageait de le commencer un jour).

Nous acceptâmes donc avec reconnaissance sous les vivats du cercle de famille, et je me hâtai d'aller apprendre la bonne nouvelle à ma fiancée.

Claire était encore au salon où elle prodiguait inlassablement ses conseils à la bonne sœur. Dès qu'elle m'aperçut, elle se précipita vers moi.

« Philip ! J'étais si inquiète. Tu sais que Gilbert et Freddy étaient tranquillement en train de causer quand le gorille de Freddy s'est mis à cartonner la crèche ? Ces gens-là sont *dangereux* ! Tire-toi tant que tu le peux encore. Demain tu diras gentiment à Gilbert que tu reprends tes billes et tu me jures de ne plus jamais revoir ces truands. D'accord ? Chhhut... Quelle belle fête, n'est-ce pas ? Tiens, Leo ! Comme on se retrouve... »

#### CHAPITRE QUATORZE.

Le lendemain, Gilbert et moi retrouvâmes Claire à son appartement de Riverside Drive. Comme pour aggraver notre morosité le temps était si froid, gris et bruineux que le minuscule studio de Claire, si pimpant d'ordinaire, ressemblait au décor morose d'une fin de film suédois.

Nous n'avions pas discuté de la situation depuis la soirée de la veille, où j'avais seulement appris à Claire quel tour imprévu allait prendre nos carrières. Les complications ne cessant de s'accumuler, il avait paru inutile d'en faire le tri sur place, et dans le camp ennemi de surcroît. Claire s'était contentée de nous prendre à part pour exiger solennellement que nous ne disions plus *rien* à Moira. Elle devait ignorer que Claire était au courant de ses manigances, mais surtout que nous savions avoir affaire à la mafia.

Quand nous étions revenus tous les quatre de chez Maddie, nous n'avions donc point tari d'éloges sur la belle soirée que nous venions de passer. Quelle charmante famille ! Certes, le Massacre des Rois mages nous avait quelque peu émus, mais après tout, qu'un homme aussi riche que Freddy se soit attaché les services d'un garde du corps, quoi de plus naturel ? Les stars du rock et de la politique le faisaient bien. Et puis ces Trois Grands Rois devaient sembler terriblement inquiétants dans l'ombre, avec leurs longs manteaux et leurs bonnets gigantesques ! Mais ensuite, quelle rigolade quand on avait compris la bévue du pauvre Sergio ! Gilbert s'en tenait encore les côtes !

« Mon petit Gilbert, fit Claire en verrouillant la porte, j'ai passé la matinée à rassembler de la doc sur ta famille et ce n'est guère encourageant. »

Sur la table s'empilaient des livres de bibliothèque et de vieux numéros du *New York Magazine* cornés à certaines pages.

« Où as-tu déniché toutes ces vieilleries ?

— Cela fait six ans que je les reçois. Leurs concours sont trop faciles pour moi, et à tous les coups je gagne un abonnement de six mois. Comme il y a toujours plein d'articles sur le Milieu, j'étais sûre d'y trouver mon miel. Les livres ne sont pas piqués des vers non plus. Bon appétit, Messieurs... »

Sur quoi elle disparut dans son coin-cuisine. Une fois assis, Gilbert et moi entreprîmes de compulser les documents d'une main tremblante.

*Prêteur sur sang* attira tout de suite mon attention. Sa couverture, imitée de celle du *Parrain*, le classait d'évidence parmi les succédanés du best-seller de Mario Puzo. On y contait l'histoire d'un certain Louis Lucabella qui avait régné en maître sur la pègre de Philadelphie dans les années cinquante-soixante.

Claire avait corné une page où était relaté un incident de la fin des années trente, alors que le jeune Louis faisait ses premiers pas sur les sentiers de la vilenie. Avec trois potes à lui, il avait monté une petite entreprise de produits pharmaceutiques qui n'avait pas tardé à porter ombrage à celle de « Bombelli-le-Boucher » (qu'on n'avait pas encore surnommé « le Clebs », sinon ils n'auraient pas osé).

Un des potes disparut bientôt, et une semaine plus tard les survivants furent invités à une partie de poker dans un bureau de l'abattoir de Freddy. Louis et ses potes eurent quelque mal à s'intéresser au jeu car, de la pièce voisine, provenaient des bruits d'os brisés, et des hurlements à vous glacer les sangs. À chacune de ces interruptions incongrues, Freddy présentait ses excuses. L'abattoir avait un quota de carcasses à fournir tous les jours, les affaires étaient les affaires, il était désolé, etc., mais il se garda de leur expliquer où les bovins prodiges avaient appris à crier « Assez, assez ! Achevez-moi, par pitié ! » Au bout de trois heures à peine, le grand Lucabella était muet comme une carpe et Freddy, bien qu'il perdît, les laissa partir avec leurs jetons.

À la fin de cette page humoristique, je vis que Gilbert dévorait un article avec le regard effaré du lecteur arrivant au dernier chapitre d'un roman de Stephen King. Nous échangeâmes nos lectures sans un mot.

L'article, datant de deux ans et demi, décrivait Freddy après sa sortie de prison comme un petit homme triste, diminué, « las des bains de sang » et quasi moribond. On voyait, sur la photo, une silhouette rabougrie, voûtée, appuyée sur une canne dans un jardinet envahi d'herbes folles. Rien à voir avec le nabot débordant d'énergie démoniaque que j'avais rencontré lors de la soirée de Maddie. Le vieux renard... J'en avais la rage au cœur.

Claire nous apporta du café.

« Tu as lu ça ? lui demandai-je.

— Oui. Le journaleux s'est fait posséder.

— Oh, nnnom de Dddieu ! marmonna Gilbert plongé dans le conte de l'Abattoir.

— Attendez, il y a pire ! annonça Claire en désignant la pile de livres et de magazines que nous n'avions pas encore compulsés. Ces gens sont redoutables. En plus, ils pullulent comme des lapins.

— Il faudrait savoir ! Le jour du déjeuner au Trader Vic's, Maddie nous a répété sur tous les tons que les Bombelli tombaient comme des mouches.

— Mouches ou lapins, on s'en fout ! gémit Gilbert.

— Voilà bien le genre d'attitude qui vous a mis dans le pétrin !

— Tu cherches quoi, au juste ? À enfoncer le clou ou à nous tirer de là ?

— Un peu les deux. J'ai déjà été confrontée à la bêtise humaine sous beaucoup de formes, mais rien de comparable à votre stupidité d'hier soir. Chercher par tous les moyens à vous faire remarquer ! Et toi, Gilbert, pourquoi ces promesses ridicules à Freddy ?

— Arrête de jouer les professeurs de vertu. Je lui ai juste dit ce qu'il avait envie d'entendre. Tu te vois lui dire ce qu'il n'a *pas* envie d'entendre ? »

Claire dut convenir que non.

« Et Moira qui léchait les bottes de tout un chacun, sans oublier les semelles, si jamais j'annonce à Freddy que j'ai changé d'avis, elle ira lui raconter qu'un sale petit pédé a brisé son cœur de jeune fille et qu'il faut lui tailler un beau complet en ciment.

— D'accord, d'accord. Mais l'histoire du restaurant, Gilbert. Vous n'allez tout de même pas travailler pour ces gens-là ?

— Ce ne serait pas raisonnable de manquer à notre promesse, expliquai-je. Si on refuse du travail alors qu'on est raide fauchés, Moira aura la puce à l'oreille.

— Pourquoi la laisser faire la loi ? se rebiffa Gilbert. Elle les escroque autant que nous, c'est même elle qui en a eu l'idée !

— Essaye d'expliquer ça à Freddy, fis-je. Pour lui, Moira c'est Blanche-Neige, Jeanne d'Arc et Cendrillon réunies !

— En tout cas il faut absolument faire échouer la double arnaque, reprit Claire. On ne peut pas faire payer à Tony un mariage que la mère de Moira croit payer entièrement de sa poche ! On va prévenir la duchesse. Une petite lettre anonyme fera l'affaire, et la duchesse arrangera discrètement les choses.

— Une lettre anonyme ? Tu plaisantes ! Moira saura tout de suite d'où ça vient. Si on lui colle la duchesse aux fesses, elle a de quoi faire très mal.

— Mais pourquoi saurait-elle qui l'a écrite ? Pour elle, tu n'as aucune raison de lui glisser des peaux de banane sous les pieds puisqu'elle croit que tu marches à fond dans la combine. Alors reste enthousiaste, et n'oublie pas que tu n'as *aucune* idée des activités criminelles de ta belle-famille. À la première allusion, Moira fera le rapprochement avec la lettre. Donc, tu *adores* la famille. Toi aussi, Philip. De charmants originaux, sans plus.

— Raison de plus pour accepter l'offre d'Aggie.
— Pourquoi ? demanda Gilbert au comble de l'affolement.
— Parce qu'elle sait que je suis fauché comme les blés et que tu es censé faire du charme à toute la famille pour qu'ils dépensent un max en cadeaux. Pourquoi laisserais-tu passer l'occasion de les voir sinon parce que tu aurais appris qu'ils sont dangereux ?
— Il a raison, déclara Claire.
— Quelle poisse !
— Écoutez, fit-elle. Vous pouvez chercher autre chose pendant ce temps, et dans quelques semaines vous annoncerez en y mettant les formes qu'on vous a fait une meilleure offre. L'essentiel, c'est de ne pas éveiller les soupçons de Moira. On pourrait même glisser des accusations calomnieuses sur vous deux dans la lettre à la duchesse, comme si elle était écrite par quelqu'un qui vous déteste vraiment.
— Bonne idée !
— Moira se posera quand même des questions...
— Tant mieux ! Mettez le paquet ! Montrez-vous aussi furax qu'elle. Vous n'avez rien à perdre. Après tout, c'est elle qui a raconté à Freddy que vous étiez gays. Pourquoi le vieux ne serait-il pas l'auteur de la lettre ? »

Une affreuse pensée me vint à l'esprit.

« Et si la duchesse décidait de s'adresser directement à Tony et Maddie ? »

Claire retint son souffle, se mordit les lèvres.

« Je n'y crois pas, finit-elle par dire. Ce serait trop gênant d'avouer aux Cellini que sa fille essayait de les arnaquer. Elle préférera étouffer l'affaire. Au pire elle appellera les Cellini en leur disant que le duc et elle ont eu une grosse rentrée d'argent et peuvent maintenant assurer tous les frais. Par mesure de prudence, je vous conseille tout de même de garder copie de la lettre. Comme ça, si les Cellini viennent jamais vous demander des comptes, vous aurez la preuve que vous avez essayé d'empêcher qu'on les escroque. »

Après réflexion nous reconnûmes que ce plan, s'il n'était pas sans risque, était notre seul recours. Claire alla chercher une feuille de papier bien blanc, et nous rédigeâmes le brouillon suivant :

Chère duchesse,

Je ne suis pas un indiscret, mais il serait indigne, ce me semble, de ne pas vous informer de certains regrettables agissements qui ont récemment alarmé ma vigilance.

Votre fille Moira, qui n'en est pas à une filouterie près, a dilapidé les fonds que vous croyez bloqués sur son compte (sans doute pour acheter de la drogue). Elle cherche maintenant à vous dissimuler cet odieux abus de confiance avec l'aide de Gilbert Selwyn, son minable fiancé. Hélas, ce n'est pas tout ! Ce Gilbert est un homosexuel connu qui s'affiche sans vergogne en compagnie d'un nommé Philip Cavanaugh, lui aussi pédé notoire et auteur de plusieurs pièces à scandale. Votre fille et Gilbert ont fait croire à la famille très aisée de ce dernier que vous étiez RUINÉE ! Ils vous prennent, vous et votre époux le duc, pour des SNOBS RADINS bien décidés à ce que la famille du futur marié assure tous les frais de la cérémonie. Croyez-moi, madame la duchesse, ils ont de vous une PIÈTRE opinion !

J'ai toujours éprouvé un profond respect pour la famille royale anglaise, et quand Charles a épousé Diana j'ai fait une vraie razzia sur les souvenirs. Cela me briserait le cœur de voir la réputation d'une véritable aristocrate américaine (comme Mrs Simpson autrefois) ternie par les mensonges d'une fille cupide et d'un couple de pédés alcooliques.

Avec mes bien sincères regrets,<br>
Quelqu'un qui vous veut du bien.

Claire recopia cette prose en deux exemplaires, dans un gribouillage de mauvais écolier bien différent de son élégante écriture habituelle, en glissa un dans une enveloppe blanche ordinaire, commença d'inscrire l'adresse que Gilbert avait dans son carnet puis s'arrêta tout soudain.

« Et comment la connaîtrais-je ?

— Pardon ?

— L'adresse. Combien de gens au monde connaissent l'adresse de la mère de Moira ? Si tu es le seul, mon grand, ça sent le roussi pour toi. »

Gilbert réfléchit un instant. À sa connaissance il n'y avait que sa mère et Tony, mais comme Moira vantait partout où elle se trouvait la beauté de Trebleclef et le charme de Little Chipperton, il n'y avait qu'à indiquer « Trebleclef, Little Chipperton », et le facteur du coin se débrouillerait pour trouver que la demeure ancestrale était située sur St. Crispen Road.

Claire acquiesça.

« Voilà. Je l'enverrai par D.H.L. pour être sûre qu'elle arrive. Surtout n'oublie pas, Gilbert : tu es toujours *ravi* de votre plan. Si Moira se doute que tu t'apprêtes à quitter le navire, elle devinera tout de suite qui a écrit cette lettre. Quant à ton job au restaurant, excuse-moi mais tu ne supportes pas de travailler de toute façon.

— Pas du tout ! Je suis prêt à bosser une journée entière si le boulot est intéressant...

— Gilbert ! coupai-je. Sois franc. Le travail te rend malade.

— D'accord. Mais qui aime travailler ? Et puis où veux-tu en venir ?

— Au fait que Moira le sait très bien. Que lui as-tu dit quand vous vous êtes retrouvés tous les deux ?

— Voyons... elle m'a demandé comment s'était passé mon entretien avec Freddy. J'ai répondu qu'il m'avait informé d'une impuissance dont elle m'aurait guéri et que j'avais bien été obligé de le reconnaître. À quoi elle a répondu qu'elle était très fière d'avoir trouvé cette idée quand il lui avait annoncé qu'il savait que je préférais les garçons. Puis elle m'a assuré qu'elle avait voulu me prévenir mais que je m'étais montré si odieux ces derniers temps qu'elle n'en avait pas trouvé l'occasion. Elle ne pensait pas que Freddy me coincerait pour en parler d'homme à homme, mais puisque tout s'était bien passé pourquoi s'en faire ? Avant d'aller me coucher, j'ai juste dit : « Au fait, merci pour le job ! »

Claire approuva du chef.

« Tu as bien fait. Si tu lui avais dit que tu étais ravi, elle aurait compris que tu savais qui était Freddy et que tu craignais des représailles. »

Nous ne pouvions maintenant qu'attendre la réaction de la duchesse. La balle était dans son camp.

« J'espère qu'elle tuera sa fille de sa main ! s'écria Gilbert, qu'elle la découpera à la tronçonneuse et déshéritera les morceaux! Cette ignoble garce a mérité chacun des malheurs qui vont lui fondre sur le paletot!»

Il regarda la pendule.

«Mon Dieu, déjà deux heures! J'ai rendez-vous avec elle pour choisir de l'argenterie.»

### CHAPITRE QUINZE.

Noël, voyez-vous, cela compte beaucoup pour moi. Mes amis se gausseraient s'ils lisaient cela tant ils m'ont entendu tempêter contre le ton enjoué des présentateurs de télé, l'impossibilité de trouver de jolis cadeaux pas chers qui ne fassent pas jolis cadeaux pas chers, et surtout l'impudence des trafiquants d'arbres qui vous proposent pour 50 dollars au lieu de 60 un conifère miteux, honte de la forêt avant d'être abattu.

Et pourtant, chaque année une certaine débilité enfantine et joyeuse s'empare de moi vers la mi-décembre. Je couvre l'appartement de guirlandes, j'achète un sapin à crédit, et j'exhume les disques d'Andy Williams et de Dinah Shore que je conserve pieusement depuis ma prime enfance. Je fais du lèche-vitrines dans la Cinquième Avenue, j'envoie des cartes, et il m'arrive même de boire le traditionnel vin chaud aux épices.

Mais cette fois, rien de tout cela ne s'était produit. J'avais bien acheté un petit sapin qui n'avait pas réussi à détendre mes pauvres nerfs, car chaque jour se passait dans l'attente angoissée d'une réponse de la duchesse. Claire l'avait expédiée le lundi suivant la soirée de Maddie, et d'après les excellentes gens de D.H.L. elle devait arriver le lendemain. Depuis mardi nous étions donc tous les trois sur des charbons ardents. Entre-temps, de nouvelles complications s'étaient abattues sur nous.

Le mardi après-midi, la sonnerie de mon téléphone retentit.

« Allô ?

— C'est vous Philip ?

— Aggie ! m'écriai-je, ma tension grimpant tout d'un coup. Comment ça va ?

— Bien. Mais vous avez une drôle de voix, mon pauvre. Ce n'est quand même pas votre gueule de bois de vendredi dernier ?

— Non, mercredi. Je n'en suis pas encore à celle de vendredi !

— Le pauvre ! Vous avez essayé le sac de glace ?

— Oui. J'ai la tête comme une banquise. Il ne manque plus que les pingouins !

— Ah, ah ! »

Pourquoi cette femme m'inspirait-elle systématiquement de mauvaises plaisanteries ?

« Écoutez, beau gosse, j'ai de mauvaises nouvelles à propos de votre emploi.

— Ah bon ? fis-je, essayant de ne pas trahir trop d'espoir.

— Je sais que vous comptiez commencer cette semaine, mais Maddie m'a appelée pour me faire remarquer qu'il serait peu charitable de renvoyer George et Sylvester une semaine avant Noël. J'ai un cœur dur, mais pas de pierre. Cela ne vous ennuie pas trop d'attendre jusqu'en janvier ? »

Ce n'était qu'une remise de peine, mais je m'y accrochais.

« Pas du tout !
— Je suis navrée. Comme je vous demande de ne pas prendre d'autre engagement jusque-là, il est normal que je vous dédommage.
— Aggie...
— J'insiste. J'y tiens !
— Mais je ne proteste pas, je demande combien !
— Pas grand chose hélas, juste de quoi vous offrir un petit Noël. Allez, je dois vous laisser. Joyeux Noël ! »

Le combiné sur les genoux, je restai un moment à peser le pour et le contre. Cet argent me serait évidemment fort utile, surtout à l'approche des fêtes, mais je craignais les fils à la patte. Et puis j'avais l'étrange impression que l'intérêt d'Aggie à mon endroit n'était pas purement platonique. Même si cette intuition se révélait inexacte, accepter cette avance m'obligeait à garder mon emploi plus longtemps que les quelques semaines suggérées par Claire.

Le téléphone sonna de nouveau.

« Salut ! fit Gilbert. Devine à qui je viens de parler ?
— Aggie ?
— Toi aussi ? Enfin de bonnes nouvelles ! Il est grand temps de faire un peu casquer cette famille... »

J'essayai d'expliquer que la largesse d'Aggie était un cadeau empoisonné qui rendait caduc notre projet de retraite anticipée. Gilbert reconnut que plus elle se montrerait généreuse, plus il nous serait difficile de nous tirer de cette galère.

J'appelais aussitôt Claire qui consulta trois secondes son brillant cerveau électronique et proposa que je dépose le chèque en banque avec promesse de ne pas y toucher. Lorsque je déciderai de quitter mon emploi, je ferai au nom d'Aggie un chèque d'un montant équivalent en lui expliquant que je ne pouvais, en mon âme et conscience, garder cette avance alors que j'avais occupé la place si peu de temps.

Ce soir-là, Gilbert, Moira et moi nous rendîmes à la party que Holly Batterman donnait chaque année à l'approche de Noël. Notre hôte nous accueillit à la porte et nous fit entrer dans son loft tout tapissé de houx.

« Tu ne trouves pas que ça sent le sapin ? » plaisanta-t-il tout joyeux.

En quelques minutes il réussit à m'entraîner dans sa chambre pour me mitrailler de questions. Gilbert et Moira étaient-ils toujours amoureux ? Se disputaient-ils, comme on le prétendait, et si oui pourquoi ? Étais-je présent quand Gilbert avait rencontré Gunther dans le parc ? Moira avait-elle vraiment dit à Gunther, en plein Tombeau de Marilyn, que son visage ressemblait à une vieille passoire rouillée ? Pourquoi Moira avait-elle vidé Vulpina ? *Honnêtement*, était-ce la duchesse qui avait eu la trouille ou Moira elle-même ? Est-ce que je savais que Pina en était encore verte de rage ? Presque autant que Gunther ? Holly avait failli n'inviter ni l'un ni l'autre ce soir, mais ç'aurait été vraiment moche, juste avant Noël !

« Holly ! Tu les as invités ?

— Bien sûr ! Moira ne me raconte jamais rien. J'apprends tout avec deux coups de fil de retard. Si elle doit arracher les yeux à Pina et Gunther, je veux être aux premières loges ! »

Je courus avertir Gilbert et Moira, mais trop tard. Pina et Gunther étaient arrivés pendant mon interrogatoire. Les yeux de Holly brillaient de convoitise. Il tenait déjà son cadeau de Noël.

Malheureusement pour lui, il ne le trouva pas dans son soulier ce soir-là. Malgré la tension délicieusement énervante que ressentirent tous les invités, les combattants en lice profitèrent des dimensions du loft pour garder leurs distances. Gilbert et Moira ignorèrent allègrement Gunther qui fixait sur eux le regard d'un vautour tournant en cercles impatients au-dessus d'un désert plein de hyènes trop bien nourries, et Pina dédaigna la tactique trop facile des regards assassins. Sa tenue, ce soir-là, assassinait pour elle. Un long fourreau de triangles de soie noire s'entrecroisant sur sa poitrine surmontait une jupe fuseau l'enserrant étroitement de la taille aux chevilles dans le style cher à la comtesse Dracula. Cette saisissante composition était rehaussée d'épaulettes en aluminium tranchantes comme un hachoir à fines herbes, et, sur la hanche, d'un gros bouquet de métal aux pales acérées de robot ménager.

En découvrant le harnachement de Pina, les invités ouvraient des yeux ronds et reculaient à trois pas. Moira et Gilbert feignirent pourtant le plus longtemps possible de ne pas remarquer la présence de la couturière. Ni lorsque Holly poussa un cri déchirant en voyant Pina s'écrouler toutes pales dehors sur son joli canapé en velours pêche, ni quand elle se lança dans une grande conversation avec Gunther, ils ne pipèrent mot. Ce fut seulement lorsque Marlowe, enhardi par l'alcool, se lança dans la chasse au scoop, que Moira admit l'existence d'un léger problème.

« Quelle commère tu fais ! Nous ne sommes pas du tout fâchées. C'est juste que maman, tu sais, la duche...

— Je sais.

— Eh bien, elle me voyait en grande robe de mariée froufroutante. Pina avait gentiment proposé de dessiner un petit modèle sympa, mais étant donné les exigences de maman ç'aurait été criminel de lui demander de brider sa créativité ! »

Holly, qui avait entendu la fin du récit de Moira, fit savoir aussitôt que, d'après Vulpina, on l'avait congédiée alors qu'elle était en train de créer un second modèle qui répondait parfaitement aux nouvelles normes, que Moira n'avait même pas vu la robe, et qu'elle avait eu le culot de lui signifier son congé par un coup de téléphone pendant lequel elle s'était mise à imiter très approximativement un bruit de parasites dès la première objection avant de raccrocher.

« Gros bêta ! s'écria Moira. Pina a voulu te taquiner. C'est pour te faire plaisir qu'on invente toutes ces histoires, et tu les gobes à chaque fois ! C'est trop facile, et c'est vilain. On devrait arrêter. À part ça, mon lapin, ton sapin est super ! »

Ayant planté ce pieu dans le cœur de notre hôte, Moira alla se joindre au chœur qui braillait des Noëls autour du piano. Un peu plus tard, après avoir finalement convaincu Holly que les propos de Moira étaient pure invention, Gilbert et moi suggérâmes à cette dernière que l'heure était venue de nous retirer. À mi-chemin de la porte d'entrée, nous tombâmes nez à nez avec Vulpina.

« Pina chérie ! Toi ici ? J'adooore ta robe. Elle fait tellement Noël ! »

Holly, tout alléché, se précipita vers nous.

« Vous partez déjà ?

— On aimerait bien rester mais on a tous les trois un début de rhume.

— Je vois ! Mais avant, ma chère Moira, rappelle-moi donc le nom du couturier à qui tu as confié ta robe de mariée. Ma mémoire me joue de ces tours !

— Je n'en sais rien. C'est la duchesse qui décide. Elle y tient absolument, et Dieu sait si elle est têtue ! Philip, tu sais qu'elle m'a *interdit* d'employer Pina ? Chérie, je suis tellement désolée de cette histoire. Tu ne m'en veux pas, dis ? »

Tous les yeux se tournèrent vers Vulpina qui se contenta d'exprimer son sentiment en jargon hermétique.

« Tout est question de perspective, ma chérie. La perspective, c'est comme la mode, ça change tout le temps.

— Comme tu as raison, chérie. Ah, la perspective ! Dis, Gilbert, on a du Vicks à la maison ? »

Le petit mot d'Aggie arriva le lendemain. Il disait simplement : « À bientôt pour le Nouvel an », et était accompagné de 500 dollars en liquide.

Mon cœur battit la chamade. C'était bien payé pour se tourner les pouces pendant deux semaines. Dommage de ne pouvoir en dépenser le moindre *cent* !

Mon humeur devint songeuse.

J'étais assis à mon bureau, la lettre décachetée sous les yeux, quand ma main s'égara vers le tiroir où je rangeais mon chéquier — geste imprudent, car les chiffres que j'y découvris n'étaient pas de nature à me donner la force morale qui allait m'être nécessaire pour ne pas toucher à la manne céleste : j'avais moins de 60 dollars sur mon compte.

J'explorai mon portefeuille à tout hasard, même si, comme tous les pauvres, je sais toujours au *cent* près combien j'ai dans ma poche. Je suis même capable de donner le numéro de série de toutes les coupures de plus de 5 dollars. Mon portefeuille contenait très exactement sept billets d'un dollar, un ticket de métro, et un chèque de 60 dollars que m'avait envoyé Milt Miller. Ce chèque, plus ce que je pourrais grappiller auprès de lui d'ici la fin du mois, devait couvrir le prix du loyer. Enfin, peut-être... Mais comment payer les cadeaux de Noël ? les cartes de vœux ? la note du téléphone ? l'alcool ?

Hmmmmm.

Je décidai que l'intouchable argent d'Aggie pourrait faire un peu de figuration sur mon compte en banque. Cela me permettrait de dépenser mes derniers *cents* sans risquer le découvert. Je me dirigeai donc vers mon agence dans l'intention d'enrichir mon compte de quelque 560 dollars dont j'étais bien décidé à n'utiliser que 60, ou 100, disons, pour faire un compte rond. Le jour où je quitterais mon emploi, je trouverais facilement les 40 dollars manquants. En fait, je devais même pouvoir en dépenser 200...

C'est dans cet état d'esprit désastreux que j'arrivai à la banque. Je pris une formule de versement et me glissai dans la queue devant le guichet.

Le téléphone sonnait lorsque j'arrivai à mon appartement, trois heures plus tard. Je posai en hâte mes nombreux sacs et paquets sur le sofa, saisis le combiné et murmurai un «allô» essouflé.

« Où étais-tu encore ? demanda la voix de Claire.
— Dehors.
— Je vais t'offrir un répondeur pour Noël. C'en est trop pour mes nerfs. Chaque fois que ta ligne

sonne dans le vide, je t'imagine ficelé-bâillonné dans l'abattoir de Freddy.

— Charmante pensée !

— Pardonne-moi. Des nouvelles de Gilbert ? de la duchesse ?

— J'allais l'appeler.

— Et le chèque d'Aggie, tu l'as reçu ?

— Bien sûr, répondis-je en jetant un regard coupable vers la pile des paquets.

— Combien ?

— 500 dollars.

— Mince alors ! Tu as intérêt à les mettre tout de suite en banque. Si tu lui rends son propre chèque, elle comprendra que tu avais l'intention de plaquer ton job dès le départ.

— En fait, ce n'est pas un chèque », fis-je, tout en commençant à me dire que s'il était sympathique d'avoir de nouveau du scotch à la maison, du Ballantine aurait fait l'affaire autant que du Pinch. Dans le même ordre d'idées, deux bouteilles d'un litre auraient dû me suffire à passer les fêtes sans encombre.

« Elle a envoyé du liquide ?

— Oui.

— Écoute Philip, ne prends pas ça mal mais je pense que tu ferais mieux de me le remettre. Tu sais bien que tu es un panier percé ! Si tu gardes tout cet argent sur toi une semaine avant Noël, tu vas être tenté de le dépenser. Ce serait une énorme bêtise, et tu le sais très bien. Tu sais aussi que cette somme sera en sécurité si tu me la confies. Alors, je t'en prie. C'est pour ton bien.

— Cela m'ennuie... vraiment.

— Bon, soupira Claire. Combien te reste-t-il ?

— Je ne sais pas au juste, attends une seconde... »

Je sortis mon portefeuille et la surprise me coupa le souffle. J'avais dû être le jouet d'une suggestion subliminale m'enjoignant de dépenser sans compter.

« ...62 dollars !

— Tu plaisantes ! Par pitié dis-moi que tu plaisantes !

— Écoute, je vais rembourser. Je mettrai un peu d'argent de côté toutes les semaines...

— Tu n'as jamais pu mettre d'argent de côté ! Tu iras au théâtre, au restaurant, tu achèteras des alcools ruineux, et le jour où tu voudras quitter ton job tu ne pourras pas empêcher cette mante religieuse de penser que tu l'as prise pour une poire. Tu seras obligé de garder ta place au moins six mois encore, sauf si quelqu'un te colle une balle dans la tête et franchement ce ne serait pas une mauvaise idée.

— Merci bien. Joyeux Noël !

— J'essaie de te sauver la vie, andouille !

— Je peux très bien me sauver tout seul ! »

Son commentaire fut aussi interminable que péremptoire, mais faute de place je ne puis l'inclure dans ce récit. Je me contenterai de dire que les six livres de café, les moutardes, huiles et vinaigres aromatisés, les fromages, le saumon d'Écosse, les baguettes, les chocolats, les quatre coffrets de disques rares, les flûtes à champagne, les cartes de vœux, les quatre romans reliés, les six pièces de théâtre, les deux biographies de stars de cinéma, la cartouche de Merits, les guirlandes lumineuses, les trois bouteilles de Pinch, les quatre magnums de champagne, et même le calendrier illustré des culturistes de Provincetown, avaient perdu tout attrait à mes yeux.

Tandis que je rangeais tristement les denrées périssables dans le frigidaire, il me vint à l'esprit qu'avec seulement la moitié de cet argent j'aurais pu m'acheter une bonne machine à écrire. Cela me plongea dans un abîme de morosité au fond duquel je gisais toujours lorsque Gilbert téléphona. Il semblait encore plus déprimé que moi.

« Toujours pas de nouvelles de maman ! m'annonça-t-il.

— Elle appellera demain. Au fait, tu as reçu l'argent d'Aggie ?

— Oui, et toi ?

— Je l'ai déjà dépensé !

— Veinard ! Ici Moira a pris le courrier et ne m'a pas lâché les baskets jusqu'à ce que je l'aie eu ouvert. Tu sais ce qu'elle a dit après ? "Oh, Gilley, c'est fabuleux ! Tu vas pouvoir passer Noël en Angleterre avec maman et le duc."

— Enfer et damnation !

— Je ne te le fais pas dire ! Il va être chouette, ce Noël, dans cette grande baraque pleine de courants d'air, auprès d'une mégère déchaînée qui vient de recevoir une lettre anonyme l'informant que sa fille l'arnaque et que je suis un pédé notoire.

— Il faut te tirer de là !

— Merci du conseil, Sherlock, mais comment ? Moira m'a délicatement rappelé qu'elle fait un gringue d'enfer à ma famille entière et qu'il serait temps que je me remue un peu si je veux conquérir la sienne.

— Tu n'as qu'à faire comme moi. Dépense le fric. Claque tes 500 dollars et tu n'auras plus un sou pour payer ton billet d'avion. Moira préférerait mourir que de t'en faire cadeau.

— Et si jamais elle le faisait ? Si je refuse tout net

d'aller là-bas, le jour où la duchesse lâchera son Exocet, Moira saura que c'est moi qui ai envoyé la lettre.

— Dépense déjà le fric. Chaque chose en son temps. »

Ce soir-là, Moira avait une séance de lecture, et lorsqu'elle revint de chez Freddy, Gilbert lui annonça d'un air penaud qu'il était parti pour un brin de shopping et avait fini par dépenser le prix du billet d'avion. Moira lui fit savoir sur le champ qu'elle n'avait aucune intention de subventionner ses extravagances, et au lieu de chercher une autre source de financement utilisa sa matière grise à trouver pour quelle raison impérative Gilbert ne pouvait quitter New York. Elle décida que ce serait ses lourdes responsabilités professionnelles et partit boucler ses valises. Son emploi du temps l'obligeait à partir le vendredi pour revenir le samedi suivant, le 27.

Le lendemain, jeudi, fut donc marqué par une extrême tension nerveuse. La duchesse, qui avait forcément reçu notre lettre, ne s'était toujours pas manifestée.

Pourquoi ?

« Dis-moi, me demanda Claire, la duchesse sait que Moira part demain pour la voir ? Ce n'est pas une visite surprise ?

— Pas que je sache.

— Alors, c'est que la duchesse veut une explication en tête à tête. Si Moira sait d'avance ce qui l'attend elle se défilera. »

La journée se passa sans nouvelles d'Angleterre, et le lendemain matin Gilbert accompagna gentiment Moira à l'aéroport. Il voulait s'assurer qu'elle quittait bien le pays.

L'orage allait éclater dans quelques heures au plus, et pour ne pas y penser nous décidâmes de terminer nos achats de Noël. Gilbert acheta pour Tony une boîte de ses cigares préférés, et pour Maddie des coupes de céramique en forme de noix de coco destinées aux cocktails exotiques dont elle raffolait. Pour Moira, rien. Ils avaient décidé de s'offrir leurs cadeaux après Noël, espérant avoir alors reçu de confortables chèques de leurs familles respectives, mais Moira avait maintenant peu de chances de trouver dans son bas autre chose qu'une assignation en justice.

Cela fait, nous revînmes au Jardin d'Éden vers six heures. Confortablement installés au milieu des minous empaillés, nous regardâmes des films tout en sirotant du scotch dans l'attente de l'Inévitable.

À minuit nous avions déjà vu *Les Hommes préfèrent les blondes*, *Les Invités de huit heures*, et cette ignoble chose intitulée *Xanadu*. Moira n'avait toujours pas appelé. Perdus au milieu d'un océan d'emballages vides, nous nous demandions ce qui avait bien pu se passer. Gilbert me supplia de coucher là, pour être présent au cas où elle appellerait tôt le lendemain. J'acceptai.

Mais il n'y eut pas de coup de fil.

Ni le lendemain d'ailleurs.

Le dimanche nous étions fous d'angoisse, mais nous réussîmes à nous raisonner : Moira était peut-être espionnée, ou craignait de l'être et attendait de s'échapper pour nous téléphoner de l'extérieur. Elle nous appellerait sûrement lundi.

Je retournai au Jardin d'Éden tôt le matin pour prendre mon quart, mais à 13 h (18 h chez la duchesse) il n'y avait toujours rien et je dus quitter mon poste pour me rendre chez Milt Miller répondre aux lettres de fans et envoyer des photos dédicacées de Deirdre Sauvage (en fait la sœur de Milt, Dolores, une nana givrée qui pose dans un flou artistique avec la robe qu'elle portait pour le rôle de Désirée dans l'adaptation de la *Petite musique de nuit* par Teaneck Mummer).

J'avais fini vers 19 h et me précipitai chez Gilbert que je trouvai dans la cuisine en train de terminer un pot de glace à la noisette. Toujours pas d'appel.

Nous passâmes la soirée à échafauder des hypothèses. Nous avions tout envisagé, sauf ce silence. Si la duchesse avait bien reçu la lettre, avait-elle décidé de ne rien dire à Moira avant d'avoir reçu confirmation de la fraude bancaire ? S'étaient-elles entretuées ? Gilbert devait-il appeler, ou risquait-il de lui mettre la puce à l'oreille ?

Nous avions décidé de passer la veille de Noël avec nos familles respectives et le jour de Noël avec Claire puisque Tony et Maddie s'envolaient tôt ce matin-là pour les Bahamas. Lorsque la matinée du 24 se fut traînée à l'allure d'une limace arthritique sans la moindre nouvelle de Moira, nous étions tous deux si démoralisés que nous eussions volontiers annulé nos engagements familiaux, mais chacun partit le cœur lourd remplir son devoir filial. On porta des toasts, on s'extasia sur le sapin, et on s'offrit force cadeaux. Gilbert reçut un bon d'achat de 500 dollars chez Brooks Brothers — « tu auras besoin de beaux habits dans ton nouvel emploi ». Maddie et Tony ouvrirent les présents de Gilbert et ceux de la duchesse et de Moira. La duchesse leur avait envoyé un superbe confiturier en cristal d'Irlande et une demi-douzaine de pots de confiture de groseilles à maquereau préparée par sa cuisinière avec des groseilles cueillies dans le jardin de Trebleclef. Moira leur avait envoyé une photo dédicacée. Pendant ce temps, à New Rochelle, Joyce et Dwight s'extasiaient sur mon mini hachoir électrique, et moi sur deux places en mezzanine pour *Cats* que j'avais déjà vu en avant-première et détestais férocement.

La soirée, en revanche, apporta son pesant de nouvelles. À la minute où j'arrivais chez moi, Gilbert m'appela.

« Alors, comment ça s'est passé ?

— N'en parle pas. J'ai hérité d'un bon d'achat chez Brooks Brothers !

— Pas mal !

— Oui, si tu veux te déguiser en golden boy... Mais je ne t'appelais pas pour ça. Devine de qui on a reçu un coup de fil vers six heures.

— De qui ?

— De la duchesse !

— Nom de Dieu ! Elle a craché le morceau à Tony ?

— Pas du tout. À mon avis elle n'a jamais reçu la lettre. Elle était très en verve. Elle nous a souhaité à tous un joyeux Noël, a remercié maman et Tony pour leur cadeau, et a dit combien elle avait hâte de faire notre connaissance.

— Tu as parlé à Moira ?

— Non. J'ai essayé, mais la duchesse-mère (incroyable comme elle a la voix de Marlene) m'a dit qu'elle fêtait Noël avec "un groupe de jeunes très sympathiques". Elle n'a pas encore reçu la lettre, c'est évident. »

Le lendemain nous nous retrouvâmes tous les trois au Jardin d'Éden avec l'intention d'oublier nos soucis et de passer une agréable journée. Nous nous adonnâmes à de joyeuses libations, même Claire, ce modèle de tempérance. Après avoir aidé Gilbert à farcir une petite dinde, nous procédâmes à la cérémonie des cadeaux au pied du sapin. Claire, comme promis, m'offrit un répondeur téléphonique et Gilbert l'édition originale d'un roman de P.G. Wodehouse. Je lui offris deux biographies de stars, et à Claire une cassette où j'avais monté un échantillonnage de ses chansons interprétées par quelques amis talentueux. Claire et Gilbert s'offrirent mutuellement des disques récents. Maddie et Tony avaient confié à Gilbert une bouteille de Chivas à mon intention, et un toast fut aussitôt porté à mes bienfaiteurs. Nous regardâmes *La Vie est belle* de Capra, après quoi, ramollis par le Chivas et les bons sentiments, nous titubâmes jusqu'à la cuisine pour attaquer le repas.

Heureusement, la nourriture dissipa les vapeurs de l'alcool car Moira appela alors que nous finissions le dessert.

À l'instant où la sonnerie retentit, nous levâmes tous trois le nez de nos assiettes, pétrifiés comme les gazelles sentant le lion dans *La Vie des animaux*.

« Branche le haut-parleur !

— L'est déjà, répliqua Gilbert en saisissant le combiné. Allô ?

— Joyeux Noël mon chéri !

— Joyeux Noël. Il doit être tard là-bas, dis-donc ?

— Une heure du matin. Ton Noël s'est bien passé ?

— Fabuleux. Et le tien ?

— Super ! On ne peut plus traditionnel.
— Tant mieux, commenta Gilbert qui haussa les sourcils dans notre direction en signe de désarroi, tu as mangé de la dinde aux marrons ?
— Exactement. Et toi, tu as du monde ? »

Claire fit de grands signes pour indiquer qu'elle n'était pas là.

« Philip, c'est tout.
— Souhaite lui un joyeux Noël de ma part. Vous vous êtes fait un bon petit dîner au moins ?
— Bien sûr. Une dinde farcie, des légumes variés, un vrai repas de...
— *Ordure !*
— Pardon ?
— *C'est toi qui as fait ça ?*
— Quoi ?
— *Pauvre mec ! Je sais que c'est toi ! J'ai toutes les preuves !* »

Claire entreprit de mimer la surprise et la confusion, haussant convulsivement les épaules et adoptant une expression d'incompréhension hébétée. Elle avait l'air d'avoir tiré *Vol au-dessus d'un nid de coucou* au portrait chinois et de représenter « l'idée générale ».

« Mais de quoi parles-tu au nom du Ciel ? » s'écria Gilbert qui avait bien reçu le message.

Silence.

« Moira, tu m'entends ? Qu'est-ce qu'il y a ? Tu es sûre que tu vas bien ?
— Oui, soupira-t-elle avec lassitude. Bon, je te crois. Ce n'est pas toi. J'essayais juste de te piéger. »

Nous poussâmes un profond soupir en nous renfonçant dans nos fauteuils. Je saisis mon verre d'une main tremblante et avalai d'un trait le reste de mon chablis.

«Me piéger? Pourquoi? demanda Gilbert avec le juste mélange de curiosité et de rancœur.

— Voilà, un ignoble pervers a envoyé à ma mère une lettre qui raconte tout.

— Tout?

— Enfin, presque. Écoute ça...»

La voix chargée de toxines, elle lut la lettre entière.

«... *Avec mes regrets bien sincères. Quelqu'un qui vous veut du bien.* C'est ignoble!

— Sans doute, mais c'est ta faute aussi, espèce de gourde! s'écria Gilbert, prenant brillamment l'offensive.

— Ma faute?

— Tu as dû raconter à quelqu'un l'histoire de ton compte. Moi je n'ai pas pipé mot.

— Moi non plus!

— Alors ce ne peut être que cet imbécile de Winslow.

— Et pourquoi pas Philip?

— C'est ridicule! Tiens, puisqu'il est là je vais lui demander. Philip! commença-t-il en posant un doigt sur ses lèvres — si j'avais répondu directement elle aurait su que le haut-parleur était branché, — as-tu parlé à quelqu'un du compte bloqué de Moira? Il dit que c'est absurde.

— Tu n'as que sa parole.

— Elle me suffit!

— Arrête de me crier après, espèce de brute! Tu n'imagines pas ce que j'ai dû supporter.

— Excuse-moi. Ta mère a eu la dent dure?

— Oh non, je ne parlais pas d'elle. Ne t'inquiète pas. Elle n'est au courant de rien.»

Je sursautai dans mon fauteuil. La pauvre Claire avala son clafoutis de travers, et Gilbert attendit un quart de seconde avant de hurler:

« Mais si elle ne sait rien, où est le problème ?
— Je vais te le dire. »

Et elle entreprit un récit qui n'était pas joli-joli.

Peu après son accident, la duchesse avait reçu une lettre d'un braconnier qui avait eu les fesses criblées de plomb par le garde-chasse et menaçait de réclamer deux millions de livres de dommages et intérêts. Craignant le souci que causerait cette missive à sa femme, déjà affligée d'hypertension, le duc chargea son fidèle majordome Murcheson de filtrer le courrier de son épouse. Il devait informer le duc de tout ce qu'il jugerait susceptible de causer une contrariété à la duchesse.

Mais lorsque Murcheson, dont la loyauté envers le duc n'était pas à l'épreuve de toutes les tentations, eut pris connaissance de la lettre anonyme, il décida d'attendre quelques jours et de la montrer d'abord à Moira. La jeune demoiselle lui saurait gré de lui éviter une confrontation déplaisante avec sa mère, et Murcheson — 57 ans, le cheveu rare, le nez bulbeux, la denture défectueuse et 35 kilos de trop — n'avait pas reçu les faveurs d'une jeune femme depuis pas mal d'années.

Peu après l'arrivée de Moira, il lui montra la lettre accablante et l'assura que ni sa mère ni le duc n'étaient au courant. Moira, dans un élan de naïveté qui ne lui était pas coutumier, se jeta à son cou : « Oh, Murcheson, comment vous remercier ? » Elle reçut une réponse des plus franches, et malgré ses talents de stratège et son expérience de comédienne, Moira fut incapable de lui faire accepter d'autres expressions de sa gratitude.

« C'est pas vrai, tu n'as pas... s'étrangla Gilbert.
— Que voulais-tu que je fasse ! »

Heureusement elle avait réussi à piéger Murcheson lors de leur second rendez-vous galant grâce au bon vieux truc du magnétophone sous le lit. Quand elle eut en main la preuve irréfutable de son vilain chantage, elle lui arracha la promesse de ne plus jamais mettre ses pattes sur elle et de détruire toute autre lettre de la main de l'auteur anonyme. Faute de quoi elle jura qu'elle l'entraînerait dans sa perte.

« Au moins, on est sûr que personne ne mouchardera auprès de maman.

— Dieu soit loué !

— Quand même ! Faut avoir l'esprit tordu pour concocter un truc pareil.

— Mais qui peut bien être au courant ?

— Je n'en sais rien, mon ange, mais si un jour je tiens cet enfant de salaud, je le châtre avec un sécateur. »

## CHAPITRE SEIZE.

Nous commencions à croire Moira habitée par une force surnaturelle pour jongler aussi aisément avec d'innombrables mensonges, extorquer des bijoux à des assassins patentés, liquider jusqu'au dernier sou un compte bloqué, et déjouer toutes les tentatives destinées à la démasquer. Bien sûr, à tête reposée, nous aurions songé qu'une force surnaturelle ne se lancerait pas dans des investissements absurdes, ne mettrait pas Deirdre Sauvage au programme de ses séances de lecture, et ne se laisserait pas outrager par des majordomes sans scrupule. Mais nous n'avions pas, ce soir-là la tête au repos. Sous les lumières du sapin nous affabulâmes à qui mieux mieux sur Moira la satanique, créature sans âge, indestructible, qui avait commencé sa carrière chez les Euménides avant d'apprendre leur métier au Grand Inquisiteur Torquemada et à Adolf Hitler.

Au matin, nos esprits enfiévrés avaient retrouvé un minimum de lucidité. La situation n'avait pas que de mauvais côtés puisque Moira ne croyait plus que nous avions écrit la lettre fatale.

Il fut convenu de ne rien changer au plan de base et de mettre dès que possible la duchesse au courant puisqu'elle seule pouvait mettre fin à l'escroquerie. Moira avait bien confirmé la justesse de cette analyse en n'hésitant pas à recourir aux mesures les plus répugnantes pour empêcher sa mère de recevoir la lettre. Murcheson surveillant le courrier, le téléphone restait notre seul recours. Certes, on pouvait toujours reconnaître une voix, et même l'enregistrer comme Moira l'avait opportunément rappelé. Mais que faire d'autre ?

Les renseignements internationaux nous apprirent que le numéro personnel du duc de Dorsetshire était sur la liste rouge mais qu'on pouvait appeler le château.

« Bon, qui c'est-y qui s'y colle ? »

Sachant qu'après les outrages que Murcheson lui avait fait subir Moira devait attendre sa vengeance avec l'impatience du piranha guettant le passage du prochain troupeau, nous décidâmes de rester dans l'ombre. Claire se rappela qu'un de ses collègues, Peter, devait s'installer au Texas en janvier. Elle se portait garante de sa discrétion dès lors qu'elle l'aurait persuadé qu'il servait une juste cause. Il demanderait à parler à la duchesse en se faisant passer pour un journaliste chargé d'écrire un article sur l'abnégation de Sa Grâce lors du tragique accident qui avait endeuillé les fêtes médiévales. Une fois qu'il l'aurait en personne au bout du fil, il lui demanderait à brûle-pourpoint pourquoi elle n'avait pas répondu à sa lettre, puis lui en ferait lecture. Peter ne courait aucun risque s'il veillait à contrefaire sa voix ; Gilbert et moi n'en courions aucun non plus pourvu que nous prenions l'élémentaire précaution de nous trouver en compagnie de Moira le jour où Peter appellerait.

Le samedi matin, Claire téléphona pour dire que Peter acceptait. Il la retrouverait chez elle dimanche et passerait son coup de fil à une heure. Le dimanche vers midi, heure du brunch, je me rendis donc au Jardin d'Éden pour remettre à Moira un petit cadeau qui endormirait sa méfiance sans pour autant me ruiner.

« Philip, tu es un amour ! Des places pour *Cats*, et moi qui n'ai rien pour toi... mais je me rattraperai. Tu sais, j'ai traversé l'enfer ! »

Je répondis que Gilbert m'avait mis au courant de ses tribulations, et que je la plaignais de tout mon cœur.

« C'est trop horrible ! Je connais Murcheson depuis toujours et jamais je ne l'aurais cru capable d'une telle bassesse, d'une telle abomination... Enfin, à quelque chose malheur est bon. Il sait que Mère l'étranglera de ses propres mains si jamais elle entend cet enregistrement.

— Et nous, on ne pourrait pas en entendre un petit bout ? demanda Gilbert.

— Non ! » fit Moira d'un ton sans réplique.

Nous passâmes dans la salle à manger où Moira avait préparé un brunch à base de gaufres à moitié décongelées et de ce que je me plus *in petto* à nommer un Objet Viandeux Non Identifié. La conversation roula bien vite sur l'identité du vil mouchard et il nous apparut qu'en jetant bien fort leur pavé dans la mare les Alliés — comme je me plaisais maintenant à nous désigner — n'avaient pas songé un instant à la direction du raz-de-marée qu'ils avaient provoqué.

«Non, pas Vulpina! Tu n'es pas sérieux, mon ange.

— Mais si. Avec Winslow Potts c'est la seule qui connaisse l'existence du compte. Or Winslow a tout intérêt à se taire.

— Pina est au courant?

— Bien sûr. Tu ne te souviens pas du jour où elle a apporté ces modèles hideux? Maman a appelé pour dire qu'elle avait eu un accident et que je devrais faire débloquer mon compte. Pina a tout entendu.

— Mais elle n'était pas là quand tu as dit que tu avais tout dépensé.

— Non, mais elle sait très bien que j'ai fait de mauvais placements ces dernières années. Pina est une fine mouche au dard empoisonné. Quand j'ai décidé de me passer de ses services, la garce s'est vengée en crachant le morceau. Cela crève les yeux. Tiens, tu te souviens de son blabla sur la perspective chez Holly? Tout change, etc. Voilà ce que ça voulait dire!»

Nous avions de bonnes raisons de ne pas révéler à Moira que ces propos sybillins avaient été aussi dépourvus de rime et de raison qu'à l'ordinaire, et nous nous contentâmes de reconnaître que sous cet éclairage les élucubrations de Pina méritaient peut-être un examen plus approfondi.

Toutefois, une lueur rédemptrice brillait pour la couturière au bout du long tunnel, puisque ma montre indiquait, sans doute possible, que Peter avait appelé la duchesse quelques minutes plus tôt. On saurait donc que le mouchard était un homme.

À cet instant le téléphone sonna. Moira décrocha, répondit «J'accepte la communication», et prit un air de dégoût profond.

«Oui, c'est moi, Murcheson. Que voulez-vous encore?» Je mis quelques secondes avant de saisir l'impact de cette phrase. Si Murcheson appelait, cela signifiait qu'il censurait aussi les communications téléphoniques de la duchesse et qu'il n'avait pas transmis l'appel de Peter.

«Quand? demanda Moira d'une voix blanche. Non! Il a osé? Heureusement que vous avez répondu. Qu'est-ce qu'il a dit? Oui, oh! cousu de fil blanc! Quel genre de voix? Tiens, tiens, bizarre... Bien sûr que c'est important! Écoutez-moi bien, à l'avenir, pour tout le monde, la duchesse a une laryngite. Compris? Merci quand même, Murcheson. Vous avez fait du bon travail. Continuez comme ça!»

Elle raccrocha et laissa libre cours à sa fureur:

«Elle a osé! Ou plutôt ils ont osé! Car maintenant elle n'est pas seule dans le coup. Elle est de mèche... Je vous le donne en mille... Avec Gunther!»


C'était révoltant. Le couple infernal Cause-Effet nous avait travaillés au corps sans ménagement, et Dame Coïncidence nous envoyait au tapis pour le compte. Il fallait se rendre à l'évidence.

Peter était bien arrivé chez Claire à l'heure prévue, et avait répété son rôle suivant les indications de notre amie. Claire lui avait recommandé de déguiser sa voix et de prendre un accent anglais. Il s'était consciencieusement entraîné, sans pourtant obtenir un meilleur résultat qu'une pâle imitation de Laurence Olivier par Sylvester Stallone, ce qui contrariait son perfectionnisme naturel. Aussi, lorsque Murcheson avait décroché, une sorte de voix intérieure avait-elle ordonné à Peter d'abandonner l'idée de départ et de prendre l'accent allemand. Comme il avait joué *Stalag 17* quand il était au lycée, son personnage de nazi arrogant était un modèle du genre.

Malheureusement, ses talents d'improvisateur n'étaient pas à la hauteur de ses dons d'imitateur et il s'était vite enferré, allant même jusqu'à soutenir qu'il travaillait pour une revue intitulée *La Gazette des duchesses*. Murcheson avait alors exigé de connaître son nom, et Claire avait préféré interrompre la communication.

Pour elle, ce n'était qu'une bataille perdue. Elle ne pouvait saisir les conséquences du passage impromptu de Peter à l'accent allemand. Je lui avais parlé de Gunther lorsque j'avais fait l'historique du syndicat, mais sans mentionner son accent, et je n'avais plus pensé à lui depuis lors. C'était bien le cadet de nos soucis.

Mais à présent que Moira le croyait complice de Pina, quel chien de sa chienne leur réservait-elle ? À quelles représailles atroces se livreraient-ils ? Comment faire pour retenir le bras vengeur de Moira alors que sa théorie du complot venait de recevoir une éclatante confirmation ?

Après s'être fait vertement tancer par Moira devant un public aussi choisi que celui du Tombeau de Marilyn, Gunther devait hurler à la mort. Et Vulpina ne pouvait pas être dans de meilleurs sentiments depuis que Moira avait dit non à ses robes de mariée barbares. D'ailleurs, à la soirée chez Holly, n'avaient-ils pas l'air de s'entendre comme larrons en foire ? Ils avaient dû se voir, se confier leurs griefs, et, conjuguant les renseignements confidentiels de l'une à la rouerie aryenne de l'autre, arriver à la conclusion parfaitement exacte que Moira avait claqué son fric et essayait de le cacher à sa mère. Alors, dans leur hâte de voir le sang couler, ils avaient envoyé la lettre vénéneuse à Trebleclef. C.Q.F.D.

« Qu'allons-nous faire ? demanda Gilbert.

— Cela me paraît évident. On va leur en faire baver des ronds de chapeau et les avertir que s'ils continuent ils mangeront les pissenlits par la racine !

— Moira, fis-je prudemment, on veut éviter les ennuis, pas les multiplier.

— Vous n'êtes que des minables. Ah, je donnerais cher pour avoir de vrais hommes à mes côtés !

— Tu nous les gonfles, chérie ! s'écria Gilbert. On voudrait juste éviter que tu te lances dans un truc si dément qu'ils risquent d'aller directement cracher le morceau à Tony et à maman !

— Gilbert, fit-elle pleine de condescendance, crois-tu que je n'y ai pas pensé ? C'est justement pour ça qu'il faut leur foutre la frousse. Et si vous n'êtes pas d'accord, je me passerai de vos services. »

Nous n'avions guère le choix. Notre seul moyen de l'empêcher d'exercer sur Vulpina une vengeance excessive, ou, pire, de leur fournir des indices compromettants, était de rester à ses côtés. Si nous montrions la moindre réticence, nous deviendrions suspects à notre tour.

Tout cela était d'une abominable complication, et chaque solution envisagée nous ramenait à notre crainte première : si Moira flairait la moindre traîtrise de notre part, elle n'hésiterait pas à tout nous mettre sur le dos. Face à elle, la façon modérée ou excessive dont elle comptait tirer vengeance de Pina et Gunther semblait de bien peu d'importance. Leur sort ne nous inspirait d'autre commentaire que ce petit dialogue maintes fois répété :

« Je me sens mal.

— Moi aussi, ils ne méritent pas ça.

— C'est affreux, mais que veux-tu qu'on y fasse ?

— Rien ! Je te ressers un verre ? »

Nous réussîmes au moins à convaincre Moira de rester dans la clandestinité. Étant orfèvre en vindicte, elle détestait voir ce qui serait très probablement son chef-d'œuvre passer à la postérité sans sa griffe. Mais comme nous n'avions aucune preuve tangible de leurs agissements, elle reconnut qu'il valait mieux ne pas signer notre haut fait. Nous savions très bien qui nous attaquait ; ils sauraient très bien aussi de qui venait la riposte.

Les malheureux, ils allaient se retrouver en plein cauchemar hitchcockien, où des malfrats inconnus leur infligeraient des punitions imméritées au prorata de griefs incompréhensibles.

« Pauvre Pina. Je l'aime bien, au fond.

— Moi aussi. Un peu bizarre, mais...

— Attachante ?

— Oui, drôle...

— Elle va avoir une de ces frousses !

— Et sans rien y comprendre ! J'en suis malade.

— Moi aussi.

— Encore un petit verre ? Tu m'arrêtes, hein ? »

## CHAPITRE DIX-SEPT.

Le pire à présent, c'est que nous ne pouvions plus contacter la duchesse sans forcer le blocus appliqué par Murcheson. Moira le saurait aussitôt et déclencherait un feu nourri contre Vulpina et Gunther. Mieux valait éviter pareille extrémité, la température ambiante approchant déjà le point d'ébulition. En renonçant à toute communication avec la duchesse, nous pourrions peut-être convaincre Moira que ses menaces avaient assez terrorisé les deux affreux pour qu'elle les fasse cesser sans perdre la face.

Restait encore à définir la nature de ces menaces. Moira avait seulement précisé qu'elles devaient être aussi funestes que possible, mais que compte tenu des fêtes on pouvait attendre janvier pour les brandir.

Claire était dans une fureur noire. L'idée que Moira avait réussi, sans même le savoir, à déjouer successivement ses deux plans et à faire d'elle la complice involontaire de sa campagne d'intimidation contre deux quasi-innocents, était plus que sa fierté pouvait supporter.

Autre contrecoup désastreux de l'interception de la lettre, la copie que nous avions conservée n'avait plus aucune valeur. Comment prouver que l'original avait vraiment été envoyé ? Moira et Murcheson nieraient tout, et encore une fois ce serait notre parole contre celle de Moira.

Pour achever ce riant tableau, le problème Aggie, que j'avais décidé d'oublier jusqu'en janvier, revint à la surface trois jours plus tôt que prévu. Je dus me souvenir que l'avance qu'elle m'avait consentie comportait certaines obligations quand elle me téléphona pour m'inviter avec Claire à « une petite bringue le soir du réveillon ». Sa voix, amicale mais ferme, me faisait songer à Catherine de Médicis invitant son bouffon à la cour pour un petit raout. La bonne reine Cathy aurait dit : « Bouffon de mon cœur, n'oublie surtout pas d'apporter cette vessie de porc avec laquelle tu me divertis moultement ». Aggie glissa au passage qu'elle avait « un charmant demi-queue » pour le cas où nous aurions envie de chanter « un petit quelque chose ».

Claire n'en avait pas la moindre envie.

« Depuis quand acceptes-tu les invitations en mon nom ?

— N'oublie pas que nous sommes fiancés, et puis tu dois me protéger d'Aggie. Elle est folle de mon corps.

— Continue comme ça et tu alimenteras une demi-douzaine de banques d'organes. »

Le soir du 31 j'endossai mon complet le moins élimé et, en bon toutou de la mafia, escortai ma fiancée jusqu'à l'angle de Park Avenue et de la 70$^e$ rue. La foule des invités comprenait des membres du clan Bombelli et des Manhattaniens friqués, publicistes, courtiers, avocats innombrables, et pour relever la sauce un auteur de nouvelles et un chorégraphe d'avant-garde. Aggie, que nous n'avions pas vue à notre arrivée, flaira vite notre présence et se précipita vers nous pour les bises d'usage.

« Enfin des rigolos ! Philip, j'ai réuni une belle collection de raseurs ! Ils ont bien réussi dans la vie, ce sont des gens charmants, mais ils sont tous tristes comme des bonnets de nuit !

— Je vois, fis-je après un coup d'œil à la ronde. Le genre richard ami des arts.

— Exactement, et ils sont bien trop riches pour qu'on les snobe. »

Un serveur s'approcha, portant un plateau d'amuse-gueule de grand luxe.

« Grand Dieu ! Qu'est-ce que c'est ? demanda Claire.

— Mini-beignets d'aubergine avec un glacis d'abricot, et mini-courgettes farcies à l'agneau.

— Et le mini-traiteur, c'est qui ?

— Ah ah ! Excusez-moi, Monsieur Cinquante Millions de Dollars vient d'arriver avec sa nouvelle épouse. »

Avant de nous quitter elle nous assura que nous avions moins de chances de nous ennuyer en bavardant avec l'auteur de nouvelles et Demo Glish, le chorégraphe qui m'inspira au premier coup d'œil une profonde antipathie. En catogan et pyjama bleu fluo, il trônait languissamment au milieu du luxueux salon gris et blanc d'Aggie, inconsolable de constater que nombre des invités présents ne paraissaient pas l'avoir remarqué sur la couverture de *Dance Magazine* de juillet dernier.

« Plutôt folklo ! me souffla Claire.

— Oui, et très en vogue depuis qu'il a monté ce ballet antinucléaire, tu sais, celui où les danseurs restaient figés sur place du début à la fin.

— J'aurais vite fait de déguerpir!

— Moi je n'ai pas pu. Mon petit ami ne voulait pas être accusé de non-réceptivité. »

Nous vîmes Moira s'approcher de ce génie léthargique et lui confier sa profonde admiration. Notre associée adorait les stars. Si elle avait rencontré Jack l'Éventreur elle serait allée lui raconter qu'elle avait la plus profonde admiration pour ses talents de chirurgien.

Elle nous aperçut et nous fit signe de loin. Nous allâmes la rejoindre.

« Philip et Claire, je vous présente Demo Glish. Il a monté *Fission* à la Brooklyn Academy of Music.

— Je l'ai vu.

— Vraiment? fit Demo dont le visage s'éclaira. Votre opinion?

— Désolé. Je n'ai pas trouvé ça très amusant.

— Je l'espère bien, fit Demo avec une moue gourmande. Je n'ai jamais eu l'intention d'amuser la galerie en donnant le spectacle de l'holocauste nucléaire.

— Bien envoyé! » s'écria Moira.

L'envie me prit de les étrangler, mais la rage m'inspira. Si Aggie admirait tant ce débile, je réussirais peut-être à encourir sa disgrâce en soumettant le chorégraphe à la question. Avec un peu de chance, elle pourrait me vider avant que j'aie commencé à travailler!

« Ainsi vous avez délibérément choisi de raser la galerie. C'est beau d'avoir une ambition à la mesure de son talent! »

Aggie, qui se trouvait à un mètre de nous, vint

nous rejoindre. C'était le moment de saisir ma chance.

« Votre problème est celui de l'idée préconçue, fit Demo d'un ton suave. Vous vous attendiez à un spectacle sans surprise, et je vous offre une vision dérangeante de notre monde après l'apocalypse.

— Mon bonhomme, je vous suggère d'aller faire une tournée en Russie. Si vous réussissez à convaincre les Soviets qu'un futur post-nucléaire se résumera à de mauvais ballets montés pour des prix exorbitants, la course aux armements s'arrêtera du jour au lendemain! »

Sur quoi je tournai les talons et me dirigeai rapidement vers le bar où je commandai un double Chivas. J'étais assez content de moi. Après une telle muflerie, Aggie allait y regarder à deux fois avant de m'engager. Elle allait me prendre dans un coin, et d'un ton glacial m'informer que...

« Philip, vous êtes impayable!

— Aggie! Je suis navré...

— Mais non! Cela fait un an que j'espère entendre quelqu'un remettre cet idiot à sa place. Dans le temps il était plutôt amusant, mais il est devenu bouffi d'orgueil. Votre blague sur la tournée en Russie! Impayable! Je vais la raconter partout. »

À une heure du matin, Aggie nous demanda d'animer un peu la soirée. J'en avais tellement assez de soutenir ma nouvelle réputation d'amuseur public que je saisis l'occasion d'abandonner le comique improvisé au profit de quelques numéros répétés à l'avance. Gilbert entonna certains airs avec nous, ainsi que Moira qui, pour notre plus grande surprise, avait appris par cœur toutes nos chansons. Puis je suggérai à Claire de terminer sur un extrait de la comédie musicale que nous préparions, un blues intitulé *Triste consolation*. C'était la complainte d'une dame riche qui pouvait s'acheter tout ce qu'elle voulait. Pourtant...

> J'ai des armoires pleines de visons,
> Des robes du soir à profusion.
> J'ai des bijoux de chez Cartier,
> Et des palais dans l'monde entier.
> Je bois du champagne le matin
> Dans un joli soulier d'satin.
> Mais c'est une triste consolation,
> Car ce que j'veux c'est d'la passion.
>
> J'ai des chauffeurs et des valets
> Qui sont triés sur le volet ;
> Des gardes du corps qui sont plus forts
> Que Schwarzenegger et consorts,
> Mais c'est une triste consolation
> J'les échangerais sans hésitation
> Contre un homme tendre
> Mais pas à vendre.

Comme de la coke trop pure, l'accueil enthousiaste de notre public de fêtards me monta aussitôt à la tête. Tous mes problèmes me semblèrent soudain aussi insignifiants que la chorégraphie de Mr Glish. Moira, Aggie, le Gang, la duchesse et tous les dangers qu'ils représentaient, n'étaient plus que des obstacles mineurs qu'un homme doué de mon intellect et de mon charme irrésistible saurait rapidement éliminer. S'ils m'étaient apparus jusque-là insurmontables, c'est que j'avais capitulé devant cette tendance profonde à me sous-estimer qui est mon unique faiblesse. Je souris à Moira, assaillie par nos fans en délire, qui me désigna du doigt : « C'est lui qui mérite vos félicitations ! »

Et c'était bien vrai. Qu'était-elle donc, après tout ? Une petite intrigante futée, ça oui, sans rien du génie celtique des Cavanaugh !

Le malheureux Demo, affalé dans un coin, bavait de jalousie. Je lui avais montré, à ce fat, comment on domptait un public. Il avait compris à quoi s'exposaient ceux qui croisaient le fer avec Philip Francis Cavanaugh, comme le verraient bientôt Gunther et la mafia entière s'ils étaient assez fous pour me provoquer.

Je saisis une coupe de champagne au passage d'un plateau. Le serveur m'accabla de compliments. Je le remerciai d'un mot, mais aussi d'un sourire à damner les vertus les mieux cuirassées car il ne manquait pas d'attraits pour qui aimait les cheveux châtains ondulés et les faciès de primates. Peut-être, un peu plus tard, l'entraînerais-je dans un coin sûr et lui offrirais-je une nuit d'ivresse avec la tête d'affiche de la soirée. J'avalai ma coupe et en attrapai une autre au passage d'un serveur blond comme les blés, type scandinave, que je gratifiai du même sourire ravageur. Je me vautrais dans les compliments avinés de mes fans en prenant grand soin de leur demander leur nom et leur profession, car le public est toujours sensible à ces petites marques d'intérêt.

Je dus aller aux toilettes, et comme j'en sortais je tombai sur Aggie. Encore plus paf que moi, elle me remercia pour notre petite prestation, m'assurant que c'était le clou de la soirée. Sur quoi elle m'enlaça et m'embrassa sur la bouche.

Pauvre vieille chose d'amour transie qui n'espérait plus que des baisers volés! Mais alors ne devrais-je pas lui en offrir un magnifique, un baiser dont elle chérirait le souvenir au long de ses vieux jours et auquel elle songerait encore sur son lit de mort, quittant ainsi ce monde le sourire aux lèvres? Je la saisis dans mes bras, perdis l'équilibre et lui cognai violemment la tête contre le mur. Je bafouillai des excuses d'ivrogne, mais elle m'assura d'une voix pâteuse que ça lui avait bien plu. Nos lèvres se rencontrèrent à nouveau brièvement. Après un échange de sourires complices nous rejoignîmes les invités.

Je consacrai encore un peu de mon temps à mes admirateurs, en particulier un charmant serveur roux dont j'ai oublié le nom. Claire m'informa alors de son ton le plus maîtresse d'école qu'il était grand temps de partir. Ayant récupéré Gilbert et Moira, nous prîmes ensemble un taxi et je descendis avec eux, expliquant à Claire que je tenais à boire un dernier verre au Jardin d'Éden avec mes deux meilleurs amis.

Nous nous écroulâmes sur le sofa, ouvrîmes une bouteille de champagne et allumâmes nos cigarettes. Un toast fut porté à notre sublime prestation, le clou de la soirée! Moira avait elle aussi une élocution laborieuse que je n'avais jamais remarquée chez elle.

« Et lll'plus drôoole c'est qu'pendant qu'on s'ammmusait chez Agggieggggie, ce sssalllaud de Gunnnther a dû avoir la tttrouille de sa vvvie!

— Ah bon? fis-je, les brumes se dissipant à vive allure.

— D'abooord jjj'ai acheté une poupée, un garçon grand comme ça — elle indiqua une taille de 35 cm environ — et pis avec une fffourchette jjjui ai fait plein d'trous dans la tête, comme Gunther. Et pis jjjui ai planté un gros cccouteau dans l'cœur et j'ai tout barbouillé de ketchup! Après j'lai enveloppée dans un drapeau nazizi et j'ai pinglé un mot d'sssus : "T'as perdu l'aut'guerre, tu gagneras pas celle-ci". Et j'ai signé *Quelqu'un qui vous veut du bien*. C't'après-midi j'ai fait un beau p'tit paquet cadeau et jjj'ui ai porté chez lui. J'ai bidouillé la porte et j'ai posé le paquet sur son paillasson. C'est au dernier étage, alors persssonnne y le verra que lui!

— Mais, fîmes-nous valoir faiblement, n'allait-il pas prévenir la police?

— Et alors! s'écria Moira. La popolice elle didira qui c'est-y que vous faites chanter, et voilà! La semaine prochaine, qui c'est qu'aura son compte? C'est Vulpénis, hihihi! Bonne nuit les petits!»

Elle embrassa Gilbert sur le front et repartit en zigzaguant vers sa chambre.

Bizarrement, mon cerveau n'était pas encore encrassé au point de ne pas me signaler que Gunther n'avait peut-être pas encore trouvé la poupée. On ne sait jamais, un dîner qui se prolonge, une soirée trop arrosée... Je l'appelai, tenant le combiné entre Gilbert et moi. La sonnerie retentit huit fois, et juste au moment où nous commencions à reprendre espoir il décrocha.

« Allô? »

Silence à notre bout de la ligne.

« Allô, qui est-ce? Attention! Je vais aller trouver la police... »

Nous raccrochâmes.

« Aïeaïeaïe! » analysa Gilbert, et je l'approuvai.

Ma gaîté et mon aplomb s'écoulaient comme l'eau sale d'une baignoire. J'avais honte de mon exhibition chez Aggie. Et aller flirter avec Aggie, en plus ! Qu'est-ce qui m'avait pris ? Jamais Gilbert ne m'avait paru plus pitoyable.

« Pourtant, c'était une idée géniale !

— Totalement idiote !

— Non, je t'assure. Je n'avais qu'à prétendre être amoureux de Moira, me montrer gentil avec tout le monde, et dans quelques mois nous aurions croulé sous les cadeaux comme le petit Jésus avec les Rois mages. Et voilà que Gunther va appeler la police, que la mafia va découvrir le pot aux roses et qu'on va se faire trouer la peau ! Tu n'as pas peur ? pleurnicha-t-il en laissant tomber sa tête sur ma poitrine.

— Si.

— Et t'as autant... envie que moi ?

— Gilbert !

— Philip, ça fait si longtemps que je n'ai pas... Et toi aussi, je sais. On s'aime beaucoup, pourtant. On s'est toujours aimés. Ce serait affreux de se faire descendre sans avoir... depuis six mois ! Non mais tu nous vois au fond d'un garage, la nuit, les yeux bandés, à penser qu'on n'a même pas profité d'une dernière nuit d'amour ? Hein, Philip ? »

Son argument tenait la route, je dus en convenir.

#### CHAPITRE DIX-HUIT.

Au cours des semaines suivantes, pendant les rares moments que je ne passais pas à trembler de terreur, je songeai avec amusement et amertume que nous étions en train de revivre l'aventure de nos seize ans.

Comme il y a dix ans nous mentions aux amis, passant d'habiles coups de téléphone pour vérifier l'emploi du temps de gens susceptibles de débarquer à l'improviste, nous échangions des gestes obscènes dans le dos des passants, comme alors nous vivions dans la crainte permanente d'être découverts. Mais aujourd'hui nous risquions la mort, pas le conseil de discipline.

C'était folie, je le savais bien. Ni le moment, ni le lieu, ni le sexe de l'être cher ne convenaient — surtout après la promesse de Gilbert à Freddy. L'Amour ne me poussait pas à défier la Mort, non, c'était la Mort elle-même qui me poussait vers la Luxure. Combien de fois retentirent dans ma mémoire les détonations du gros calibre de Serge! Avec le spectre de la mort à l'horizon, regrettais-je les bonnes actions que j'avais négligées, les monuments que je n'avais pas visités, les pièces que j'avais oublié d'écrire. Pas du tout ! Je ne songeais qu'au mignon Leo dont j'étais inconsolable de ne pas avoir cueilli la rose (ce n'était pas joli-joli, mais plus question de laisser s'envoler les anges de passage).

Exactement comme autrefois, nous croyions dur comme fer que les fleurs de la passion avaient fini par percer la neige de l'amitié. Bien sûr, la première nuit, il ne s'était agi que de désir bestial, exacerbé par la conviction de vivre notre dernière heure. Mais à mesure que notre aventure se poursuivait, la nature romantique de Gilbert l'emporta, et moi aussi je crus sincèrement communier avec l'âme sœur pendant nos cinq à sept orgiaques sur la route du cimetière.


Le secret de notre liaison s'étendait jusqu'à Claire. Lorsque je lui avais avoué que j'avais dépensé l'avance d'Aggie, elle avait craché des flammes. Que serait-ce si elle apprenait que Gilbert et moi suivions les traces du « minable pédé » qui avait brisé le cœur de la nièce de Freddy et fini en torche vivante ? En revanche, je la mis au courant des ennuis de Gunther.

« Moira a vraiment l'esprit tordu ! Cela m'inquiète de plus en plus. »

Certes, mais comment réparer les dégâts ? Difficile de lui envoyer une autre poupée avec blessure cicatrisée, pustules désincrustées, et petit mot bien tourné expliquant qu'il ne fallait pas tenir compte de la poupée précédente.

Au moins Gunther n'avait-il guère de raison de nous soupçonner. Pourquoi Gilbert et Moira l'accuseraient-ils de chantage ? À ses yeux, cela n'avait aucun sens. Mieux valait donc adopter une politique d'attente et toucher du bois.

Le 4 janvier, la duchesse fêtait son soixantième anniversaire. Gilbert racla les fonds de tiroir pour se faire tirer le portrait aux côtés de Moira par un photographe d'art. Moira fournit un ravissant cadre en argent — mais comment se faisait-il qu'on ne lui ait donné ni écrin ni reçu s'il venait vraiment de chez Bloomingdale's ? — Tony et Maddie envoyèrent deux plateaux pour ses petits déjeuners de convalescente, et contre toute attente Freddy lui fit présent d'une superbe broche en émeraude avec ses vœux de prompt rétablissement. Moira avait vraiment gagné ses faveurs ! D'une voix émue, notre associée raconta que Mère avait téléphoné à Freddy pour le remercier et que celui-ci avait été « envoûté » par le charme de la duchesse. Ils avaient bavardé de choses et d'autres, et elle l'avait invité à lui rendre visite si d'aventure il passait à Little Chipperton.

Ce fut à cette époque que nous commençâmes notre carrière au Paradiso, un rade qui se classait parmi les quatre étoiles du Michelin mafieux. Pour le décrire, un adjectif s'impose : sombre. Le vestibule est sombre, sombre le bar tout en longueur, et si on ne s'est pas brisé le cou avant, on pénètre dans le restaurant carré et sombre qui peut accueillir une cinquantaine de clients. Derrière se trouve une salle à manger privée où peuvent tenir une douzaine de convives. Les sols sont de marbre noir, les murs couverts de panneaux de laque noire séparés par des bandes pourpres assorties aux nappes. De mini-spots invisibles baignent d'un halo lumineux toutes sortes d'endroits inattendus, le bord d'une nappe, le sol, tous sauf ceux où l'on s'attendrait à voir poser une assiette.

La clientèle de midi, que j'avais rarement l'occasion de rencontrer, se compose essentiellement de cadres faisant assaut de pouvoir au cours de déjeuners d'affaires. Celle du soir, plus décontractée, mêle représentants du clan Bombelli, touristes égarés, et galetteux prêts à payer 22 dollars le plat de spaghetti et beaucoup plus pour toute créature naguère vivante et gambadante.

Le premier soir, Aggie nous accueillit à bras ouverts et nous présenta à la « famille », pochette-surprise des plus variées dont tous les membres travaillaient au Paradiso depuis au moins cinq ans.

Les deux serveurs, Mike et Christopher, étaient aussi différents que possible. Petit, replet, la cinquantaine joviale, Mike n'avait pas inventé la poudre mais sa gentillesse désarmait les cœurs les plus endurcis. Pour lui, tout le monde avait invariablement « l'air d'un chic type ». Christopher, mince, hargneux, reptilien, était un homosexuel d'une quarantaine d'années qui ne faisait pas honneur à la corporation. Quelque traumatisme affreux remontant à sa prime enfance lui avait laissé une vision noire de l'humanité en soi, ainsi qu'une irrésistible tendance à parler comme George Sanders. Si Mike ne voyait partout que « chics types », Christopher déclarait invariablement de tout nouvel arrivant : « Il ne m'aura pas, celui-là ! »

Le reste de la petite équipe se composait du personnel de cuisine : Lou, Marcello et Mario. Lou, notre chef, et Marcello, son aide, étaient plutôt gentils, mais hélas intarissables sur les aléas de leur vie sexuelle. Mario, au contraire, était un fervent des monosyllabes. On disait que cette aversion pour la parole articulée datait du jour où il avait déménagé à la cloche de bois d'une prison trois étoiles dix ans avant la date prévue. Comme je travaillais au bar, j'avais peu de contacts avec le trio, et ne m'en plaignais guère.

L'emploi de barman comportait moins de risques que celui de préposé à l'accueil. Gilbert devait prendre les réservations et conduire les clients à leur table, ce qui exigeait un grand doigté car beaucoup des « habitués privilégiés », ou « HP » — l'expression était d'Aggie —, avaient l'habitude d'arriver à l'improviste et d'exiger sur le champ leur table préférée. Les soirs où tout était réservé et où les HP déboulaient les uns après les autres, il régnait une tension à décourager un diplomate de carrière.

« Pas de panique, les enfants, nous avait expliqué Aggie. On fait ça au charme, c'est votre spécialité après tout. Gilbert, tu les expédies au bar aux frais de la maison, et là Philip leur sert ses meilleures blagues.

— Aucun problème.

— C'est du gâteau ! »

Heureusement pour nous la première soirée avait été très calme, ou plutôt l'aurait été si Christopher n'en avait profité pour faire ami-ami.

« Bienvenue à bord !

— Merci, Chris. À moins que tu préfères Christopher ?

— Christopher. Tu connais Agnes depuis longtemps ?

— Non, on s'est rencontré le mois dernier. C'est une cousine de Gilbert, enfin plus ou moins.

— Je vois. Et toi tu es l'ami de Gilbert? demanda-t-il d'un air entendu.

— C'est ça, un ami, répondis-je du ton le plus viril possible.

— Ah, l'amitié... Il paraît que tu composes?

— Moi, je suis parolier. C'est ma fiancée Claire Simmons qui écrit la musique.

— Pas possible! Comme Comden et Green?

— Non, Comden et Green écrivent ensemble les paroles et les livrets, mais ils ne composent pas. Et puis ils ne sont pas mari et femme. Betty Comden a été mariée à Steven Kyle et Adolph Green est toujours marié à Phyllis Newman.

— Dis donc, tu en connais un bout sur le showbiz!»

Et il s'éloigna en souriant bizarrement. Je voyais bien que ce charmant garçon en pinçait pour ma pomme, et Mike ne tarda pas à me mettre involontairement les points sur les i.

«Tu verras, c'est sympa ici. Au début Chris est un peu froid, mais il se dégèle vite. Prends Sylvester, le barman que tu remplaces — un chouette petit gars d'ailleurs —, eh bien Chris et lui étaient devenus une paire de copains! Il n'est resté que trois mois ici mais ils sortaient toujours ensemble après le boulot, et à Noël ils sont même partis en Floride tous les deux. À Key West.»

C'était le bouquet! La patronne me croyait fou d'elle, et le serveur était une grande folle qui avait trop lu *Rebecca* et me prenait pour la deuxième Mrs de Winter.

Si cette première soirée avait eu ses désagréments, elle avait aussi apporté de jolis lots de consolation. Les mafiosi sont une race abominable, c'est une affaire entendue, mais ils ont le pourboire généreux. Contrairement aux autres clients ils faisaient tous une petite halte au bar où ils avaient fini par me laisser une centaine de dollars qui venaient s'ajouter à mon fixe de 50 dollars. À ce rythme-là je n'aurais eu aucun problème pour rembourser Aggie et me tirer vite fait.

Mais un soir, Aggie me demanda de lui porter un kir royal dans son bureau.

« Pardon d'être aussi brutale, mon ange, mais tu n'as rien de moins miteux à te mettre sur le dos ?

— Pas vraiment, répondis-je tout honteux.

— Quelle sotte ! Je t'ai fait de la peine ? Écoute, chou, demain tu vas aller de ma part chez Paul Stuart. Tu choisiras deux complets, trois pantalons, quelques cravates de soie et une dizaine de chemises. Ah, des chaussures aussi, et des ceintures. Bref, tout ce qu'il faut. Je leur téléphonerai avant pour qu'ils mettent ça sur mon compte.

— Aggie, vous ne pouvez pas faire ça ! »

Ce n'était plus un fil à la patte que j'allais avoir, c'était la panoplie sado-maso complète, avec lanières cloutées et fer rouge !

Elle m'expliqua que pour elle c'était un investissement, rien de plus, mais je tins bon. Je la rembourserais chaque semaine jusqu'à épuisement de ma dette.

Le lendemain je me rendis donc chez Paul Stuart avec ma petite liste. Dès mon arrivée, un blondinet permanenté m'informa que Mrs Fabrizio l'avait prié de « s'occuper de moi ». Avec le sourire en coin que ceux de son espèce réservent aux protégés des dames d'âge, il m'aida à envoyer au diable l'avarice. Tout pour le bon goût ! Deux heures plus tard, il m'avait allégé de 2.500 dollars. Même si je remboursais plusieurs centaines de dollars par semaine, j'étais coincé au Paradiso jusqu'au mariage.


Après notre seconde soirée de travail, je rentrai avec Gilbert au Jardin d'Éden peu après minuit. Moira était au téléphone et brancha le haut-parleur en nous faisant signe de nous taire. La sonnerie retentit à l'autre bout de la ligne, et Moira nous adressa un sourire démoniaque.

« Allô ? » fit la voix terrorisée de Vulpina.

Moira poussa un soupir plaintif.

« Qui êtes-vous ? » demanda Pina avec une insistance qui nous fit comprendre qu'elle avait déjà dû recevoir d'autres coups de fil de ce genre.

Moira avait pris la voix rauque et l'accent traînant qu'affectionnent les psychopathes :

« Tu ne souffriras pas... je te promets...

— Qui êtes-vous ?!

— Tout ira très vite... tu verras.

— Mais que me voulez-vous à la fin ?

— Tu le sais bien ! Tout ira vite, très vite. Tu ne souffriras pas, et après tu seras à moi... rien qu'à moi... pour toujours ! »

Là-dessus Moira raccrocha et nous lança un large sourire :

« Quelle trouillarde ! Au fait, ça marche, votre boulot ?

— Épatant ! C'est la première fois que tu l'appelles ?

— Non. je l'ai déjà fait deux fois la nuit dernière. La première fois, je n'ai rien dit. La deuxième, j'ai respiré doucement. Il y a une heure, j'ai recommencé en respirant plus fort. Mais il y a mieux ! »

Elle prit près de sa chaise un petit magnétophone que je n'avais pas encore remarqué. Il était relié par un câble au combiné du téléphone.

« Restez là, ce ne sera pas long », nous dit-elle en quittant la pièce.

Quelques instants plus tard, elle revint avec un transistor pourvu d'énormes haut-parleurs.

« Ecoutez moi ça ! »

Elle composa le numéro de Vulpina à plusieurs reprises car la ligne était occupée. Finalement, la sonnerie retentit et nous entendîmes un pauvre « Allô ? »

Moira eut un sourire espiègle, mais ne répondit rien.

« Cela suffit, vous m'entendez ? J'ai appelé la police. Ils vont mettre mon téléphone sur écoute et ils vous agraferont... »

Le son de sa propre voix, monstrueusemnt amplifiée, l'interrompit net :

*« Qui êtes-vous ? Pourquoi me voulez-vous du mal ? Qu'ai-je donc fait ? Qu'ai-je donc fait ? Qu'ai-je donc fait ? »*

Tandis que les « Qu'ai-je donc fait ? » de Vulpina se répétaient en boucle, Moira sortit un pistolet d'alarme, fit feu, éclata d'un rire dément, puis raccrocha.

« Cela suffira pour le moment, mais au premier faux pas je sens que je vais me fâcher très fort. »


Je restai à l'Éden pour regarder le « grand film classique » de la fin de soirée en attendant que Moira s'endorme et que Gilbert et moi puissions encore une fois profiter de notre ultime nuit. Je m'éclipsai le lendemain, avant le réveil de Moira, et appelai Claire pour l'informer de la situation au restaurant et du passage de la pauvre Vulpina dans la Cinquième Dimension.

« Il faut arrêter Moira tout de suite ! s'écria Claire. J'ai honte d'avoir mis si peu de moi-même dans cette affaire alors que Moira y songe nuit et jour. Pour triompher nous devrons nous montrer aussi efficaces, aussi acharnés, aussi impitoyables qu'elle. Quand peut-on se voir pour en parler ? »

Je proposai de nous retrouver le soir même après notre travail.

Heureuse inspiration ! Aggie passa toute la soirée au bar à me faire un rentre-dedans d'enfer — c'est bien simple, on aurait dit qu'elle avait pris des cours par correspondance avec… —, et dès qu'elle fut partie, Christopher se précipita sur son tabouret encore chaud en poussant des soupirs à fendre l'âme pour qu'on lui demande ce qui n'allait pas. Je lui posai donc la question et appris que Sylvester, son compagnon et mon prédécesseur, avait disparu sans laisser d'adresse. Plusieurs paires de boutons de manchette en or avaient disparu eux aussi.

« Et à mon âge, soupira-t-il, qui voudrait encore de moi ? »

Voilà, me dis-je, l'occasion de me montrer bon camarade et de détendre l'atmosphère. Je l'assurai avec chaleur qu'un bel homme comme lui, et intelligent avec ça, n'aurait aucun mal à remplacer ce freluquet déshonnête. Un de perdu, dix de retrouvés ! Mais il en fallait plus pour soulager une déprime aussi noire que la sienne. Aussi mes dithyrambes se firent-ils lyriques, baroques, coruscants. Bientôt je vis ses yeux ribouldinguer d'amour. Le bonimenteur allait devoir passer à l'acte.

Imaginez mon soulagement lorsque je vis Claire s'asseoir au bar !

« Chérie, quelle bonne surprise ! m'écriai-je en me penchant par-dessus le comptoir pour lui planter un baiser baveux sur la bouche, ce qui sembla l'étonner. Tu es passée me prendre ? J'ai pensé à toi toute la soirée, tu sais. On va chez toi ou chez moi ? »

Nous quittâmes le bar avec Gilbert, et en remontant Park Avenue dans l'air frais de la nuit, Claire nous exposa son nouveau plan de bataille.

« Voilà, si nous voulons contrer Moira et Murcheson, il nous faut des alliés bien placés. Qui déteste le plus Moira ? Qui exulterait à la voir se prendre une bonne gifle ?

— Pina ?

— Je pensais plutôt à Winslow Potts.

— Winslow ? Mais il a enfreint la loi pour Moira. Il se fera tuer plutôt que de cracher le morceau !

— Non, il ne se fera pas tuer, justement ! Si on lui donne le choix entre se mettre à table et finir six pieds sous terre, crois-moi il n'hésitera pas.

— Tu veux le menacer ?

— Pas vraiment, plutôt éclairer sa lanterne. Je ne crois pas qu'il se rende compte que la mafia est dans le coup. Moira n'a pas voulu nous le dire à nous, pourquoi le lui aurait-elle avoué ? Il serait mort de frousse. À mon avis c'est un timide, un lâche qui ferait n'importe quoi pour se sortir du pétrin. Il faut lui montrer qu'il n'y a que deux solutions : se faire botter les fesses par la duchesse de Dorsetshire, ou se faire transformer en passoire par Freddy-le-Clebs et ses boys. »

Gilbert promit d'essayer de trouver le téléphone et l'adresse de Winslow dans le calepin que Moira dissimulait au fond de son sac. Nous pouvions, croyions-nous, attendre quelques jours. Maintenant que Moira avait tiré vengeance de Gunther et Pina, nous ne voyions plus d'horreurs nouvelles se profiler à l'horizon.

Comme nous étions mal informés !

## CHAPITRE DIX-NEUF.

« D ÉSOLÉ de te réveiller. Mauvaise nouvelle.
— Mmmm... Grave ?
— Va savoir ! Moira a rencontré Gunther hier soir.
— Quoi quoi quoi ? marmonnai-je en m'enlevant une saleté de l'œil pour consulter le réveil digital qui indiquait 02:20.
— Moira a rencontré Gunther au cinéma. Elle était sortie, entre filles, avec Babs De Stefano.
— Babs qui ?
— La fille de Lunch, voyons ! Moira cultive la famille entière. D'ailleurs, dimanche prochain, nous recevons pour le brunch le fils de Chick, Ugo, avec sa femme à barbe. Bref, elles sont dans le hall du cinéma et Gunther arrive avec des amis. Il sourit à Moira, lui demande comment elle va. Elle lui répond : "Nous n'avons rien à nous dire, Monsieur von Steigle". Et lui : "Mes amitiés à votre grande folle de fiancé !" Devant Babs, tu imagines !
— Zut ! Et Moira, qu'est-ce qu'elle a dit ?
— Que Gunther me courait après et qu'il m'en voulait parce que ça ne marchait pas, évidemment.

Babs l'a crue, mais Moira était folle de rage. Elle croit que Gunther sait que nous avons envoyé la poupée, et qu'il a dit ça pour lui montrer qu'on ne lui fait pas peur. Pour elle, la guerre est déclarée ! »

À dix heures du matin, la sonnerie du téléphone me tira d'un remake cauchemardesque de *Scarface*. C'était Holly Batterman.

« Tu aurais pu attendre midi ! Tu as un scoop bien gratiné au moins ?

— Tu l'as dit, mon beau. Vulpina est en train de craquer ! Elle raconte à tout le monde qu'un sadique est à ses trousses.

— Vraiment ?

— Je t'assure. Elle reçoit des coups de fil où elle entend sa propre voix implorer grâce. Elle a même prévenu les flics.

— Et qu'est-ce qu'ils disent ?

— Ils ne la prennent pas au sérieux. Cette gourde est allée au commissariat dans la tenue qu'elle portait à ma soirée de Noël.

— Non !

— Je te jure ! Tu vois Batwoman débarquer au poste à dix heures du matin... Ils lui ont à peu près dit de repartir sur sa planète et de leur foutre la paix. Qu'est-ce que tu en penses ? Moi, je crois qu'elle est parano.

— Moi aussi.

— Ne le crie pas sur les toits, en tout cas. Allez, je te quitte ! »

Et il raccrocha. Quelques secondes plus tard, la sonnerie retentit à nouveau.

« Allô Gerry, c'est moi. Tu sais que Pina perd complètement la boule ?

— Holly ?
— Ah c'est toi, Phil. Excuse-moi, j'ai refait ton numéro par erreur. »

Ce soir-là, au restaurant, Gilbert prit un air sinistre pour m'apprendre que Moira avait chargé Jean-Louis Mallard de confectionner sa robe et celle de ses demoiselles d'honneur. Je ne le connaissais pas, mais Gilbert m'assura que c'était une étoile montante au firmament de la mode et que ça représentait un bon coup pour Moira, car Tony et la duchesse étaient maintenant d'accord pour payer 20.000 dollars de robes. En plus, Tony avait déjà sorti 700 dollars pour les cartons d'invitation, et versé de grosses avances au traiteur et aux musiciens. L'argent coulait à flots. La machine infernale était déclenchée. Nous étions pris dans l'engrenage !

Le lendemain, Gilbert réussit à obtenir les coordonnées de Winslow qui habitait dans la 80e rue Ouest, à quelques pâtés de maisons du Jardin d'Éden. En m'appelant, il me signala aussi que Moira demandait que nous la retrouvions au Happy Grouse sur Lexington Avenue. Elle n'avait pas donné de raison particulière à cette rencontre. Nous devions seulement choisir une table près de la baie vitrée. Elle nous rejoindrait après un essayage dans le quartier.

À l'heure dite nous nous installâmes à l'endroit convenu, pour nous apercevoir que nous faisions face au salon de coiffure de Gunther, *Capelli*. Une large vitrine offrait une vue imprenable sur cinq clientes, deux shampooineuses et un grand coiffeur à barbe rousse.

« Oh non ! Tu crois qu'il est là lui aussi ?

— Pour le moment je ne... Zut, le voilà ! »

Le visage reconnaissable entre tous de Gunther von Steigle venait de se profiler derrière le fauteuil le plus proche de la vitrine.

Une sorte de walkyrie entra alors d'un pas décidé dans le salon et se dirigea droit vers Gunther qu'elle se mit à apostropher violemment avant d'arracher son chapeau à larges bords, découvrant un crâne chauve sillonné de cicatrices rougeâtres. Par la porte entrouverte du café, nous entendions la dame hurler : « C'est vous qui m'avez fait ça. Vous ! »

Les autres clientes semblaient sous le choc. Une charmante vieille courut enfiler son manteau. Gunther entreprit à son tour d'invectiver la Tondue et tenta de la pousser vers la sortie tandis qu'elle le martelait de coups de sac à main. Après un dernier horion, elle sortit de la boutique comme une furie et s'engouffra dans un taxi qui l'emporta dans Lexington Avenue.

Quelques secondes plus tard, les clientes horrifiées avaient déserté le salon, y compris une grosse dame aux cheveux encore couverts de shampooing qui se contenta de nouer un fichu et disparut elle aussi dans un taxi.

Moira avait encore frappé. Il était temps de filer. À peine étions-nous sortis du café que Gunther et le rouquin apparurent sur le trottoir d'en face, aux basques de leur dernière cliente.

Nous rencoignant dans nos pardessus, nous mîmes les voiles, mais trop tard.

« Hé vous ! cria Gunther. Vous, là-bas ! »

Nous eûmes tout juste le temps d'attraper un taxi au vol. En nous retournant nous vîmes Gunther agiter le poing d'un air menaçant.

Un peu plus loin nous aperçûmes Moira qui se hâtait vers le café d'où elle comptait évidemment se rincer l'œil. Gilbert passa la tête par la portière et la héla.

« Monte vite ! Tu as tout raté.

— Zut alors ! Racontez-moi ! »

Nous ne lui fîmes grâce d'aucun détail.

« Fantastique, cette bonne femme, non ! Elle jouait avec moi dans le *Bong* de Marlow il y a quelques années. En général elle porte une perruque, mais quand je lui ai offert 500 dollars pour un numéro de deux minutes, elle a craqué. Ah, j'aurais donné cher pour voir ça !

— Moira... Gunther nous a vus.

— Très bien ! Le gant est jeté. La lutte est ouverte. Bon sang, comme je regrette d'être arrivée en retard ! »


« Allô, Gunther ? C'est Philip Cavanaugh.

— Vous osez, après ce que vous avez fait ! Je suis ruiné !

— C'est pour ça que je vous appelle, fis-je en baissant la voix — je téléphonais du Paradiso et ne tenais pas à être entendu —, nous n'avons rien à voir dans cette histoire.

— Tu parles. Et vous étiez au café d'en face par le plus grand des hasards ?

— Non. Un coup de fil anonyme nous avait demandé de nous y rendre, sinon il nous arriverait malheur. Vous voyez, nous aussi nous sommes victimes de ce taré. Il a fait exprès que vous nous voyiez pour que vous nous accusiez et...

— Arrête ton char, Cavanaugh. Je sais que vous avez manigancé tout ça. Et la poupée non plus, ce n'est pas vous ?

— Quelle poupée ? Une Barbie ? »

Il raccrocha.

« Alors, chou, il est furieux ? me demanda Gilbert.

— Qu'est-ce que tu crois ? Et ne m'appelle pas chou, ça devient une manie. Comme à la cantine du lycée : "Tu veux de la confiture, chou ?" On ne sait jamais qui traîne dans les parages... Bon, il y a beaucoup de réservations ce soir ?

— Désolé d'interrompre votre tête à tête, roucoula Christopher en s'étalant langoureusement sur le bar. Tu me fais marcher un Dewar on the rocks et un soda ?

— Vingt-deux, des clients ! s'écria Gilbert qui alla accueillir un couple.

— Vous n'avez pas besoin de faire des messes basses à cause de moi, me dit Christopher. Je suis discret comme un Sicilien.

— Tu as dit du Dewar. C'est pas de chance, on en manque. Je vais aller regarder s'il y en a en stock, fis-je en me dirigeant vers le bureau d'Aggie.

— Je vais t'aider ! » proposa-t-il en se lançant sur mes talons.

Nous venions d'être livrés, et la petite pièce était encombrée de cartons, ce qui rendait inévitable une certaine intimité.

« Tu me trouves toujours mignon ? commença Christopher bille en tête.

— Arrête, Chris ! m'esclaffai-je.

— Tu es libre ce soir ? demanda-t-il en m'ébouriffant les cheveux.

— Christopher, tu perds ton temps. Je n'en suis pas !

— Mais si tu en étais, je te plairais ?
— Oui, bien sûr, mais...
— Sérieusement ?
— Mais oui, tu es très bien. Très, très bien, je t'assure.
— Si tu virais de bord, tu me préviendrais ?
— Illico. Ce serait la première fois...
— Heureusement que je sais garder un secret ! Pas comme Holly Batterman, ajouta-t-il, son sourire se fermant soudain comme la mâchoire d'un piège.
— Tu connais Holly ?
— Très bien. On parlait de toi hier soir, justement. Il disait que tu étais pédé comme un phoque.
— Ah, toujours le mot pour rire !
— Tu me prends pour un imbécile ? Après le rentre-dedans que tu m'as fait l'autre jour, le coup de la fiancée ça ne marche pas !
— Écoute, je voulais juste te remonter le moral.
— Si c'est vraiment ça que tu veux faire, rien n'est plus simple. »
Et il s'effondra sur moi, les mains appuyées contre le mur de chaque côté de mes épaules, les lèvres entrouvertes, les yeux mi-clos, comme sur les couvertures de Barbara Cartland.
Je me laissai glisser le long du mur pour échapper à son étreinte et bondir vers la porte. Christopher perdit l'équilibre, tomba la tête la première sur une caisse de Smirnoff et poussa un long cri de douleur pendant que je m'éclipsais. Cinq minutes plus tard il sortit du bureau, la tête ornée d'un sparadrap, les yeux jetant des éclairs. Gunther von Steigle avait l'air d'un enfant de chœur à côté de lui.

Notre premier lundi de repos, nous retrouvâmes Claire devant Shakespeare and Co. Claire appela Winslow Potts d'une cabine téléphonique et demanda d'une voix douce à parler à Audrey.

« Désolée, j'ai dû faire un mauvais numéro. »

Puis se tournant vers nous :

« L'oiseau est au nid ! »

Nous allâmes tirer sa sonnette.

« Qui est-ce ? nasilla une petite voix dans l'interphone.

— Télégramme ! » répondit Gilbert.

Winslow ouvrit, et nous montâmes au second étage. Gilbert se planta devant la porte, Claire et moi nous effaçant sur le côté.

La porte s'ouvrit.

« Mais vous n'êtes pas télégraphiste ! s'écria Winslow qui avait l'air de trouver Gilbert assez joli pour ne pas lui en vouloir d'avoir usé de cet innocent stratagème.

— Nous non plus ! intervint Claire tandis que Gilbert glissait son pied par la porte entrebâillée.

— Je suis Gilbert Selwyn.

— Le fiancée de Moira ! s'exclama Winslow.

— Tout juste, Auguste ! »

Tout petit déjà, Winslow Potts devait être un grand nerveux. Même dans ses moments calmes, il ressemblait à un oiseau-mouche attendant les résultats de sa biopsie.

« Je n'ai rien à vous dire ! Et à ces deux charlots non plus ! » cria-t-il d'une voix suraiguë.

Nous nous présentâmes avec civilité.

« On ne vous veut aucun mal. Au contraire. On est juste venu vous mettre au courant de quelques petites choses que vous devriez savoir.

— Je peux prendre un Valium ? dit-il en se dirigeant vers une porte.

— Bien sûr, répondit Claire, mais n'essayez pas d'appeler Moira. Elle n'est pas chez elle et nous effacerions votre message avant qu'elle soit rentrée.

— Vous êtes qui, vous, Miss Marple ? Qu'est-ce que vous voulez ? Je ne vous ai rien fait.

— Non, mais on est dans le pétrin et vous devez nous aider.

— Quel pétrin ? Moira m'a dit que tout marchait comme sur des roulettes.

— Elle vous a menti.

— Vous voulez parler de la lettre ? Je sais tout. C'est Vulpina et...

— Non, c'est nous qui l'avons envoyée.

— Mais mais mais... pourquoi ?

— On va vous expliquer.

— Je peux prendre mon Valium ?

— Allez-y. »

Winslow disparut dans la pièce voisine qui donnait sur la salle de bains.

« Il a l'air nerveux, remarqua Gilbert.

— Il y a de quoi », expliqua Claire en examinant attentivement les livres sur l'étagère.

En partant il avait laissé entr'ouverte une porte par laquelle nous découvrions une pièce bien différente du salon à meubles anciens et napperons brodés où nous nous trouvions. On aurait dit un laboratoire tant on y voyait de tubes, de cornues et d'accessoires de tous genres. Il y avait même des rats blancs dans une cage ! En fait, c'était la cuisine.

Winslow sortit de la salle de bains.

« Un peu fouineurs, hein ?

— Qu'est-ce que c'est que ce bric-à-brac ? demanda Claire sans se démonter.

— Je n'en sais rien. C'est mon co-locataire qui fait de la recherche médicale. Il occupe toute la cuisine mais ça n'a pas d'importance puisque je ne suis pas fichu de faire cuire un œuf. Dites-moi, fit-il avec un sourire crispé, pourquoi des jeunes gens aussi charmants que vous ont-ils éprouvé le besoin de raconter à la duchesse des choses qu'elle ne devrait pas savoir ? »

Nous le lui dîmes, Claire illustrant par des exemples choisis et saignants la séquence mafia de la démonstration.

Il encaissait mal. Les yeux exorbités, le souffle court, il s'effondra sur une chaise et se mit à trembler des pieds à la tête. On aurait cru Marcel Marceau mimant un jour à Disney World.

« Vous ne saviez pas que la mafia était dans le coup ?

— Pas du tout. Moira ne m'a rien dit. Elle est infâme !

— Vous comprenez dans quel pétrin nous sommes tous.

— Comment, tous ? Non, vous ! s'écria Winslow. Je n'ai rien à voir là-dedans, moi.

— Si vous ne nous aidez pas, vous aurez beaucoup à y voir.

— Comment ça ?

— Nous avons déposé des lettres dans le coffre-fort de nos avocats, improvisa Claire. Tout est expliqué par a + b. Le rôle de Moira... et le vôtre. S'il nous arrive quoi que ce soit, elles seront envoyées à Freddy-le-Clebs. »

Il fut secoué de convulsions, et je ne pus m'empêcher d'éprouver une certaine pitié pour ce quinquagénaire grassouillet, à brioche et double menton, dont les rares cheveux frisés étaient oxygénés à outrance. Quand tout ça se met à trembloter, ce n'est pas beau à voir. J'espérais que son co-locataire se spécialiserait bientôt dans les antidépresseurs et qu'il était à la veille d'une découverte essentielle.

« Que voulez-vous que je fasse ? hoqueta-t-il.

— Appelez la duchesse et expliquez-lui toute l'histoire du compte.

— Impossible ! s'écria-t-il au comble de l'hystérie.

— Calmez-vous ! le suppliai-je. On est avec vous.

— Tu parles ! Vous forcez ma porte, vous me faites peur, si je ne fais pas ce que vous dites on me transformera en pâtée pour toutous, et je devrais vous dire merci ! »

Vu sous cet angle, nous faisions plutôt anges aux figures sales, bien sûr, mais nous nous employâmes à lui faire comprendre que Moira était la cause de tous nos maux.

« Nous nous rendons compte que la duchesse et la banque ne vont pas vous porter dans leur cœur, mais c'est eux ou Freddy-le-Clebs.

— Je ne veux voir personne ! » sanglota-t-il avec des accents de pleureuse antique.

« Je vais lui chercher un verre d'eau », dit Claire en se dirigeant vers la salle de bains où elle resta un temps anormalement long.

« Je vous en prie, Winslow, fit-elle pendant qu'il buvait d'un trait. N'appelez Moira sous aucun prétexte. Elle nous jetterait aux chiens sans le moindre remords s'il s'agissait de sauver sa peau. »

Pour la première fois depuis que nous étions arrivés, Winslow resta un moment tranquille.

« Tout cela ne laisse pas d'être inquiétant, finit-il par déclarer.

— C'est bien notre avis.

— J'ai besoin de réfléchir.

— Pas trop longtemps, suggéra Gilbert. Tony claque déjà des sommes folles.

— Mon cher, il va me falloir quelques jours pour élaborer un plan. Vous n'espériez pas que j'allais vous sortir un lapin de mon chapeau, quand même. En plus, j'ai une semaine très chargée à la banque. Je vous appellerai samedi.

— Mais vous n'appellerez pas Moira?

— Plus jamais! La misérable... elle m'a bien mené en bateau. À qui faire confiance?

— Winnie, vous savez que vous pouvez avoir confiance en nous, assura Gilbert d'une voix de crooner menteur. On cherche seulement à sortir vivants de cette histoire. »

Nous enfilâmes nos manteaux et lui expliquâmes qu'en cas de pépin il fallait appeler Claire, ou moi, jamais l'Éden.

En remontant la 28<sup>e</sup> rue nous décidâmes que la balle était maintenant dans le camp de Winslow. Au moins il avait eu l'air sincèrement terrorisé par les Cellini.

« Gilbert, quel est le prénom de la duchesse? demanda Claire. Je crois que je vais lui envoyer un petit billet.

— Gwendolyn. Pourquoi?

— Je ne sais pas encore.

— À propos, tu as mis bien longtemps à rapporter ce verre d'eau. Tu as trouvé des choses intéressantes?

— Évidemment.

— Tu as vu des choses?

— Il y en a surtout que je n'ai pas vues, mais j'ai besoin de quelques jours pour faire ma petite enquête. Je vous tiendrai au courant, d'accord?

— Non, raconte !

— Pas encore, c'est juste une idée comme ça. Mais si je ne me trompe pas, c'est fou ! Je jure que si je peux le prouver je vous présenterai tout ça bien emballé. Élégant, comme Hercule Poirot.

— Ou Nero Wolfe.

— Tu vas voir, toi ! »


Pourquoi Claire ne voulait-elle rien nous dire ? La déception que nous éprouvions devant les cachotteries de notre amie se trouva reléguée au second plan de nos préoccupations dès le mercredi soir, quand nous apprîmes en nous rendant au travail que Jimmy Pastore était mort le matin même.

Par sa mère, une sœur de Tony, Jimmy Pastore était un Cellini. Quant à son père, ce n'était autre que ce Charlie Pastore qui m'avait tiré des griffes du jeune Leo. C'était aussi le frère de la grosse Steffie.

Si la vie de Jimmy, tendrement évoquée par sa sœur, ne présentait aucun intérêt pour nous, sa mort ne fut pas sans incidence sur le sort des Alliés. Il avait trouvé la mort dans sa baignoire lorsque sa télé Sony miniature avait glissé dans son bain moussant, mettant ainsi une fin tragique, mais hygiénique, à ses jours inutiles. Décès accidentel, avait conclu le coroner.

Le soir-même, pourtant, nous pûmes constater que ce verdict était accueilli avec scepticisme par les parents de Jimmy qui étaient venus nombreux dîner au Paradiso. Ils étaient affligés, cela va de soi, mais surtout méfiants, inquiets. Les cousins se lançaient des regards soupçonneux, parlaient bas. À peine si j'osais proposer un autre verre à ceux qui s'étaient installés au bar de peur qu'ils ne me demandent d'un air mauvais où j'avais laissé traîner mes grandes oreilles.

Aggie, toute de noir vêtue, demanda à Gilbert de me seconder au bar et se chargea elle-même d'accueillir les clients, comme dans une chambre funéraire. De toute la soirée elle ne quitta pas la salle à manger privée où se tenaient des conciliabules ultra-secrets entre les familles Cellini, Fabrizio et Sartucci.

Chick Sartucci était assis au bar avec son fils Ugo lorsque Steffie et son mari firent leur entrée. Ils jetèrent un regard à Chick, tournèrent les talons et s'éclipsèrent. Chick murmura : « Sont cinglés ces deux-là ! » en caressant son verre de bière.

Tard dans la soirée, je pris Christopher à part. Il paraissait mieux disposé à mon égard et j'espérais qu'il ne manquerait pas cette occasion de me mettre au parfum.

« Chris, qu'est-ce qui se passe ce soir ?
— Pourquoi ? Il y a quelqu'un que ça intéresse ? »
Je me raidis instinctivement. On marchait sur des œufs.

« Personne, c'est juste que je me demandais pourquoi tout le monde faisait cette tête d'enterrement. C'est plutôt gai, d'habitude...
— Philip, moins tu en sauras, mieux tu te porteras. Laisse-les régler leurs vendettas tranquilles.
— Quelles vendettas ? »


Aggie me suggéra d'assister aux obsèques pour ne pas être taxé d'une dureté de cœur qui ne me ressemblerait pas. Pour la seconde fois, je vis le clan au grand complet. Mais alors que chez Maddie les trois branches de la famille se mêlaient allègrement, ce jour-là chacun resta en son particulier. Seuls Gilbert, Moira et Maddie naviguaient d'un groupe à l'autre pour présenter leurs condoléances assorties de réflexions touchantes sur la fragilité de la vie et notre bien peu de chose. Moira pilotait habilement Gilbert entre la veuve et les parents du malheureux défunt. Quelques paroles émues pouvaient substantiellement augmenter la valeur de leur cadeau de mariage.

En rentrant chez moi je trouvai sur mon répondeur un message de Milt Miller me signifiant mon congé.

J'étais partagé. D'un côté cela me soulageait de ne plus avoir à jongler avec deux jobs, de l'autre le décès de Jimmy avait conforté ma décision de quitter le restaurant dès que j'aurais remboursé Aggie. Qu'est-ce que je ferais à ce moment-là ? D'ailleurs, pourquoi Milt Miller avait-il décidé de me renvoyer ? Je décidai de l'appeler.

« Désolé, Philip, mais je me passerai de vos services désormais, répondit-il plutôt nerveux.

— Mais vous avez un nouveau livre qui va sortir. Il y a toujours plein de boulot pour moi à ce moment-là.

— Philip, commença-t-il avec un soupir gêné et agacé. La police m'a appelé.

— La police ?

— Ne faites pas l'étonné ! Je n'allais pas vous fournir un alibi alors que je ne vous ai pas vu ce soir-là. Vous croyez que ça m'amuse d'avoir les stups sur le dos ?

— Milt, attendez ! Je ne touche pas à la dope.

— Bien sûr que si ! Il suffit de vous voir, et même de vous entendre. Ne m'appelez plus jamais ! »

Je ne mis pas longtemps à comprendre qu'il y avait du Gunther là-dessous. Œil pour œil, dent pour dent. Je pestais encore quand le téléphone sonna. C'était Claire.

« Salut l'artiste ! Ça marche pour toi ?

— Je viens d'être vidé par Miller. Apparemment Gunther a raconté aux flics que j'étais un dealer bien connu.

— L'ordure ! lança-t-elle d'un ton guilleret. Mais ne perds pas courage, la route de la fortune t'est ouverte.

— Tu as l'air bien gaie.

— J'ai des raisons pour. Toute la semaine je me suis préparée à mettre Moira en croix. Il ne me reste plus qu'à trouver de gros clous bien rouillés.

— Tu plaisantes ou quoi ?

— Je ne plaisante jamais, mon lapin. Crois-moi, si Moira essaie de vous doubler elle a intérêt à courir vite. Je te raconterai demain.

— Non, maintenant ! J'ai vu assez de films noirs pour savoir que ceux qui annoncent qu'ils diront tout demain ont tendance à s'écraser le soir-même au pied d'une falaise.

— Pas moi, petit. »

Elle me demanda si Moira faisait la lecture à Freddy ce jour-là. Je répondis que oui, et elle me pria de l'attendre à huit heures au Jardin d'Éden. Avec Gilbert.

« Je t'en prie, Claire. Dis-moi quelque chose !

— Alors juste ça : Satan est peut-être le Père du Mensonge, mais quand il est de sortie, c'est Moira qui baby-sitte. »

Et ce fut tout.

## CHAPITRE VINGT.

J AMAIS je n'avais vu Claire aussi rayonnante que le soir où elle démasqua Moira. Elle portait une ravissante robe bleu roi, et, fait rarissime, un soupçon de maquillage. Toutes voiles dehors, elle déboula dans le Jardin d'Éden avec l'énergie d'une walkyrie sortant de chez le coiffeur.

« Alors ? nous écriâmes-nous comme un seul homme.

— Vous ne m'offrez rien à boire ?

— Qu'est-ce que tu veux ?

— Quelque chose d'exotique. Un cognac, tiens ! »

Gilbert remplit trois ballons de cet alcool revigorant, et nous fîmes cercle autour de la cheminée.

« Avant toute chose, sachez qu'on n'est pas sortis de l'auberge. On en est même loin. Mais Moira ne peut plus mordre maintenant. Reste la mafia.

— Comment as-tu fait ?

— Ouvrez grand vos oreilles, c'est un peu long. En sortant de chez Winslow, l'autre jour, quelque chose me turlupinait. Tu m'avais dit qu'il était fou de théâtre et que tous ses ennuis venaient de ce que

Moira avait proposé de produire une de ses pièces à condition qu'il lui donne accès au compte bloqué. Eh bien, j'ai fouillé partout dans son appartement et je n'ai pas trouvé un seul livre sur le théâtre, pas un texte de pièce, pas une affiche, et surtout ni un bureau, ni une machine à écrire. Comme il ne peut pas écrire dans la cuisine, et pour cause, je me suis dit que Moira avait sûrement inventé cette partie de l'histoire. Mais alors, le reste ?

Il avait dit quelque chose de bizarre. Quand tu lui avais expliqué qu'il fallait tout avouer à la duchesse, il avait répondu que c'était impossible. En y pensant je me suis dit qu'il avait peut-être employé le mot littéralement et qu'il ne pouvait rien avouer...

— ...parce que la duchesse savait tout ! Ah, la garce... » s'indigna Gilbert.

La demoiselle en question fit irruption au même moment dans le séjour, les pans de son imperméable noir flottant derrière elle telles les pales d'un hélico vrombissant. Ses yeux, privés dès sa naissance de glandes lacrymales, nous foudroyèrent du regard. Même le bon docteur Watson aurait compris tout seul qu'elle venait d'avoir une conversation avec Winslow.

« Traîtres ! vociféra-t-elle.

— Tu ne manques pas d'air ! siffla Gilbert, et avec une dextérité dont je ne l'aurais jamais cru capable, il lui jeta à la figure un teckel empaillé et elle s'étala de tout son long.

— Mes copains te feront la peau ! hurla-t-elle. Ils te couperont les deux jambes et te battront jusqu'à ce que tu en crèves !

— Ah bon, fit Gilbert en lui vidant un vase de tulipes sur la tête. C'est la fin de notre grand amour ?

— Tu as poussé trop loin le bouchon, Gilbert. Cette fois c'est comme si tu étais déjà réduit en chair à pâté! »

Claire se leva et leur dit d'arrêter leur cirque.

« Elle se croit maligne, la demoiselle! siffla Moira en se relevant, mais ça ne ne lui portera pas bonheur. Depuis la soirée chez Maddy je me doutais que tu voulais tout raconter à ma mère. Et de quel droit?

— Pas la peine de raconter quoi que ce soit, coupai-je froidement. On sait que la duchesse est au courant, et depuis le début sans doute.

— Quoi?

— Ne joue pas les oies blanches, dit Gilbert. Claire a tout compris. »

Moira eut un éclat de rire sardonique.

« De grâce, miss Marple, épargnez-moi le récit de vos trouvailles! Bande de demeurés, je vous rappelle que Freddy Bombelli est un monsieur très puissant, très violent, et très épris de sa petite Moira. Jamais il ne croira que j'ai fait quelque chose de mal, mais Gilbert et ses petits copains, il ne les porte pas dans son cœur, ça je peux vous le dire! Alors à la niche! Si jamais vous essayez encore de faire foirer le projet je lui dirai que c'était votre idée et que vous m'avez entraînée. Il aura vite fait de vous mettre en boîte tous les trois, K-Niche Gourmet emballage cadeau! Je me fais comprendre, là?

— Assieds-toi, Moira, dit Claire avec la calme autorité du Juste — on aurait dit Van Helsing demandant à Dracula d'aller se reloger ailleurs.

— Sale moucharde! hurla Moira. Tu ne sais pas dans quel pétrin tu t'es fourrée!

— Parle pour toi, ma jolie. Si tu veux bien

fermer cinq minutes ta fente à rouge à lèvres, je vais t'expliquer deux ou trois choses que tu devrais savoir. »

Moira lui adressa un regard méprisant mais consentit à s'asseoir.

« Avant que tu ne viennes nous interrompre, dit Claire qui parlait très lentement, comme quelqu'un qui savoure un moment privilégié, nous discutions d'un mot que Winslow a laissé échapper. Nous lui avions demandé de mettre la duchesse au courant de notre projet, et il avait répondu : "impossible!". Fallait-il prendre cet impossible au pied de la lettre, ou le considérer comme une façon rhétorique de signifier qu'il n'en était pas question ? J'ai opté pour la première hypothèse, mais dans ce cas pourquoi était-ce impossible ? Gilbert et Phil en ont aussitôt conclu que la duchesse était au courant, mais nous savons toutes les deux que ce n'est pas la vraie raison, n'est-ce pas ma chère ?

— Je ne comprends rien à ce que tu racontes.

— Heureux les simples d'esprit ! Écoute un peu ça. Winslow ne pouvait pas vendre la mèche à la duchesse parce que la duchesse n'existe pas, n'a jamais existé. C'est une petite invention de ta vanité, qui n'a jamais posé de problèmes pratiques jusqu'au jour où Gilbert t'a proposé de le seconder pour escroquer sa richissime famille et où tu as voulu coûte que coûte ta moitié du gâteau. Seulement tu te retrouves pieds et poings liés avec cette mère imaginaire de l'autre côté de l'océan, une mère qui en outre était censée payer les frais de la noce.

Tu ne pouvais pas avouer à Gilbert que la duchesse n'existait pas, car il ne se serait jamais associé avec toi sans être certain que ta famille casquerait aussi. Alors tu n'as rien dit. Mais comment une duchesse inexistante pouvait-elle régler l'addition ? C'est là que tu as inventé l'histoire de la chute de cheval pour expliquer que la duchesse te demandait de payer avec l'argent bloqué sur un compte, lui aussi imaginaire, que tu aurais opportunément liquidé. Comment sortir de cette impasse ? En suggérant que la famille de Gilbert paye les frais. Et comment écarter les objections que Gilbert ne manquerait pas de soulever ? En le persuadant qu'il s'agissait d'un montage extrêmement complexe et raffiné qui finirait par doubler sa part du gâteau. Que penses-tu de cet exposé ?

— Gilbert, tu ne vas pas ajouter foi à ce tissu de mensonges ? s'indigna Moira.

— Moira, fit Gilbert d'une voix sépulcrale, je ne trouve plus les mots pour te qualifier.

— Mais enfin on les a entendus, ces coups de téléphone de la duchesse ! coupai-je. Des gens lui ont parlé.

— Bien sûr, répondit Claire, et ça nous ramène à notre point de départ. Winslow ne pouvait rien avouer à la duchesse puisque la duchesse, c'était lui. N'est-ce pas, Moira ?

— Arrête de sourire comme ça, Claire, on voit ton bridge ! Gilbert, je te jure que j'étais sur le point de tout te raconter. J'attendais seulement le moment, le lieu favorable.

— Je suis sûre que tu réservais ça pour tes mémoires d'outre-tombe, suggéra Claire. Donc, Winslow jouait maman. Vous comprenez ses gémissements quand on lui a annoncé que la duchesse devrait payer les frais du mariage !

— Claire, comment as-tu réussi à découvrir le pot aux roses ? demandai-je béat d'admiration.

— Une fois que j'ai été sûre que Winslow se fichait du théâtre comme de l'an quarante, je me suis livrée à une petite enquête. Il n'est pas non plus employé de banque — je l'ai appelé deux jours de suite, et il était chez lui pendant les heures d'ouverture. S'il n'y avait ni banquier ni banque, il n'y avait peut-être pas de compte bloqué ni, après tout, de duchesse. J'ai donc appelé la prétendue duchesse en faisant le coup du faux numéro. J'ai dit que je cherchais une librairie qui s'appelait Trebleclef et soutenu mordicus que c'était le bon numéro. Le monsieur qui m'a répondu, Murcheson sans doute, m'a dit que c'était une auberge de campagne avec un charmant petit restaurant. Adieu demeure ancestrale ! Je lui ai aussi demandé s'il connaissait une vieille dame prénommée Gwen, et il m'a dit que l'auberge n'employait qu'une jeune fille. Mais le plus beau, c'est que je me suis dit que la mère de Moira vivait peut-être toujours aux États-Unis.

— Cela suffit, Claire ! aboya Moira.

— Pas si vite, répliqua Claire d'un ton suave. Je me suis souvenu que Philip avait daubé sur l'accent snob de cette duchesse née à Pittsburgh. J'ai donc pris l'annuaire et j'ai appelé tous les Finch de la ville en leur demandant s'ils pouvaient m'aider à retrouver une certaine Gwen Finch, âgée d'une cinquantaine d'années, qui avait une fille appelée Moira. J'ai fini par tomber sur sa belle-sœur, ta tante Mavis, Moira.

— La vieille sorcière !

— Dieu, qu'elle était bavarde ! Elle m'a appris que je n'aurais aucun mal à retrouver Mrs Finch si j'appelais l'État de Californie en demandant la liste complète des prisons pour femmes. Le château de

Madame Mère est une maison de correction où l'on s'efforce de lui apprendre le respect des biens d'autrui. Telle mère, telle fille. Désolée, Moira, mais tu l'as bien cherché !

— C'est ça, tout est de ma faute maintenant !

— Mais écoutez-la ! tonna Gilbert. On vient d'apprendre qu'elle a menti au monde entier depuis des années, et à l'entendre c'est nous les gros méchants.

— Toi, tais-toi ! Tu es tellement rapace qu'il te fallait absolument une fortune de mon côté. Les cadeaux de ta famille ne te suffisaient pas. Non ! Tu voulais des ducs, des princes qui nous couvrent de fric et de bijoux de famille.

— Mais c'est toi qui m'as fait miroiter toutes ces conneries !

— Avec ton côté grippe-sou, j'étais coincée. Tu aurais annulé notre mariage et je n'aurais pas touché un sou. Or j'ai vraiment besoin d'argent, Gilbert. J'ai, nous avons une occasion unique, exceptionnelle ! Si tu es d'accord, on peut faire l'affaire du siècle...

— Non, non ! hurla Gilbert en s'effondrant sur le sofa et en martelant les accoudoirs de ses petits poings. Pas l'affaire du siècle...

— Winslow, mais c'est bien sûr ! m'écriai-je à mon tour dans un accès de bon sens. Le labo dans la cuisine, c'est le sien évidemment.

— J'y arrivais, fit Claire dépitée.

— C'est un type très brillant. Il a une idée qui va révolutionner la...

— Je m'en fous. Qu'il se la garde, son idée !

— Quel petit esprit !

— Au fait comment t'es-tu organisée pour les contacts ? demanda Claire avec une pointe d'admiration dans la voix. Tu avais un correspondant à Little Chipperton, qui était-ce ? Comment ça marchait ?

— Le plus simplement du monde, répondit Moira non sans montrer une certaine fierté. Bri, à Trebleclef, est un de mes anciens soupirants — de l'histoire ancienne. Je lui ai dit que je voulais faire une blague à des amis. Si on demandait le duc ou la duchesse de Dorsetshire il devait répondre qu'ils étaient souffrants, prendre le message et m'appeler en P.C.V. J'ai une ligne privée dans ma chambre. S'il ne réussissait pas à me joindre il pouvait laisser un message sur mon répondeur personnel — il est caché sous ma table de chevet, pas la peine de mettre l'appartement sens dessus dessous, Gilley. Quand Bri me retransmettait un message pour la duchesse, j'appelais Winslow et lui indiquais qui il devait rappeler, enfin qui « elle » devait appeler. Même chose pour les lettres. Bri me les lisait. Je rédigeais une réponse que Winnie recopiait sur du papier à en-tête. Je l'envoyais par exprès en Angleterre d'où Bri la réexpédiait ici. Croyez-moi, la duchesse nous a été bien utile quand Pina est venue présenter ses modèles et que j'ai dû trouver une porte de sortie. Pina ne pouvait même pas m'en vouloir. J'étais juste une petite fille obéissante.

— Mais comment ta mère serait-elle venue au mariage ? Tu voulais la liquider ?

— Que faire d'autre ? Maman et le duc vont avoir un sale accident de voiture dans trois semaines. Tragique, très tragique ! Et si près du mariage... Mais je saurais être forte, et croyez-moi ça devrait actionner le tiroir-caisse.

— Qu'aurais-tu dit à Gilbert à propos de l'héritage ? Il croyait ta mère très riche.

— Que tout revenait à un cousin du duc qui ne nous donnerait pas un radis.
— Pourquoi ne pas dire la vérité, pour une fois ! explosa Gilbert.
— Je ne voulais pas gâcher la joie de notre union.
— Doux Jésus ! m'écriai-je. Tu me surprendras toujours, Moira.
— C'est gentil à toi de me le dire, Philip. Pourtant mon plan était loin d'être parfait. Par exemple, la duchesse devait nous rembourser ce que Tony aurait avancé, mais je n'avais pas prévu que Gilbert le pousserait à dépenser un maximum parce qu'il croyait que tout reviendrait au pot commun. Moi je savais qu'on ne récupérerait pas un sou mais je ne pouvais rien te dire. En plus, ça m'a obligé à me passer des services de la pauvre Pinouchka — personne n'allait payer une fortune pour ses créations ! Après vous avez décidé de prévenir maman parce que vous aviez les foies et j'ai dû vous parler de la lettre anonyme. Mais comment expliquer que Maman ne l'ait pas eue en mains propres ? J'ai dû inventer Murcheson ! Pour finir, j'ai pensé que Pina et Gunther avaient écrit la lettre parce que vous n'avez pas eu le cran de me dire que c'était vous, et je me suis vengée d'eux. Vous voyez, le plan n'était peut-être pas parfait, mais il a été fort bien exécuté, ce me semble.
— C'est toi qui sera exécutée si Freddy découvre tes manigances, dit Claire.
— Comme tu vois, je meurs de trouille.
— Ma chère Moira, Gilbert m'a dit que ta mère — celle qui est en Angleterre, pas la taularde — vient de fêter son anniversaire et que Freddy lui a envoyé une broche fort coûteuse. Madame Mère

l'a même appelé pour le remercier. Lorsque Freddy apprendra qu'il a envoyé sa broche à une femme-fantôme et qu'il a reçu les remerciements d'un homosexuel grassouillet, il ne sera pas content. Je me trompe? Il n'aime pas qu'on le prenne pour un imbécile, et c'est ce que tu as fait depuis le début.

— Tu ne me fais pas peur, crâna Moira en se tortillant sur son siège. Tu ne peux rien dire à Freddy sans impliquer ces deux andouilles!

— Exact, mais ça marche dans les deux sens. Si tu leur mets quoi que ce soit sur le dos, je vais trouver Freddy et je vide mon sac. Et au cas où tu nourrirais de noirs desseins à mon endroit, j'ai chargé un ami de lui envoyer une petite lettre au cas où il m'arriverait malheur. Alors tu as intérêt à prier pour que je ne passe pas sous un bus.

— Quel mauvais esprit! Je ne ferais pas de mal à des copains. Je leur fiche la frousse histoire de m'amuser, sans plus. C'est dans ma nature. Bon, il faut que j'aille faire pipi! »

Et sur ces fortes paroles, elle quitta la pièce avec toute la dignité dont elle était capable.


Vous n'avez pas été sans remarquer que Gilbert et moi avions rarement ouvert la bouche dans ce tohu-bohu de révélations fracassantes et d'accusations à tout va. L'indescriptible chaos de nos pensées nous empêchait de trouver les mots pour les dire. Claire avait eu quelques jours pour découvrir l'ampleur de la supercherie de Moira. Nous avions dû tout ingurgiter en une seule dose.

Comment avait-elle osé se lancer dans l'aventure, sachant depuis le mariage de Steffie que c'était se mesurer à la mafia ? Quelle case pouvait bien manquer à son cerveau tordu pour qu'elle nous ait enrôlés sans rien nous dire ? Surtout, pourquoi diable avait-elle été commettre toutes ces vilenies ? Je vous le donne en cent, pour investir dans une nouvelle eau de toilette !

« Arrête de me crier après, Gilbert ! Ce n'est pas une eau de toilette ordinaire !

— Ah bon, on peut la boire aussi ?

— Si tu arrêtais de faire le malin, je pourrais vous expliquer. Winslow est un brillant chimiste. Il est sorti de l'université bardé de diplômes, et il a été engagé par une grande société pharmaceutique pour faire des recherches sur l'une de ces maladies formidables pour lesquelles on organise des téléthons. Mais en même temps, il continuait à jouer au petit chimiste dans son labo. Sans lui, jamais on n'aurait découvert les pilules Ecstasy...

— On devrait lui élever une statue !

— Enfin bon, il s'est arrêté parce qu'il avait peur de se faire choper. C'est un grand anxieux, vous savez. Et puis la médecine a fini par le déprimer, et il s'est lancé dans la cosmétologie. Pendant des années, c'est lui qui a fourni Chanel, Estée Lauder, j'en passe, et des meilleures. Mais tous ces gens-là se sont servis de lui sans même lui dire merci, et un beau jour il a décidé de se mettre à son compte pour ramasser le pactole.

— Qu'est-ce que son eau de toilette a de si spécial ?

— D'abord, c'est la première eau de toilette sous forme de pilule.

— Quoi ?

— Oui, une pilule. Mais elle ne masque pas votre odeur corporelle, elle la fait muter. La sueur se met à sentir le parfum, les fruits, ou même rien du tout. C'est fabuleux! Seulement, Winnie a besoin de temps et d'argent. Je me suis engagée à lui remettre 40.000 dollars à une date fixée, en échange de quoi je toucherai quinze pour cent des bénéfices d'exploitation du brevet. Vous imaginez la fortune que je vais me faire?

— Zéro. Tes histoires foirent toujours, tu le sais bien.

— Moquez-vous, bande de tarés, les SENT-Y-NELLES vont être l'affaire du siècle! Dans un an je vous cracherai à la figure du haut de mon jardin suspendu.

— Moira, intervint Claire, tu as tous les droits sauf celui de risquer la peau de ces deux nigauds. Suppose un instant qu'on donne à ta mère l'adresse de Gilbert, qu'elle l'appelle, et que le pauvre se précipite chez Freddy en expliquant que la femme qu'il aime l'a odieusement trompé. Ce serait gênant pour toi, non? Eh bien, c'est exactement ce qui se passera si tu ne vas pas très vite expliquer à Freddy qu'il faut tout annuler. Dis que tu ne te sens pas mûre, dis ce que tu veux, mais laisse Gilbert et Philip en dehors du coup.

— Bien envoyé! fit Gilbert plein d'admiration.

— Bande d'amateurs, rigolos, mais appelez-le, Freddy! Vous savez ce que je lui dirai? "Freddy, j'ai honte. Gilbert est tellement snob que jamais il ne m'aurait épousée s'il avait su que ma mère faisait de la taule. Alors dans un moment de folie je lui ai dit qu'elle était duchesse, il s'en est vanté partout, et je n'ai pas pu le démentir."

— Moira, ça fait des années que tu bassines la ville entière avec tes histoires de duchesse!

— Bon, d'accord. Mais je trouverai une idée. J'en ai toujours à revendre.

— On la démolira comme les autres.

— Essayez toujours ! Ce sera vos mensonges contre les miens. Je n'aurai qu'à dire que Gilbert est reparti dans son trip gay. »

Silence gêné.

« Moira, commença Gilbert, ne le prends pas mal, mais je n'ai plus envie de t'épouser.

— Triple andouille ! Fruit sec ! Poule mouillée ! »

Elle tira sur sa cigarette de son air le plus espagnol tandis que nous, les nobles Alliés, échangions des regards anxieux. Impossible d'obliger Moira à rompre notre pacte sans nous exposer à de terribles représailles.

Claire, enfoncée dans le sofa, avait posé un doigt sur ses lèvres fermées comme en signe de prière. Il me semblait entendre le ronronnement de ses neurones. Au bout d'un moment, elle prit la parole.

« Moira, puisque tu refuses de mettre fin à votre idylle, je te propose de suivre ton plan jusqu'au bout. Tu élimines Madame Mère à la date prévue, tu la pleures à chaudes larmes, tu épouses Gilbert, vous partagez le butin et tu investis ta part avec ta jugeotte habituelle. Mais à partir d'aujourd'hui, je suis dans le coup.

— Tu n'auras pas un *cent* !

— Il n'est pas question d'argent. Je veux seulement être sûre que ces deux cloches ne se feront pas descendre. Jusqu'à ces derniers jours je tremblais que la duchesse et Tony ne s'aperçoivent qu'ils payaient les mêmes factures. Maintenant, je sais que ça n'a jamais été un problème, et je pense que vous avez une chance de vous en tirer si tu t'occupes de faire disparaître la duchesse. Bref, je vous offre mon aide.

— Bienvenue à bord!» s'écria Moira enthousiaste.

Naturellement, Claire exigea une transparence absolue. Fini les cachotteries! Moira jura de ne jamais mentir, c'était trop beau.

Gilbert, encore tout chose des fourberies de Moira, n'était pas chaud-chaud pour épouser. Du coup, il redoublait de tendresse à mon égard. J'étais son ultime espoir, sa planche de salut, son rempart contre la folie. Mon ego dilaté en éponge buvait cela comme du petit lait, mais je sus me retenir. L'image de Freddy Bombelli allumant un feu d'artifice avec des petits gays en guise de bouquet final me retint au bord du gouffre.

La semaine suivante fut consacrée à préparer le trépas de la duchesse. Le problème le plus difficile était celui des preuves. Heureusement, depuis qu'elle avait travaillé pour une firme de cartes de vœux, Claire avait accès à un équipement d'imprimerie complet. Si nous ne disposions pas de papier journal, nous pouvions au moins fabriquer des photocopies de chroniques nécrologiques et d'articles de journaux anglais qui relateraient la tragédie. Restait le problème des obsèques. Si la famille de Gilbert insistait pour s'y rendre, il faudrait organiser de fausses funérailles, et c'était risqué.

Nous en étions là de nos réflexions quand Moira et Claire vinrent nous chercher un soir au Paradiso. Une fois tous les quatre dans le taxi, Moira annonça qu'il y avait un petit problème.

«Je sors d'une séance de lecture chez Freddy. Comme il doit se rendre en Angleterre et en Suisse

pour affaires la semaine prochaine, il voudrait passer à Little Chipperton dire bonjour à maman.
— Non !
— Sale coup, hein ? Impossible de mettre en scène un accident dans un délai aussi court, et de toute façon Freddy aurait été là pour les obsèques. Alors j'ai dit qu'elle serait ici dans une semaine. Elle a terminé sa convalescence, elle arrive ! Il était tout excité, et je lui ai proposé d'organiser une petite réception le lundi avant son départ. Maintenant, les aminches, faut se trouver une duchesse.

## CHAPITRE VINGT ET UN.

Claire nous regarda, les yeux ronds, comme si nous avions complètement perdu la raison.
« Quand même, une femme ferait mieux l'affaire ! »

Nous étions les premiers à reconnaître qu'une comédienne expérimentée jouerait mieux le rôle de la duchesse qu'un parfumeur névrotique. Mais tout n'étant pas pour le mieux dans le meilleur des mondes, c'était Winslow ou rien.

« C'est sa voix que Tony, Maddie et Freddy ont entendue. Une voix très spéciale. Si on prend quelqu'un d'autre ils s'en apercevront tout de suite.

— On ne pourrait pas trouver une comédienne capable d'imiter cette voix ?

— Claire, on n'a qu'une semaine, rappela Moira. Où dénicheras-tu une Marlene sur le retour prête à risquer sa vie pour nous aider à rouler la mafia ?

— Mais Winslow sera-t-il à la hauteur ? s'inquiéta Claire. Imiter une voix au téléphone, ce n'est pas jouer un rôle de travesti devant tout le monde. En plus le bonhomme n'a pas les nerfs solides...

— Je le sais bien, fit Moira. Il mourait de trac à l'idée de jouer le rôle au téléphone et je n'étais pas rassurée, mais le moment venu il s'en est parfaitement tiré.

— Seulement à l'époque il ignorait à qui il s'adressait, alors que maintenant...

— À qui la faute, ma chère ?

— Écoutez, intervint Gilbert la bouche pleine de glace à la noisette, cette discussion restera sans objet tant qu'on ne saura pas de quoi Winnie aura l'air en robe du soir. »

Inutile, en effet, de lui faire passer le test psychologique s'il échouait à l'épreuve physique. Nous décidâmes de nous retrouver chez lui le lendemain après-midi avec un assortiment de perruques, de robes et de produits de maquillage.

« Mon Dieu, fit Moira, je n'ai rien qui soit à sa taille, j'en ai peur. Claire chérie, toi qui es un peu forte, tu lui trouveras bien une petite robe toute simple ! »

À son grand dépit, Claire n'eut aucun mal à dénicher dans sa penderie plusieurs tenues que Winslow pourrait endosser sans qu'il soit même besoin de retouches. L'année dernière elle avait pris treize kilos d'un coup après un chagrin d'amour et n'avait pas tout à fait fini de les perdre. Elle apporta aussi une perruque blonde et sa trousse de maquillage.

Moira, qui n'avait pas de vêtements à offrir, fit don à la communauté d'un véritable salon de maquillage portatif. Fond de teint, eye-liner, ombre à paupières, mascara, blush, rouge à lèvres, brillant à lèvres, de quoi faire pâlir d'envie les vamps de la grande époque d'Hollywood. Nous chargeâmes tout ce nécessaire de survie sur nos frêles épaules et partîmes chez Winslow. Pour la première fois dans l'histoire, quelqu'un allait s'engager contraint et forcé dans la Légion du Travestisme.

« Qu'est-ce que c'est que cet attirail ? » s'écria le malheureux Winslow.

Il prit la nouvelle avec son sang-froid habituel, et quand nous l'eûmes décollé du plafond nous lui fîmes avaler de force un Valium.

« Je suis... je ne... je le... je vous... je ne pourrais... je ne saurais... Bref, je refuse.

— Mr Potts, de grâce, essayez de vous calmer, fit Claire. Ce n'est qu'une possibilité parmi d'autres. Personne ne vous forcera la main.

— Parle pour toi, dit Moira. On est tous dans le coltard à cause de Winslow et il n'y a que lui qui puisse nous en sortir. Il va se dépêcher de mettre cette robe, sinon les copains de mon Freddy se feront un plaisir de l'écorcher tout vif !

— Moira, ce n'est pas comme cela que...

— La ferme, Claire ! Winnie, vous avez presque cinquante ans, il serait temps d'être adulte. Séchez vos larmes et passez-moi cette robe ! »

Mais Winslow ne se montra pas adulte. Il n'agita pas non plus ses doubles mentons en un mouvement de dignité offensée. Non. Ses sanglots redoublèrent et il se jeta au cou de Gilbert en le suppliant de jurer, de promettre, d'assurer qu'on ne l'écorcherait pas tout vif. Gilbert le réconforta de son mieux tout en fusillant Moira du regard. On n'avait pas idée d'employer des méthodes aussi brutales avec quelqu'un qui, au moindre choc, retombait comme un soufflé raté.

Claire répéta à Winslow que nous souhaitions

seulement étudier avec lui différentes solutions à notre problème et que sa transformation en duchesse n'était qu'une option parmi d'autres — elle se garda de lui préciser que les autres étaient l'exil ou le suicide.

« Ils m'ont dit tous les trois que vous aviez été superbe au téléphone.

— Absolument !

— Étonnant !

— J'ai marché à fond !

— C'est vrai ? demanda Winslow en s'essuyant un œil.

— Comme je vous le dis ! Vous avez été acteur ?

— Non.

— Allons donc ! Vous n'avez jamais joué la comédie ?

— Une fois, c'est tout.

— À Broadway ?

— Non, à l'école primaire. J'étais un Indien qui offrait du maïs aux Pèlerins du Mayflower.

— Eh bien, vous avez un sacré talent d'imitateur !

— Cela m'a soufflé !

— Vous ne l'imaginez pas en duchesse, avec une belle perruque ?

— Il serait merveilleux. Un nuage de talc, les sourcils redessinés, une belle robe verte à col montant...

— Ma couleur, c'est le rouge », rectifia Winslow.


Nous comprîmes bientôt que Winslow était partagé entre la sainte terreur que lui inspirait la mafia et son envie d'incarner la duchesse. Il suffisait de faire triompher la seconde tendance.

Moira et Claire nous envoyèrent chercher de quoi déjeuner afin d'être seules avec Winslow.

« Comprenez-moi bien, disait-il comme nous partions. Je n'ai pas dit que j'acceptais, c'est juste...

— ...à titre expérimental ?

— Voilà ! Non chérie, pas celle-là, plutôt la beige, là. »

Nous nous attardâmes afin de laisser à Moira et à Claire le temps de présider à la métamorphose espérée. À notre retour, la chenille était vraiment devenue papillon. Même dans une stricte robe du soir d'un rouge terne, Winslow montrait un port nonchalant qui était incontestablement féminin. Malgré ses bras velus et ses sourcils épais, il avait plutôt l'air d'une femme un peu masculine que d'un homme efféminé. Quelque chose dans sa façon d'arquer les lèvres, de se lover au fond du fauteuil... Quand vous rencontrez des travestis, ou plutôt quand je rencontre des travestis — vous devez avoir une vie plus rangée que la mienne —, vous vous rendez compte qu'ils s'efforcent d'avoir des gestes élégants, raffinés, alors qu'il suffit de penser à nos mères pour nous souvenir que féminité et élégance ne vont pas nécessairement de pair. Winslow, lui, l'avait bien compris.

« Enfin vous voilà ! déclara-t-il majestueusement quand nous fûmes de retour. Je me demandai où vous étiez passés. Pour un peu j'envoyais Murcheson fouiller les buissons du parc.

— Winnie, vous êtes formidable ! s'écria Gilbert en l'embrassant sur les deux joues. Mes parents vont adorer.

— Holà ! cria Winslow en arrachant sa perruque. Je n'ai rien promis, vous entendez, rien du tout !

— Ne craignez rien, Mr Potts. Vous êtes parfait. Il suffit de maîtriser vos nerfs.

— Jamais je n'y arriverai !

— Bien sûr que si, protesta Moira. À quoi servent les médicaments ?

— Non Moira, intervint Claire. Winslow aura besoin de toute sa lucidité et je ne crois pas...

— Ma chère Claire, il est chimiste après tout. Il sait ce qu'il lui faut. »

Quand nous quittâmes Winslow, il avait accepté d'incarner la duchesse mais à plusieurs conditions.

Il ne resterait à la réception qu'une heure, pas davantage. Nous nous arrangerions pour qu'il y ait foule afin qu'il n'ait que quelques instants à passer avec chacun des invités, et sa conversation se bornerait aux présentations d'usage et à ses vifs regrets de ne pouvoir s'attarder. Au bout d'une heure pile, Moira lui rappellerait que le corps médical lui ordonnait le repos. La duchesse souhaiterait bonne nuit à tout le monde et se retirerait. Le lendemain elle ferait une légère rechute et devrait garder la chambre jusqu'au mariage.

Durant cette période les visiteurs ne seraient autorisés à la voir que deux fois. En outre, la duchesse pourrait toujours mettre fin à une entrevue qui tournerait mal en feignant de s'endormir.

Question subsidiaire : que faire du duc pendant tout ce temps ? Nous décidâmes de l'envoyer en Afrique où il s'efforcerait de trouver un acheteur pour une plantation de café à l'abandon — la seule propriété de la famille en dehors de Trebleclef — dont la vente devrait procurer les quelques livres nécessaires au paiement des frais médicaux de la duchesse. Au moins étions-nous sûrs que Freddy n'aurait pas l'idée saugrenue d'ouvrir des casinos en Guinée équatoriale !

Nous n'avions qu'une semaine pour organiser les débuts de la duchesse dans la société new-yorkaise, et notre emploi du temps était fort chargé. Il fallait lancer les invitations, commander les victuailles, choisir garde-robe et maquillage, et surtout tenir la main de Winslow qui téléphonait quotidiennement pour annoncer qu'il allait tout laisser tomber, que c'était trop dur, qu'il ne sentait pas le rôle, etc. Nous nous relayions donc pour lui répéter qu'il était le meilleur, le seul, l'unique, et que son interprétation de la duchesse resterait gravée dans les mémoires au même titre que celles des grandes dames de la Royal Shakespeare Company dans *Macbeth* ou *La Mégère apprivoisée*.

Finalement, la garde-robe de la duchesse nous posa moins de problèmes que prévu. En farfouillant dans les penderies de Gloria Conkridge au Jardin d'Éden, Moira trouva une malle pleine de vieilles robes. Toute jeune, Gloria alimentait déjà ses glucides, et la plupart des robes étaient trop larges pour Winslow et Claire passa presque toute sa semaine à les retoucher. Moira aurait été bien incapable de le faire, ayant toujours pensé qu'il ne servait à rien de savoir coudre quand on avait des copines stylistes.

Par miracle, les chaussures de Gloria allèrent à Winslow comme un gant car, à la différence de la plupart des travestis, il avait le pied fin.

Winslow, qui par ailleurs se plaignait tous les

jours d'allergies aux dépilatoires, se chargea lui-même d'acheter des bijoux fantaisie. Il essaya aussi diverses perruques et fixa son choix sur une superbe crinière argentée à trois cents dollars — pour payer ma contribution je tapai dans les fonds qui devaient servir à rembourser Aggie.

Il fut décidé que la duchesse s'appuierait sur une canne dont nous fîmes l'emplette. Winslow s'entraîna consciencieusement à claudiquer et à contrefaire ces petites grimaces qui trahissent une atroce douleur supportée avec stoïcisme.

Au milieu de tous ces préparatifs, Gilbert m'appela un après-midi pour me demander de le retrouver devant l'immeuble. Quand j'arrivai, il m'attendait sous le dais de l'entrée, aux lèvres un sourire innocent, sous le bras une grande enveloppe brune. Il me proposa d'aller au Promenoir de Central Park.

Le Promenoir est un des coins les plus agréables du parc, un charmant entrelacs de sentiers et de culs-de-sac tortueux envahis par les herbes. C'est aussi un endroit où, pendant les mois d'été, aiment à se retrouver des messieurs passionnés de culture physique et de vieux films. Mais ce jour-là, l'atmosphère y était beaucoup plus éthérée. Une neige légère était tombée pendant la nuit, le soleil brillait au plus haut, et les rares promeneurs solitaires semblaient plongés dans des abîmes de réflexion profonde.

Quand nous fûmes arrivés dans un coin tranquille, Gilbert me pria de m'asseoir et me tendit l'enveloppe comme un gamin offrant des fleurs à sa maîtresse d'école.

« Je veux que tu lises ça, Philip.
— C'est toi qui l'as écrit ?

— Oui, c'est le début de mon roman. »

J'ouvris l'enveloppe et en sortis trente pages dactylographiées.

« J'écris presque tous les soirs jusqu'à trois, quatre heures du matin. Quelquefois je reste sec, mais j'essaie quand même. Je savais que jamais tu ne me prendrais au sérieux tant que je ne m'y mettrais pas. »

Ainsi l'amour de Gilbert avait vaincu l'angoisse de la page blanche! J'étais éperdu d'orgueil, de reconnaissance et de bonheur.

Certes, j'ignorais alors qu'il n'avait écrit que trois pages depuis que nous nous étions retrouvés et que le reste datait des quatre dernières années. Il ne me l'avoua que bien plus tard. Si je vous confie cela dès maintenant, ce n'est pas pour insinuer que Gilbert manquait de sincérité. Ses passions sont éphémères, mais toujours sincères. Je suis sûr qu'à ses yeux ces trois pages écrites « pour moi » étaient un cadeau magnifique de la part d'un garçon que son Olivetti terrifiait bien d'avantage que le monstre Godzilla. Et quel mal y avait-il à les gonfler avec vingt-sept pages plus anciennes? En bonne déontologie selwynienne, aucun.

Quoi qu'il en soit, ce jour-là, chaque page, chaque paragraphe, chaque mot à l'orthographe savamment fantaisiste témoignait à mes yeux de la pureté et de la profondeur d'un amour que mes yeux aveuglés n'avaient su reconnaître. Rempli de honte et de joie à la fois, j'embrassai Gilbert avec fougue sous les yeux de Gunther qui arpentait en cet instant le Promenoir pour des raisons connues de lui seul. À dix mètres au-dessus de nous, il nous contemplait avec une joie mauvaise.

« Bon Dieu, il habite ici ou quoi?

— Qu'il se rince l'œil, on s'en fiche!
— Pas moi.
— Je t'aime, Philip!
— Moi aussi je t'aime, Gilbert, mais accélère le pas!»

L'incident fut vite oublié, la réception de la duchesse requérant toute notre attention. Même notre retour de flamme se trouva relégué au second plan.

Mère et fille passaient des heures à réviser l'histoire imaginaire de la famille: dans quelles circonstances était mort le premier mari de la duchesse? comment avait-elle rencontré le duc? quand s'étaient-ils mariés? surtout, qu'avait bien pu dire de si charmant le prince Charles à Moira et à Madame Mère le jour de ses noces?

À mesure qu'approchait le soir de la première, Winslow donnait de la duchesse une interprétation de plus en plus subtile, nuancée, véridique, mais ses accès de panique se faisaient aussi plus fréquents et plus violents. La veille de la réception, ses sautes d'humeur nous mirent les nerfs à vif. Tiendrait-il le coup ou fondrait-il en larmes à la vue du premier invité.

Une aube grise et froide se leva sur le lundi de la réception. Je passai la journée à l'Éden à préparer des champignons farcis tandis que Claire montait la garde chez Winslow. Selon le plan, Moira et sa mère devaient arriver avec une heure de retard sous prétexte que Sa Grâce aurait rencontré une vieille amie et n'aurait pas vu le temps passer. De cette façon il y aurait foule à leur arrivée, ce qui éviterait les tête à tête.

Une demi-heure avant la réception, Claire nous téléphona.

« J'ai un problème !

— J'en étais sûr ! gémit Gilbert.

— Winslow est au lit, les draps jusqu'au nez, avec une girafe en peluche dans les bras. Il refuse de se lever, de sortir, et même de s'habiller. »

Le haut-parleur était branché, et Moira se mit à hurler :

« Oblige-le à s'habiller, bon sang !

— Moira, ça fait une heure que j'essaie et il n'a même pas posé un faux cil !

— Vous n'êtes que des amateurs ! siffla Moira. Gardez-le au chaud, j'arrive. »

Moira partit en trombe et vingt minutes plus tard Claire nous rejoignit. Peu après, alors que nous tournions dans la cuisine comme des lions en cage, les premiers invités arrivèrent. Il y avait Maddie, Tony, Marlowe Heppenstall et sa femme, Nancy (Marie Curie) Malone avec son chevalier servant, Aggie, Lunch et Sammy, Holly Batterman accompagné d'un rouquin, Ugo et Betty Sartucci, Marie, la sœur de Tony, Jimmy Loftus et une amie, Chick et sa femme Rosa, le père Eddie Fabrizio, sœur Deena Sartucci, la chère cousine Steffie et son légitime, encore des Sartucci, encore des Fabrizio, encore des Cellini, des amis de Gilbert et Moira, et enfin Freddy Bombelli accompagné de l'inévitable Serge.

Les ayant tous accueillis avec le même sourire figé, nous nous précipitâmes dans la chambre de Gilbert pour appeler chez Winslow.

« JE M'EN OCCUPE ! » hurla Moira avant de raccrocher sans même avoir demandé qui appelait. Ensuite, la ligne resta en permanence occupée.

Secondé par Gilbert et Claire, j'offrai des amuse-gueule aux invités, préparai des cocktails, versai force champagne et éludai avec une joyeuse insouciance les questions concernant notre invitée d'honneur.

Vers neuf heures et demie, ces questions se faisaient si pressantes et l'attente tellement intolérable que j'envisageai de filer à l'anglaise, de changer de nom et de me reconvertir dans l'élevage des bovins. Mais dix heures avaient à peine sonné que Moira et la duchesse firent leur entrée.

## CHAPITRE VINGT-DEUX.

A GGIE et Maddie se trouvaient près de la porte lorsque je répondis au coup de sonnette, tandis que Claire, Gilbert et Holly Batterman se précipitaient à ma suite pour ne pas manquer la première apparition de Sa Grâce. Moira, souriante dans son trench-coat, se tenait aux côtés de la duchesse qui portait sous un vison éblouissant un ensemble de soie écarlate, peut-être un peu trop près du corps. Coiffée d'une toque assortie, Madame Mère était couverte de bijoux fantaisie, à l'exception de la superbe broche de Freddy, et tirait sur une Dunhill coincée dans un long fume-cigarette. La canne et la claudication concomitante avaient disparu.

« Gilbert, très cher, je suis impardonnable. Une heure de retard, et à ma propre soirée ! C'est terriblement impoli, mais voilà, nous venions de quitter l'hôtel quand je suis tombée sur Mrs Everett Carlyle Pemberton. Je ne l'avais pas revue depuis Pittsburgh. Elle s'appelait Sophie Bukowski à l'époque. Dire qu'elle est devenue si snob, et bavarde ! Un vrai moulin à paroles.

— Une raseuse ! précisa Moira tout sourire.

— Un moulin, que dis-je, c'est plutôt un mixer vitesse supérieure ! Pendant une heure elle m'a rebattu les oreilles de son nouvel époux avant de me demander si j'en avais un. Vous auriez dû voir sa tête quand je lui ai dit qu'il était duc ! Gilbert, soyez un ange, débarrassez-moi. Et toi, Moira chérie, donne vite une coupe à ta vieille maman.

— Tout de suite, mais d'abord laisse-moi te présenter Maddie, la maman de Gilbert. »

Et Maddie serra vigoureusement cinq doigts boudinés.

« Je suis heureuse de connaître enfin Votre... euh, Altesse, Majesté, qu'est-ce qu'on dit ?

— Gwen, tout simplement. Je ne supporte pas ces titres ronflants, sauf quand j'ai affaire à une ennemie intime. Là, ça me ravit.

— Et voici Aggie, la cousine de Maddie. Elle tient le restaurant où Gilbert s'occupe de l'accueil.

— Vraiment ? Alors soyez un amour, augmentez-le ! Je ne sais pas combien il gagne mais je connais ma fille, un vrai panier percé.

— Maman je t'en prie !

— Et ce champagne, Moira !

— Je vais te chercher une coupe. Surtout sois sage en m'attendant ! »

Nous accompagnâmes Moira au bar où eut lieu, *sotto voce*, un échange un peu crispé.

« Où est passée cette foutue canne ?

— Elle n'en a pas voulu, elle dit qu'elle est en pleine forme.

— Cela se voit. Elle s'est shootée à quoi ?

— Rien de très dur. Une bouteille de vin, quelques lignes de coke.

— C'est tout ?

— Un ou deux cachets d'Ecstasy, concéda Moira avec un sourire gêné, mais ils l'ont bien remontée. Faites-moi confiance, ça va marcher.

— Mr Bombelli, vous enfin ! se mit à bramer Winnie. Je suis si heureuse de faire la connaissance d'un homme aussi bon, aussi généreux... Venez vous asseoir près de moi, et ne vous gênez pas pour me faire la cour, je n'attends que ça ! »

À partir de là, notre sort était entre les mains de Winslow qui paraissait prendre un immense plaisir à jouer à la roulette russe. Toutes les histoires minutieusement concoctées par Moira devinrent méconnaissables. Winslow leur ajoutait des variantes, des enjolivures, qui toutes faisaient apparaître Moira comme une écervelée incapable de rien faire de ses dix doigts et que Maman ne pouvait s'empêcher d'aimer malgré ses défauts. Winnie prenait une belle revanche sur les mensonges et les menaces de Moira, et nous y aurions applaudi de tout cœur n'eût été notre peur panique dès que Maman ouvrait sa grande bouche.

Maddie vint s'asseoir sur le divan près de la duchesse, au centre d'un cercle qui comprenait Tony, Claire, Holly, Aggie, Moira, Freddy et moi.

« Pardonnez ma brutalité, attaqua-t-elle sans vains préambules, mais quel effet cela fait-il d'être une vraie duchesse ?

— Ma chère Maddie, pour être tout à fait franche, c'est un des rares plaisirs que puisse s'autoriser une femme de mon âge. Les ventes de charité, les rubans qu'on coupe, tout le monde à vos pieds sans que vous ayez à lever le petit doigt, une âme plus élevée que la mienne mépriserait peut-être cette vie, mais c'est la mienne et mon Dieu qu'elle me plaît !

— Ah! Ah! Voilà une duchesse comme je les aime! déclara Aggie.

— Merci, ma chère Aggie. Gilbert m'avait bien dit que vous étiez adorable. Quel amour de garçon! Ah, j'ai été bien soulagée quand Moira me l'a présenté. Si vous aviez vu les numéros qu'elle nous ramenait quand nous étions à Pittsburgh! Chérie, tu te souviens de ce motard avec qui tu as fait la route pendant un an?

— Non, Maman! répliqua Moira, les dents serrées.

— Tant mieux. Il faut vous dire qu'il n'était pas gâté par la nature! gloussa la duchesse en se tournant vers Maddie. En le voyant, le moins dégoûté des détrousseurs de cadavre aurait refermé le cercueil et se serait enfui sans demander son reste.

— Maman, tu es impossible! D'ailleurs il se fait tard et tu te souviens de ce qu'a dit le docteur? À onze heures, au lit!

— Onze heures? gémit Maddie. Mais c'est beaucoup trop tôt!»

Tout le monde s'accorda pour dire qu'en effet la soirée commençait à peine.

«Tu te fatigues vite, maman. Et on ne veut quand même pas d'une rechute, n'est-ce pas?

— Non, je veux une autre coupe! Jamais Ma Grâce ne s'est mieux portée.

— Mais, maman...

— Écoute, je suis assez grande pour savoir quand je dois me coucher, ce me semble. Et puis j'ai vu mon médecin juste avant de venir et il a dit que je me portais comme un charme.

— Fffantastique! souffla Freddy.

— Il a même dit que, foi de médecin, il n'avait

jamais vu personne se remettre aussi vite d'une chute de cheval!

— On ne dirait même pas que vous avez eu la lèvre arrachée, ajouta Maddie.

— De la belle ouvrage, non? J'aurai peut-être droit à un article dans une revue médicale. Mais voici un homme tellement plus intéressant, fit-elle en se tournant vers Freddy. On raconte tellement de choses à votre sujet que je...

— Qui voudrait une autre coupe? intervins-je promptement.

— Moira m'a raconté que vous l'aviez sauvée d'une vie d'oisiveté? Vous l'avez mise au travail, bravo!

— Mais, Votre Seigneurie...

— Gwen, s'il vous plaît!

— Gwen, votre Moira est une jeune fille adorable. Chaleureuse, enjouée. »

Comme à l'habitude, il se lança dans un éloge dithyrambique des talents d'interprète de Moira.

« Vraiment, elle est si douée que cela? s'étonna la duchesse. La seule fois où je l'ai vue sur scène, c'était au lycée. Elle tenait le rôle de Wendy dans *Peter Pan*. Elle avait oublié son texte et elle a fait pipi dans sa culotte! Si, si, sur scène. Il a fallu arrêter le spectacle et...

— Maman, je t'en prie.

— Sur scène? demanda Holly avec gourmandise.

— Gwen, aimez-vous la cuisine polynésienne?

— À condition qu'elle soit accompagnée des boissons locales.

— Parfait. Je vous invite à déjeuner mardi au Trader Vic's.

— J'en suis ravie. Nous avons tant de choses à nous dire! »

Vingt minutes plus tard, profitant d'un moment où Maddie et Winslow se racontaient par le menu la petite enfance de leurs rejetons et se lançaient dans une étude comparative des douleurs de l'accouchement, l'état-major allié s'éclipsa dans la cuisine pour une conférence au sommet. Entre temps la duchesse avait accepté des invitations au Paradiso, à la Casa Cellini, et même chez Holly Batterman pour la Saint-Valentin.

« Qu'est-ce que tu lui as donné, Moira ? explosa Claire en retirant du four un plateau de fonds d'artichauts sur lit de bacon.

— Des pilules d'Ecstasy, un euphorisant tout ce qu'il y a d'inoffensif.

— Pas tant que ça, à ce que je vois. Il faut trouver un antidote à l'euphorie, et vite !

— Je n'en connais pas de meilleur que toi, ma chère », répliqua Moira qui s'éloigna avec un bol de sauce-cocktail.

La discussion se poursuivit à trois. Nous décidâmes que faute de pouvoir reprendre en main Madame Mère, il fallait au moins détourner l'attention du public. Pour cela, rien de mieux que de faire chanter Nancy Malone. Avec sa voix magnifique elle ne tarderait pas à ravir la vedette à notre duchesse.

Malheureusement, les choses ne se passèrent pas tout à fait comme ça. Après s'être fait un peu prier, Nancy avait accepté d'interpréter quelques standards de Cole Porter et Claire s'apprêtait à l'accompagner quand Marlowe Heppenstall s'était précipité sur le clavier et avait plaqué les premiers accords d'une horrible ballade intitulée *Pourquoi suis-je moi?*, tirée de son show *Eureka, Baby!* Nancy dut ressortir son petit couplet de Marie Curie, et quand elle en arriva enfin à...

> Pourquoi cette soif d'aller explorer
> Là où nulle femme ne s'est aventurée
> Avant moi?
> Au fond, qu'en ai-je à faire?
> Ah! Dites-moi donc Pierre,
> Pourquoi suis-je moi?

...l'intérêt du public avait beaucoup faibli.

Il se réveilla vite quand la duchesse s'approcha du piano en titubant.

« Mon ami, vous jouez comme un dieu! Vous connaissez *To Keep My Love Alive*? »

Bien sûr que Marlowe connaissait, et il accompagna avec enthousiasme la duchesse dans ce classique de Rodgers et Hart. « Une autre, une autre! » cria le public enthousiaste. La duchesse salua et le régala de quelques standards dont *Makin' Whoopee*. Pour finir elle chanta *My Blue Heaven*, cet hymne à l'amour, au mariage et à la famille, d'abord seule puis avec Gilbert et Moira pour la reprise. Ils avaient bien tenté de se défiler, mais les invités étaient trop éméchés pour les laisser s'en tirer comme cela. Un bras passé autour des épaules des chers enfants, la duchesse s'égosillait et tentait de les entraîner dans un petit ballet, tirant de ci, poussant de là, tel un marionnettiste déchaîné.

La foule ne ménagea pas ses applaudissements à la duchesse et aux délicieux Gilbert et Moira, si gais, si insouciants, si amoureux. Même Holly, plutôt mal disposé envers Moira ces derniers-temps, trouva qu'ils formaient un couple charmant.

« Il faut absolument que Geoff prenne des photos !

— Geoff ?

— Le rouquin, là-bas, je l'ai rencontré à un dîner l'autre jour. C'est un sacré photographe, et puis il est à croquer, tu ne trouves pas ? »

Poliment, je demandais si ça marchait entre eux.

« Oh, on en est encore aux préliminaires. Il est du genre romantique ! »

Le romantique s'approcha, et Holly me présenta comme le témoin de Gilbert avant de s'en aller féliciter la duchesse. Geoff parlait photo avec un sourire de charmeur — pourquoi faut-il que les garçons me collent aux basques dès que je ne suis plus libre ? Bientôt il me demanda si j'aimerais dîner avec lui un de ces soirs. Je bredouillais que je n'étais pas seul.

« Un type bien ?

— Mieux que ça.

— Tu le mérites. »

Je le quittai pour partir à la recherche du Gilbert perdu qui s'était caché dans la cuisine pour passer un sérieux savon à Madame la Duchesse.

« Vous allez arrêter ce cirque, Winnie ? Vous êtes folle, c'est bien le mot, d'accepter des déjeuners, des dîners...

— Je sors quand je veux, où je veux, malappris !

— Écoute, ma grande, dis-je un peu rudement, dans une heure ou deux ton petit remontant ne te fera plus rien. Tu vas te réveiller demain avec une gueule de bois carabinée et un agenda rempli à ras bords. Qu'est-ce que tu feras à ce moment-là ?

— Je renouvellerai ma garde-robe », déclara Winnie en se drapant dans sa dignité.

Ainsi se poursuivit la soirée maudite. La duchesse tenait ses courtisans sous le charme, titillant leur curiosité par son mélange détonant de vulgarité et de raffinement. Tour à tour autoritaire, prévenante, agressive et chaleureuse, nul ne songeait plus à lui voler la vedette.

Vers onze heures et demie, devant une assistance réduite, la duchesse racontait les détails de son accident de cheval à un petit cercle d'auditeurs fascinés.

« Jamais je n'oublierai ce moment. Je me cramponnais au cou de cette bête en furie qui galopait en tout sens au milieu de la foire, renversant les éventaires sur son passage et pour finir piétinant à mort ce malheureux enfant ! J'ai crié à mon mari de l'arrêter, mais Nigel est un faible, comme Moira. Bref, le cheval m'a projetée dans le fossé et, c'est drôle, la première chose à laquelle j'ai pensé c'est que je ne pourrais plus danser. J'aime tellement la danse. Tiens, c'est une idée, si on allait danser !

— Bonne idée, le Gardenia Club est ouvert jusqu'à deux heures, approuva Maddie. Qu'en dites-vous, Gwen ?

— Alors on y va, c'est moi qui régale ! »

Moira tenta bien de glisser à maman que des os en cours de consolidation risquaient de mal... mais maman lui imposa silence et exécuta aussitôt un pas de gigue enlevé sous un tonnerre d'applaudissements.

Tony, Chick et les autres décrétèrent qu'on ne saurait mieux finir la soirée.

« Mais bien sûr, chère amie, c'est moi qui régale, intervint Freddy.

— Quel cœur généreux ! J'accepte avec plaisir. À vrai dire, j'y comptais un peu.

— Maman, dit Moira, nous avons des invités qui n'ont peut-être pas tous envie d'aller au Gardenia. Emmène Gilbert, et moi je resterai ici.

— Non, chérie, amuse-toi, moi je suis lessivé. Vas-y toi, et amuse-toi bien, déclara Gilbert.

— Quel amour ! »

Claire et moi prîmes prétexte de rendez-vous matinaux pour nous embusquer nous aussi. Claire, en prenant congé, dit qu'elle appellerait le lendemain pour faire le bilan des dégâts.

Je restais donc avec Gilbert, Holly, Marlowe et son épouse, Nancy et son compagnon, Ugo et Betty, plus trois ou quatre amis de Gilbert et Moira. Holly faisait la tête car Geoff avait disparu sans même dire au revoir. Sale temps ! Nous le consolâmes de notre mieux. Geoff était assommant, et une belle ordure au fond.

Au cours d'un nouveau conciliabule dans la cuisine, Gilbert et votre serviteur décidèrent qu'il ne valait pas la peine de se ronger les sangs à la pensée des catastrophes que ne manquerait pas de déclencher Sa Grâce. Ce soir, mieux valait tout oublier, nous vider la tête et jouir de l'absence de Moira.

L'heure suivante se passa à jouer au portrait chinois et à chanter en chœur. Ugo Sartucci, qui à l'étonnement général avait fort mal mimé *Grandeur et Décadence de l'Empire romain*, sortit un gros pétard pour faire remonter sa cote.

La marijuana, autant l'avouer tout de suite, n'est pas ma tasse de thé. Après quelques bouffées j'oublie la chute des histoires drôles et je mange des poulets entiers sans couteau ni fourchette et sans refermer le frigidaire. Mais ce soir-là je tirai longuement sur le joint, d'excellente qualité au demeurant. La soirée se termina peu après ce calumet de la paix convivial, aucun invité présent n'arrivant plus à aligner dans le bon ordre consonnes et voyelles.

Après avoir souhaité bonne nuit à tout le monde, Gilbert et moi nous dirigeâmes en titubant vers le lit.

L'herbe a la réputation non usurpée de stimuler la libido, et la lumière était à peine éteinte que nous nous étions jetés l'un sur l'autre en déchirant allègrement nos vêtements. Nos ébats ne duraient pas depuis cinq minutes que l'éclair d'un flash nous aveugla.

Geoff jaillit comme un diable de la penderie de Gilbert, alluma le plafonnier et nous mitrailla dans tous les sens avant que nous ayons eu le temps de quitter une de ces positions qui semblent simples jusqu'au moment où l'on doit précipitamment en changer. Quand nous pûmes sauter au bas du lit, il avait filé.

Nous le poursuivîmes jusqu'à la porte d'entrée, ne pouvant, par pudeur, nous aventurer plus loin, et de l'escalier qu'il dévalait quatre à quatre il nous lança un rire de triomphe. Ce fut pendant l'horreur de ce profond instant que je le reconnus.

L'assistant de Gunther! Il portait encore une barbe quand je l'avais vu tenter de convaincre leur dernière cliente que la femme chauve n'était qu'une sale menteuse.

« Gilbert, murmurai-je en refermant la porte, tu sais qui c'est ?

— Non, répondit Gilbert en pleine défonce.

— Il travaille avec Gunther!

— Ah bon, commenta Gilbert en se laissant glisser sur le plancher, et c'est qui, Gunther ? »

## CHAPITRE VINGT-TROIS.

Le petit groupe réuni au Jardin d'Éden, le lendemain matin, n'était pas des plus joyeux. Gilbert, Claire, Winslow, Moira et moi émergions des décombres de la réception comme des personnages de *Guernica*.

« Bande de demeurés, vous me le paierez ! gémit Moira.

— Tout est de ta faute, et comme je t'ai enlevé tes crocs, tu ne peux plus mordre. Alors arrête ton numéro d'hystérique si tu n'as rien à proposer ! intervint Claire.

— D'abord, tu es trop grosse ! hurla Moira. Tu es trop grosse et tu écris une musique impossible ! »

Notre conversation se poursuivit un bon moment à ce niveau élevé, chacun y allant de sa vacherie. Seul Winslow ne disait rien, tant il souffrait de sa gueule de bois — l'idée de devoir passer deux mois entiers en travesti pour honorer ses engagements mafieux ne lui souriait guère non plus.

« Winnie, ne vous laissez pas aller, fit Claire. Vous pourrez toujours décommander. On dira que vous êtes souffrant, que vous avez fait une rechute.

— Nnnon, nnnon, soupira Winslow.

— Non, renchérit Moira, on ne pourra pas dire qu'il est malade. Il a fait tout ce qu'il fallait pour que ce soit impossible. »

Et Moira de nous expliquer que Freddy, inquiet d'entendre sans cesse évoquer la santé fragile de maman, avait demandé à la duchesse si elle avait un médecin de confiance dans ce pays. Sur sa réponse négative, Freddy avait aussitôt proposé les services de son équipe personnelle de réanimateurs et maman avait accepté avec reconnaissance. À la première rechute, elle verrait donc débarquer chez elle ces nobles disciples d'Hippocrate. Ils risquaient de rapporter à Freddy un diagnostic surprenant, pour le moins.

« C'est malin ! lança Gilbert.

— Malin ? C'est un mot qui devrait être rayé à jamais de votre vocabulaire, obsédés !

— Va te faire fiche, Moira. Cette ordure de rouquin était là toute la soirée et tu n'as rien deviné non plus.

— Je ne comprends toujours pas comment il a pu savoir que vous aviez remis ça quand nous n'étions au courant de rien », dit Claire.

En rougissant très fort, je leur fis récit de notre petite promenade au parc et de notre baiser littéraire et passionné sous le regard de Gunther.

Claire et Moira en restèrent pétrifiées.

« Et vous n'avez rien dit !

— Cela n'avait pas l'air si important, à l'époque. On était en pleins préparatifs pour la soirée de la duchesse, et j'ai complètement oublié.

— Mais enfin, vous ne pouviez pas rester tranquilles jusqu'au mariage ?

— Je suis les élans de mon cœur, Claire !

— Le cœur ne me paraît pas l'organe concerné en l'occurence. Pourquoi avoir attendu pour vous retrouver que Gilbert promette à Freddy-le-Clebs de ne plus jamais coucher avec un homme ?

— Ne te fâche pas !

— Je ne suis pas fâchée, la rage m'étouffe ! Bordel de Dieu, j'ai bien envie de vous laisser tomber pour toujours. »

C'était la première fois que j'entendais Claire prononcer le mot bordel, et je bénis le téléphone qui sonna pour l'empêcher de mettre ses menaces à exécution. Joie de courte durée.

« Allô, fit Gilbert qui brancha le haut-parleur.

— Mr Selwyn, je suppose ?

— Gunther ! J'attendais votre coup de fil... petit farceur ! essaya Gilbert.

— Je tenais à vous remercier, vous et Mr Cavanaugh, d'avoir posé pour Geoffrey. Vous êtes très photogéniques !

— Pour une bonne blague, c'était une bonne blague. Vous avez un sacré sens de l'humour, ami Gunther !

— Riez tout votre saoul, Mr Selwyn, bientôt vous pleurerez des larmes de sang ! »

Clic.

Moira cracha feu et flamme, jurant ses grands dieux que si jamais la preuve de notre idylle parvenait à Freddy et entraînait l'annulation du mariage, elle lui demanderait de nous dépêcher deux tueurs affligés de surdité pour éviter que nous ne les circonvenions. Sans conviction, nous lui fîmes valoir que c'était bien peu probable puisque Gunther ne connaissait même pas Freddy. Le vrai danger était plutôt que Gunther passe ses photos à Holly qui s'empresserait d'acheter un espace publicitaire en *prime time*.

La sonnerie de la porte d'entrée se fit entendre au milieu de ces macabres élucubrations. Winslow courut se réfugier dans la chambre en renversant Gilbert au passage. Massant ses bleus, ce dernier ouvrit à un coursier efflanqué qui succombait sous le poids d'un carton de fleurs de la taille d'une contrebasse.

« Bonjour, il y a une duchesse de Rochester ici ?
— Oui, mais elle se repose.
— Vous pouvez signer pour elle ? »

Gilbert reçut la boîte qu'il échangea contre deux pièces de vingt-cinq cents et un ticket de métro, puis ouvrit le carton qui contenait trois douzaines de roses à longues tiges et un bristol :

« Merci de m'avoir fait l'honneur de votre compagnie. Puis-je espérer que notre rencontre se renouvellera bientôt ? Je vous appellerai d'Europe cette semaine.

Votre serviteur,
Frederick Bombelli. »

« Mammmmaaaan ! » stridula Moira.

La voix de la duchesse nous parvint de fort loin derrière la porte.

« Je ne me sens pas bien, chérie.
— C'est bon, Winnie, c'est juste un cadeau. »

Winnie sortit de la chambre, se mordant les lèvres et trottinant vers nous comme un gros bébé qu'il était. Il ne lui manquait plus qu'une grenouillère.

« Quelles fleurs ravissantes ! s'écria-t-il en se tamponnant les yeux de son mouchoir. Qui les a envoyées ? Vos parents ? »

Moira lui tendit la carte qu'il lâcha comme si elle

lui brûlait les doigts. Il se laissa tomber dans un fauteuil, secoua violemment la tête, et au bout de dix secondes réussit à émettre un « non » à peine audible.

« Ne vous inquiétez pas, Winnie, fit Gilbert. Tout ira bien. Vous avez été magnifique hier soir. Vous le savez bien !

— Non, c'est si flou.

— Vous ne vous souvenez de rien ? s'inquiéta Claire.

— Seulement que Serge voulait toujours conduire quand on valsait.

— En tout cas il sait très bien que vous êtes une honorable femme mariée, affirma Claire d'un ton maternel, et je suis sûre que ses intentions sont des plus honorables. Gilbert, arrête de ricaner !

— Intentions honorables ! Le vieux birbe est fou d'amour, voyons ! fit Moira. Vous n'avez pas compris qu'il est en plein trip Deirdre Sauvage. Les nobles dames s'y amourachent toujours de sympathiques roturiers. Quand la duchesse a commencé à lui faire du charme, ce vieux sentimental a cru que son heure était arrivée ! »

Winslow suçait pensivement son pouce tout en contemplant les roses. Après un silence Moira se dirigea vers le téléphone d'un pas décidé et coupa le haut-parleur avant de composer un numéro.

Winslow commença soudain d'une voix très douce :

« Quand j'avais dix ans et que j'habitais Bayonne, dans le New Jersey, j'avais un chien qui s'appelait Lana. Maman lui donnait du K-Niche parce que c'était pas cher. Pour m'embêter mes copains me disaient que c'était de la viande de mouchard. Plus tard j'ai lu des articles sur Freddy-le-Clebs, ses tripots, ses filles et tous ces pauvres gars qui finissaient en pâtée pour chiens... »

Il huma une rose.

« ...jamais je n'aurais pensé qu'un jour je sortirais avec lui.

— Allô, Brooks? fit Moira dans le combiné. Merci pour l'Ecstasy, ça a marché du feu de Dieu!... Oui, je... comment as-tu deviné? »

Elle jaugea rapidement Winslow, puis les roses.

« Tu sais que je ne suis pas du genre pingre, mais cette fois j'aurais besoin d'une grosse quantité. Tu ne pourrais pas me faire un prix? »


Notre réunion s'acheva peu après, lorsque Moira fit mine de se ranger aux arguments de Claire qui se refusait absolument, en toute circonstance et dans tous les cas, à faire de Winslow un junkie. Dès que la sage Claire eut tourné les talons, Moira fit à Winnie un sourire entendu. Bien sûr qu'il les aurait, ses pilules. Et sa coke aussi. Le sang impie d'une enfant nouveau-né? D'accord.

Restait le problème Gunther. Que faire? Rien, bien sûr. Tout effort de conciliation ne ferait que l'exaspérer d'avantage.


Gilbert me raccompagna chez moi, ce soir-là. Notre amour menacé, interdit, notre amour maudit atteignait maintenant des sommets shakespeariens.

« Nous sommes seuls, Philip, contre le monde entier! Qui jamais saura ce que nous fûmes l'un pour l'autre?

— Gunther a de quoi s'en faire une petite idée...

— Rions, mon Philip ! Face à la mort serrons les dents et rions ! »

Le lendemain, la duchesse fit sa deuxième sortie officielle, Maddie l'ayant invitée à déjeuner pour choisir un traiteur. La naïveté de Maddie, et les trois zombies qu'elle descendit en un temps record, permirent à Winslow de ne pas forcer son talent. Moira trouva même qu'il aurait bien pu y aller à jeûn — quel gâchis de petites pilules !

Mais d'autres épreuves bien plus redoutables attendaient le pauvre Winslow : dîner au Paradiso le jeudi, déjeuner le vendredi à la Casa Cellini, enfin dîner le samedi dans le blockhaus de Freddy, sur Long Island, quand il serait revenu d'Europe. Freddy avait téléphoné de Suisse pour lancer cette invitation pendant que la duchesse déjeunait avec Maddie, et Moira avait accepté au nom de sa chère maman.

« Samedi, six heures, chez Freddy, avait-elle dit à Winslow qui rentrait complètement stone de son déjeuner.

— Impec, poulette ! » avait répliqué Winnie avant de s'effondrer sur son lit pour une sieste dont il n'émergea que cinq heures plus tard.

Le lendemain, je trouvai dans ma boîte aux lettres une enveloppe brune format 21×29,7, sans adresse d'expéditeur, parmi le lot habituel des factures, offres de souscription, invitations aux spectacles d'amis que je n'avais pas vus depuis deux ans, etc. Je compris tout de suite de quoi il retournait.

Le cœur battant, je grimpai quatre à quatre mes trois étages et me hâtai d'arracher la bande adhésive qui fermait l'enveloppe. J'y découvris une photo de Gilbert et moi en tenue d'Adam et en pleine activité, fort reconnaissables malgré notre expression bovine — nous venions de remarquer la présence de Geoff — qui nous faisait ressembler à deux aborigènes de Papouasie découvrant la télévision. Pas un mot d'accompagnement, pas de menace, pas de déclaration vengeresse. Gunther voulait-il seulement nous faire mourir de peur ?

Je téléphonai à Gilbert pour lui annoncer que je venais de recevoir le cliché et que Geoff avait saisi son bon profil, mais Moira s'empara du combiné pour me demander de passer d'urgence avec Claire après mon travail. J'appelai Claire qui râla un peu à cause de l'heure tardive mais promit de venir.

Winnie était déjà là quand nous arrivâmes. Un souper léger avait été servi dans la salle à manger : salade de cresson et d'endives, fromage de chèvre, pâté pistaché et tranches de pain de campagne. Un magnum de vin refroidissait dans un seau à glace.

« C'est charmant, fit Claire avec méfiance.

— Qu'est-ce que tu mijotes encore ? s'enquit Gilbert sans excès d'aménité.

— Eh bien, je voulais... »

Elle avait l'air gêné. Quelque chose en elle avait changé, mais quoi au juste ?

« ... c'est dur de dire quoi que ce soit quand tout le monde vous prend pour une emmerdeuse.

— Est-ce que tu voudrais dire que tu regrettes

tout ce que tu as fait et que tu aimerais qu'on fasse la paix ? suggéra habilement Gilbert.

— Exactement !

— Tu ne nous en voudras pas si on est un peu méfiants, intervint Claire.

— Je ne peux pas vous donner tort, fit Moira, les yeux baissés, les mains sagement croisées sur les genoux. J'ai fait des choses affreuses. J'en ai dit de pires encore. Mais j'avais des raisons... personnelles. Si vous connaissiez mes angoisses !

— Tes angoisses ? interrogea Claire en me lançant un regard incrédule.

— Oui, j'ai bien réfléchi et je crois que mon problème c'est que je n'arrive pas à faire confiance aux autres. Gilbert, ne fais pas cette tête. Je crois toujours qu'on va me rouler, alors je prends les devants, je mens, j'invente des histoires, on s'en aperçoit, on me crie après, je crie aussi, ça n'en finit plus. Seulement maintenant il faut qu'on arrête. Je ne supporte plus que vous me soupçonniez.

— Nous non plus ! affirma Winslow, la bouche pleine de pâté.

— Mais pourquoi est-ce si dur de nous faire confiance ?

— Il ne s'agit pas seulement de vous. C'est comme ça avec tout le monde. J'ai toujours eu ce problème. Je veux dire... »

Elle s'interrompit à nouveau, eut un sourire crispé, comme qui va avouer un honteux secret.

« ...vous vous doutez bien, maintenant que vous savez où se trouve ma mère, que je n'ai pas eu une adolescence normale. On déménageait sans arrêt. Je ne pouvais m'attacher à personne. Et puis zut ! Je n'ai pas envie de parler de tout ça, ça ne vous concerne pas. Tout ce que je veux, c'est la paix. J'en ai assez d'être seule dans ma galère.

— Si tu veux qu'on y croie, arrête tout, suggéra Claire.

— Jamais! J'en ai trop bavé pour arrêter si près du but. Winnie est un génie et les SENT-Y-NELLES vont rapporter une fortune. Hein, Winnie?»

Winnie approuva du chef et de la voix. Le nom de Winslow Potts figurerait en bonne place dans l'histoire du contrôle des odeurs corporelles.

«Écoutez, je ne vous demande pas de me sauter au cou. Soyez méfiants tant que vous voulez, mais arrêtez de me détester! Donnez-moi une chance.»

D'accord, bien sûr d'accord, mais tout en mangeant et riant nous ne pouvions éviter de nous demander si elle ne concoctait pas quelque chose, si elle était vraiment sincère. Le soir j'en reparlai à Gilbert qui trouvait que Moira avait du culot de vouloir changer de rôle au milieu du film. Elle était le suppôt de Satan, pas Bernadette Soubirous. C'était comme si le Darth Vater, de *La Guerre des étoiles*, s'effondrait soudain sur son siège en serrant convulsivement le médaillon que sa mère avait glissé dans sa menotte avant d'accrocher son petit berceau à l'astéroïde.

Nous sommes tous enclins à imaginer chez les autres le même cocktail de qualités et de défauts que nous reconnaissons si bien en nous-mêmes, mais quand certaines créatures incarnent à la perfection le Bien ou le Mal, nous les voulons tout d'une pièce et détestons les voir douter d'elles-mêmes. Moira était pour nous l'une de ces créatures auxquelles on ne saurait jamais s'identifier, aurait-on l'éternité devant soi.

Moira pouvait-elle ne pas être Moira, une belle

garce de menteuse, vénale et arriviste ? Nous n'arrivions pas à le croire, et pourtant au cours des semaines qui suivirent elle se montra constamment prévenante, serviable. Elle voulait qu'on l'aime. Gilbert et moi en fûmes infiniment touchés, soulagés, puis amèrement déçus...

## CHAPITRE VINGT-QUATRE.

Le mariage devant avoir lieu dans deux mois au plus tard, force fut d'accélérer les préparatifs, et le groupe des Cinq se trouva confronté à des problèmes inattendus, qui ne firent qu'augmenter sa nervosité. Ainsi, il nous fallait établir la liste des invités de la duchesse avant la fin de la semaine. Même si la famille proche de Moira était fort réduite, comme elle l'avait expliqué de façon si touchante chez Maddie, la duchesse devait bien avoir quelques amis des États-Unis, ou de Little Chipperton, qu'elle souhaiterait inviter à la cérémonie.

Une duchesse imaginaire a naturellement peu d'amis, mais comment faire croire à Maddie et Tony qu'une femme aussi charmante ne mettait jamais le nez hors de Trebleclef?

Le plus simple était de confier à la duchesse le soin des faire-part et de prier les invités d'envoyer leurs réponses au Jardin d'Éden. Tout aussi fictifs que la duchesse, les heureux élus ne pouvaient être trop nombreux, une vingtaine au maximum, qui devraient tous avoir des raisons de décliner l'invitation au cours des semaines qui suivraient, en général à cause de leur grand âge. Le duc, Nigel comme la duchesse se plaisait à l'appeler, avait bien soixante ans passés et ne fréquentait qu'un petit cercle de vieux croûtons qu'un voyage outre-Atlantique ne tentait guère.

Bravement, Claire accepta d'être le témoin de Moira. Cela ne lui souriait guère, mais mieux valait réduire le plus possible le nombre des outsiders. En outre, depuis l'émouvant discours de Moira, l'atmosphère s'était sérieusement détendue. La confiance ne régnait pas, mais un certain esprit d'équipe avait remplacé nos disputes perpétuelles. Aussi, quand elle proposa à Claire de porter son bouquet, celle-ci répondit après un temps d'hésitation qu'elle en serait très honorée.

La duchesse dîna dans la petite salle du Paradiso avec Moira, Maddie et Aggie. Tout avait l'air de se dérouler à merveille, à en juger par les hoquets de rire d'Aggie. En cachette de Claire, Madame Mère était chargée à l'Ecstasy, mais pas à la coke. La dernière fois qu'elle avait mélangé les deux, Maddie avait trouvé qu'elle mastiquait bien lentement.

Ce soir-là, c'était Christopher qui servait à leur table. Il avait été très amical, bien qu'un peu moqueur, au cours de la dernière période, et pourtant je ne laissais pas d'être inquiet. Il s'approcha furtivement du bar et me fit signe de me pencher.

« Elle est bidon ! siffla-t-il avec un hideux sourire.

— Qui ça, murmurai-je au bord de la crise cardiaque.

— La duchesse ! Sous la robe, la perruque, les cailloux et la tonne de maquillage, je ne vois qu'une pouffiasse du New Jersey qui a fait son beurre. On ne me la fait pas, à moi ! Tu te sens mal, mon grand ? »

Heureusement, le repas se déroula sans accroc. Aucun faux cil n'imita ce pauvre Joey Sartucci en s'abîmant dans la soupe. Le brunch à la Casa Cellini se passa lui aussi sans incident majeur, sauf lorsque Tony parut dérouté que maman situe Little Chipperton à la fois au sud de Londres et au nord de Liverpool. À quoi la duchesse répondit avec un bon sourire qu'il s'agissait de l'autre Liverpool.

Croyez-vous que cette série de sorties réussies calma les angoisses de Winslow ? Pas du tout. Il était persuadé qu'il ne tarderait pas à être découvert et que sa condamnation à mort n'était qu'une question d'heures. Même s'il s'amusait comme une petite folle à incarner Sa Seigneurie, chacune de ses prestations était précédée et suivie de sanglots hystériques. Épuisant pour l'entourage !

Conséquence inattendue de la réhabilitation de Moira, Vulpina refit surface. Moira prétendit qu'elle était bourrelée de remords et finit par l'appeler, puis par la voir. Pina lui parla des appels du psychopathe, et Moira promit de demander à son puissant patron de faire pression sur un juge d'instruction pour qu'une enquête soit rapidement ordonnée au cas où ils recommenceraient. Débordante de reconnaissance, Pina accepta d'être demoiselle d'honneur même si cela l'engageait à ne pas porter une de ses créations.

Bref, tout allait à merveille. C'est alors que Gunther lança son offensive.

Une enveloppe à l'adresse de Gilbert, imprimée en majuscules des plus banales et ne portant aucun nom d'expéditeur, arriva à l'Éden le samedi matin. À l'intérieur, un message composé de lettres découpées dans des journaux et des revues sur papier glacé disait ceci :

MR SelWyn et mR CAvanaugh,

VOUS avez eU tout le TEMPS d'Admirer votre phoTO. AImerieZ-vOUs que vos AmIs de lA MAFIA la VOIent ? AgnES FABrizio, MaMAN et toNY CeLLIni, FrEDdy-le-CLEBS ?

EnVoYEz 1 500 $ en coupures de 100 à BoîTE POstale 723, bUreau Times sQ. Si argent paS arrIVé lunDI 9 fEvrier, la PHOTO seRA expéDiéE !

L'ANGE de la VENgeance

Gilbert m'appela à midi. Une heure plus tard, les Alliés se réunissaient à l'Éden en l'absence de Winnie. Rien ne servait de le paniquer alors qu'il devait dîner le soir-même avec Freddy.

« C'est à n'y rien comprendre ! s'écria Moira. Gunther ne connaît pas ces gens-là, pas plus Freddy que les autres. Il ne les a jamais vus.

— Mais son ami Geoff, si, remarqua Claire. Je les ai bien reconnus l'autre soir. Freddy chantait tes louanges à qui voulait l'entendre et Geoff a très bien pu le raconter à Gunther.

— Peu importe comment Gunther a découvert tout ça, on ne va pas céder au chantage !

— Moira a raison, fit Gilbert sans conviction.

— Ne te tracasse pas, si Gunther envoie vraiment les photos à Freddy, je te soutiendrai. Il ne te fera rien si je le supplie de te laisser tranquille », dit Moira en passant son bras sous celui de Gilbert.

Claire rappela que ce n'était pas si simple. Gilbert avait trompé Moira, mais Freddy aussi, et rien ne garantissait que le Clebs fermerait les yeux. C'était un affront personnel. En supposant même que Moira réussisse à l'amadouer, qu'est-ce que je devenais, moi ?

— Mais alors, on paye ? C'est... injuste ! s'écria Moira, s'éveillant brutalement aux cruautés de ce monde.

— Injuste ou pas, il faudra bien s'exécuter.

— Pas moi ! » explosa Moira en se dirigeant vers le téléphone.

Elle ouvrit son sac, sortit son agenda, et composa un numéro d'un doigt rageur.

« Ne va pas appeler Gunther, surtout !

— Je n'appelle pas Gun... oh, allô Ugo ? C'est Moira... Très bien, merci. Comment va Betty ?... Magnifique ! Écoutez, il y a un type qui commence sérieusement à me gonfler, alors je me demandais... vous voyez... si on ne pourrait pas s'arranger pour qu'il passe tranquillement Noël à l'hosto. Six mois dans le plâtre, ce serait parfait...

— Salut Ugo ! cria Gilbert dans le combiné qu'il avait réussi *in extremis* à arracher à Moira. C'était une blague ! Le type dont elle parlait, c'était moi. On s'est un peu pris de bec parce qu'elle a claqué une fortune en fringues !... Ah bon, toi aussi ?... Les femmes, hein ? Elles sont impossibles, mais qu'est-ce qu'on ferait sans elles ? »

Et d'expliquer qu'en fait Moira appelait pour les inviter à déjeuner le samedi suivant. Après ils pourraient aller voir le match des Knicks. Ugo accepta d'enthousiasme et Gilbert raccrocha en tremblant de tous ses membres.

« Tu crois que c'est en lui cassant les deux jambes que tu le feras filer doux ! Tu es folle !

— Quelles lavettes vous faites ! Il faut quand même qu'il comprenne une bonne fois pour toutes qu'il n'a pas intérêt à nous embêter.

— Ma chère, si Freddy voit les photos, il nous passe à la moulinette. Alors n'excitons pas Gunther d'avantage ! Il faut simplement s'arranger pour le faire taire.

— Eh bien, pour le faire taire, rien de mieux que...

— Moira, il est hors de question de tuer qui que ce soit, fit Claire. Du calme ! Essayons de réfléchir tranquillement. »

Mais nous eûmes beau réfléchir, tourner et retourner le problème dans tous les sens, impossible d'éviter de payer. Moira, les larmes aux yeux, eut beau nous supplier de ne pas abandonner à un « chleuh » un argent durement gagné, Claire lui fit remarquer qu'elle avait beau jeu, elle qui ne risquait rien, de nous envoyer au casse-pipes. Moira se souvint à temps qu'elle était devenue douce comme un agneau et, au lieu de nous voler dans les plumes, s'excusa en expliquant qu'elle se souciait autant que quiconque de notre sécurité, mais qu'il s'agissait pour elle d'une position de principe. On ne capitulait pas devant le terrorisme.

Pour finir, on décida qu'il fallait au moins récupérer le négatif. Je me portai volontaire pour négocier. Nous ne pouvions impliquer Claire davantage, et les fines plaisanteries de Gilbert et Moira sur l'état de la peau de Gunther avaient sensiblement réduit leur marge de manœuvre.

« Je viens de penser à une chose, fit Claire. Freddy a bien le béguin pour la duchesse ?

— Oui, et plus tôt vous pourrez lui faire passer le goût des duchesses, mieux ce sera pour tout le monde, conseillai-je à Gilbert et Moira.

— Tu n'as rien compris, Philip. Claire veut dire qu'il faut l'encourager. N'est-ce pas ?

— Oui. Pas outrageusement, bien sûr, mais assez pour qu'il continue de titiller l'hameçon. Si les choses tournent au vinaigre, on aura bien besoin de Madame Mère. »

Winslow arriva sur ces entrefaites, un rien tendu à l'idée de devoir dîner avec Freddy. Claire et moi l'abandonnâmes aux mains de Gilbert et Moira, et fonçâmes vers la sortie.

Nous avions tous les deux envie de marcher un peu. De légers flocons de neige tombaient, donnant à Central Park l'allure de sérénité dont notre vie actuelle était si dépourvue. Après un moment de silence, je demandai à Claire si elle me prenait maintenant pour un demeuré mental.

« Parce que tu n'as pas regardé dans le placard avant de te mettre au lit ?

— Non, parce que je me suis mis au lit avec Gilbert !

— Philip, mes aventures se comptent sur les doigts d'une seule main, alors je n'ai vraiment pas de conseil à donner aux amoureux. Mais si tu m'avais demandé mon avis je t'aurais dit d'attendre que la crise soit passée avant de laisser parler ton cœur. Tu aurais été plus sûr de tes sentiments.

— Tu crois que c'est le danger qui nous a rapprochés ?

— Je ne crois rien du tout, et d'ailleurs peu importe. Ce qui compte, c'est ce que toi tu penses... pardon, ce que tu ressens ! Au plus profond... »

Je pris la tête de la pauvre victime accusée à tort.

« Excuse-moi, fit Claire. Je me défoule parce que j'enrage de m'être fourrée toute seule dans ce pétrin.

— Tu as voulu m'aider, c'est tout.

— Mais non, c'était pure vanité de ma part et tu le sais très bien. Je n'ai pas supporté que Moira me prenne pour une cloche.

— Quand ça ?

— Au cocktail après *Eureka, Baby*. Je l'ai consolée parce qu'elle s'était disputée avec Gilbert, et elle est allée raconter partout que j'étais une "brave fille" !

— Écoute, c'est moi qui avais inventé cette histoire.

— Tu es incorrigible ! »

Ce soir-là, j'appelai l'Ange de la Vengeance.

« Euh, allô, Gunther ?

— Mr Cavanaugh, je n'apprécie guère ces simagrées. Vous m'avez fait assez de mal. Quand je voudrai vous parler, je vous appellerai.

— D'accord, je voulais juste vous dire qu'on a bien reçu vos conditions.

— Quelles conditions ?

— Elles nous paraissent un peu dures, mais nous sommes prêts à les accepter si vous nous rendez les nus avec les négatifs. »

Silence dans les rangs.

« Ne jouez pas aux devinettes avec moi, Mr Cavanaugh. Je ne comprends rien à vos histoires de nus, d'argent, et de négatifs. C'est très pénible pour moi, Mr Cavanaugh et... vous tous qui m'écoutez. Raccrochez immédiatement.

— On peut négocier, quand même.
— Il n'y a rien à négocier. Ne me rappelez plus, bonsoir ! »

J'appelai aussitôt Claire.

« Ah, bonjour ! Tu peux me rappeler demain ?
— Tu n'es pas toute seule ? »

J'avais l'air un peu trop ébahi.

« Je comprends ton étonnement, mais c'est comme ça. Bonne nuit, Philip !
— Attends, ne raccroche pas. Je voulais te dire que j'ai appelé Gunther et qu'il prétend n'être au courant de rien. Il croyait aussi que la ligne était surveillée.
— Il fallait s'y attendre. Quand on prend la peine de découper les journaux pour composer une lettre de chantage, on ne va pas le clamer sur les toits. Il est malin... Qu'est-ce que tu dis, chéri ? Mais non, on écrit un polar ensemble... Philip, il faut que je te quitte. Tu me rappelles demain ? »


Philip débarqua chez moi vers une heure et demie du matin, l'air défait.

« Comment ça s'est passé ?
— L'horreur ! »

Je lui préparai un bon thé avec une goutte de cognac, et voici ce qu'il me dit :

« On a conseillé à Winslow de continuer à flirter gentiment avec Freddy. Un petit peu de gringue, je n'ai rien dit d'autre, je t'assure.
— Et alors, il en a rajouté ?
— Winslow veut divorcer !
— Quitter le duc ? Il ne peut pas !
— Il est obligé, Philip ! »

### CHAPITRE VINGT-CINQ.

Où l'on comprendra comment les cinq années de vie conjugale du duc et de la duchesse connurent une fin aussi houleuse qu'imprévue.

Winslow, défoncé jusqu'aux yeux, s'attela à la tâche qu'on lui avait confiée avec tout l'aplomb que confèrent les petites pilules extatiques. Il roucoula, battit des cils et joua de ses faux seins de façon à enflammer les sens du vieillard le plus ramolli. Après le repas, tout en sirotant des sambucca, il joua son atout maître. La conversation s'étant orientée vers la littérature, Winslow soutint que Barbara Cartland était le plus grand écrivain du siècle. Freddy s'excusa de lui préférer Messalina Joyeuse, mais se réjouit de constater que la duchesse faisait preuve d'un goût si fin, si sûr, et si rare en ce siècle vulgaire.

Moira, qui craignait de voir maman lui souffler son lucratif emploi de lectrice, lui donna une petite tape sur la main. Que dirait le duc en la voyant flirter avec Freddy ?

« Le duc serait bien mal venu de critiquer un innocent badinage », répliqua Madame Mère d'un ton glacial.

Sur quoi elle entreprit de décrire le duc comme un coureur de jupons impénitent qui traitait par le mépris les élans de tendresse d'une épouse aimante. Pour ne pas pleurer du matin au soir, elle devait s'abîmer en bonnes œuvres.

Madame Mère nous expliqua plus tard qu'elle avait adopté ce parti pour encourager Freddy en lui faisant comprendre que son dégoût pour le duc adultère lui ferait prêter une oreille attentive aux propositions du charmant Mr Bombelli. Tout cela ne devait pas tirer à conséquence puisque la mort dans l'âme elle était bien décidée à demeurer fidèle à son époux volage.

C'était compter sans l'instinct de tueur de Freddy. Son âge n'avait affaibli ni sa capacité d'indignation, ni sa conviction que les balles ont un impact bien supérieur à celui des mots. Il écouta en silence la complainte de la duchesse, mais à la fin son œil avait l'éclat du silex. Il évoqua les liens sacrés du mariage, que seul un être profondément débauché pouvait songer à profaner quand son épouse n'aurait que la moitié de la beauté et de la grandeur d'âme de la duchesse. Sans le dire en termes aussi crus, il laissa clairement entendre que la peine de mort était encore trop douce pour un être aussi vil mais qu'il se chargerait volontiers de la faire appliquer.

Dérouté par la véhémence de Freddy, Winslow bredouilla que les hommes étaient faibles et qu'il fallait pratiquer le pardon des offenses. Freddy répondit avec douceur qu'il ne voulait surtout pas l'alarmer, mais que le destin, ou la Providence, abrégeraient bientôt ses souffrances.

Moira et Gilbert eurent la vision horrifique d'une équipe de tueurs mettant l'Angleterre sens dessus dessous sans trouver le duc qu'ils devaient liquider. Pour rendre cette corrida sans objet, ils supplièrent Madame Mère de divorcer. Ils ignoraient que ses infidélités étaient aussi notoires. Il y allait de la dignité de la duchesse de mettre fin à cette sinistre comédie et de commencer une nouvelle vie.

Leur insistance finit par faire comprendre à maman qu'il fallait s'éloigner du scénario d'origine. Elle expliqua qu'elle n'était restée sur la réserve que parce qu'elle n'imaginait pas qu'une femme de son âge pût refaire sa vie. Freddy lui prit la main en lui répétant qu'elle avait grand tort.

« Le pire, gémit Gilbert, c'est que ça nous met dans une position intenable vis à vis de Gunther. S'il envoie les photos à Freddy, on est faits. Tu aurais dû entendre le vieux tonner contre ceux qui renient leur parole, les vils séducteurs, etc. Tu te rends compte de ce qu'il nous fera ?

— Admettons, dis-je en battant la campagne à la recherche d'une raison d'espérer, mais il est fou de la duchesse. Elle plaidera notre cause.

— Je veux bien, mais il lui demandera illico de l'épouser si elle veut qu'il nous pardonne. »

Ce n'était qu'une hypothèse, mais si plausible ! Nous en discutâmes le lendemain avec Claire et Moira qui reconnurent que la passion de Freddy pouvait le conduire aux pires extrémités. Une seule certitude, le Clebs ne devait à aucun prix voir les photos. Il ne restait plus qu'à en passer par les exigences de Gunther.

Le lundi suivant, en revenant du supermarché, je trouvai une nouvelle missive glissée dans la boîte aux lettres :

VOUS parLEZ beau*coup* MR CavaNAUgh MAIs APPrENez biEN peU! JE NE ME LaiSseraI *pas* piéGeR. MOn *prix* vieNt d'augmenterR de 500 $ et montErA de 500 $ chaQue FoiS que voUs essAIEREz de me DUpeR. JuSTICe Sera FAITE!

J'apportai ce mot le soir-même au Jardin d'Éden où se réunissait chaque soir la cellule de crise.

« Qu'est-ce que ça veut dire ? demanda Moira.

— Apparemment qu'il a appris quelque chose en parlant avec Philip. Phil, tu lui as dit quoi au juste ? »

Je m'efforçai de rendre compte des moindres détails de la conversation, mais ne pus que répéter ma version première. Déçue, Claire me recommanda seulement d'être prudent si je le rappelais. C'était peu probable. Cinq cents dollars, ça faisait cher pour une communication locale.

En jetant un regard autour de la pièce, je remarquai sur le buffet un splendide bouquet de fleurs hors saison.

« Freddy ?

— Qui d'autre ? répliqua aigrement Moira. Et tu devrais voir les boucles d'oreilles. »

Restait la question pratique. Comment payer Gunther ? Nous réussîmes à extorquer 200 malheureux dollars à Moira, Gilbert et moi devant en payer chacun 900. Nous étions le lundi 2 février. La date limite était fixée au 9. Nous décidâmes d'envoyer la somme dès le lendemain. Comme je n'avais que 950 dollars sur mon compte, je me trouvai pratiquement à sec et sans espoir aucun de rembourser Aggie.

En revenant de la poste, nous nous demandâmes avec anxiété ce que nous ferions au cas où Gunther récidiverait. Très décidée, Moira déclara qu'elle prendrait alors la situation en main. Aucun argument ne saurait la dissuader de faire donner la garde.

Ce soir-là, au creux du lit, buvant un chocolat chaud que Moira avait eu la gentille attention de nous apporter, Gilbert et moi parlâmes d'avenir. Après le mariage, je partirais très loin et attendrais que Freddy passe de vie à trépas. Cela ne pouvait pas prendre plus de quelques années. Gilbert divorcerait, me rejoindrait dans ma planque et nous nous envolerions pour la France, le pays de Galles, ou une jolie petite ville du Middlewest où nous vieillirions ensemble en tapant chacun sur notre traitement de texte les pièces de théâtre et les romans sublimes que nous étions nés pour écrire.

En somme, il ne restait plus qu'à tenir sept semaines encore.


Le romantisme affiché de la duchesse stimula Freddy au-delà de toute mesure. Des fleurs arrivaient quotidiennement, ainsi que des cartons contenant les plus récentes productions de l'école gothico-dépoitraillée. Un fiacre tiré par des chevaux blancs l'attendit même un jour au pied de l'immeuble pour le conduire au Paradiso.

L'intensité de ce pilonnage obligea les Alliés à décider que Winslow se passerait désormais de ses béquilles chimiques. Jusque-là Freddy s'était conduit en parfait gentleman, mais qu'arriverait-il le jour où il aurait bu un coup de trop et se jetterait sur un Winslow bien trop speedé pour contrôler la situation ? Il se coincerait un faux sein dans le dentier, pire encore peut-être.

Encore une fois, Claire vint nous tirer d'affaire. Elle ignorait que Winslow continuait son trip Ectasy, mais savait que ses accès de panique entre deux prestations ne faisaient qu'empirer. Puisque Winslow paniquait dès qu'il quittait son rôle de duchesse, il n'y avait qu'à se débarrasser de Winslow.

Winnie lui-même dut convenir que ce raisonnement était imparable. Il était bien moins névrosé en jupe et corsage que dans ses vieux pantalons et ses chandails hors d'âge. Plus question de redevenir ce petit homme paniqué, à la bouche crispée par la peur et aux maigres mèches blondes. Il allait emménager au Jardin d'Éden et serait duchesse du matin au soir.

En quelques jours, les accès de panique se firent si rares que nous osâmes le lancer à jeûn dans des séances de shopping avec Maddie. Il se tira brillamment de l'épreuve, harcelant les vendeuses avec un aplomb digne de ses grands moments de défonce.

En contrepartie, il nous coûtait de plus en plus cher en toilettes, et devenait franchement insupportable. Comme il répétait ses prestations avec nous, il nous traitait comme de la valetaille et nous ne pouvions rien dire de peur de le déconcentrer.

Février se passa ainsi. Gilbert, Moira et leurs parents réglèrent les derniers détails de la cérémonie et de la réception. On engagea des traiteurs, des musiciens, des fleuristes, des photographes, et un architecte pour construire une aile provisoire dans le prolongement de la salle de bal des Cellini.

Gilbert et moi continuions notre belle aventure,

mais nous fouillions toujours religieusement la chambre avant de passer à l'action.

Gilbert choisit Holly, Ugo Sartucci et Mike, le serveur, comme garçons d'honneur. Quel trio !

La nouvelle du divorce de Madame Mère avait vite fait le tour de la famille, et sous prétexte de sympathie les pêcheurs de ragots accablèrent la duchesse de coups de téléphone auxquels elle répondait invariablement que tout cela était bien triste, d'autant plus que lord et lady Untel ne pourraient pas faire le voyage, s'étant brisé le col du fémur, ce genre de choses.

Nous attendions en tremblant un nouvel appel de Gunther, et Freddy poursuivait sa quête de Noble Dame Gwendolyn.

Ce que nous ignorions, c'était que cette idylle ébranlait jusque dans ses fondations le syndicat du crime. Nous n'étions pas les seuls à avoir la frousse.

L'équilibre précaire qui s'était établi entre les factions de la Maison Bombelli risquait de voler en éclats parce qu'une duchesse imaginaire battait des paupières en soupirant *L'Amour, toujours l'amour*.

## CHAPITRE VINGT-SIX.

S ALUT les gars ! Cela vous dirait, une petite promenade ? Faut qu'on cause. »

Il était une heure du matin, le premier mardi de mars, et nous sortions du Paradiso sous une pluie froide, lorsque nous entendîmes ces mots à vous glacer les sangs. Chick Sartucci avait passé la tête par la vitre arrière de sa Lincoln Continental noire. Un chauffeur baraqué, le visage impassible, tenait un parapluie au-dessus de la portière pour que le cigare de monsieur Chick ne soit pas détrempé.

*Non ! Pas maintenant. Pas ce soir. Mon Dieu, sauvez-moi ! Je ferai tout ce que vous exigerez ! Je me ferai prêtre, j'irai aider les pauvres gens qui s'entretuent dans les pays sous-développés. Mais ne m'abandonnez pas. Je ne veux pas mourir !*

« Chick ! Quel temps affreux. Froid, humide et tout. Entrez donc prendre un petit cognac !

— Bonne idée ! approuva Gilbert qui venait de faire au Bon Dieu des promesses très similaires aux miennes — il avait même ajouté qu'il ferait la lecture aux mal voyants.

— Pas de panique, les petits potes ! gloussa

Chick. Je veux juste tailler une bavette dans la tire. C'est plus intime.

— Comment va Ugo ? demanda Gilbert en me poussant devant lui.

— Très bien, merci. Il vous adore tous les deux.

— Dites-lui que c'est réciproque. »

La voiture démarra lentement en direction du parc.

« Que je vous dise d'abord, vous êtes bath ! Quand je vous ai vus chez Maddie, je me suis dit ces deux gars c'est des pointures. Classe, très classe ! Vous, votre fiancée, Moira, tous des gens bien ! Mais... »

Il fit une pause interminable, tirant sur son cigare, tandis que la voiture s'enfonçait dans l'obscurité de Central Park.

« ...mais je ne peux pas en dire autant de ta future belle-mère, Gilbert. Attention, j'ai rien contre Moira. Mais sa mère... c'est pas une femme bien.

— On peut le dire ! fit Gilbert.

— J'allais le dire ! renchéris-je. Une prétentieuse !

— Insupportable !

— Sincèrement, fit Chick avec un froncement de sourcil, qu'est-ce que c'est que cette gonzesse qui épouse un duc pour avoir le titre, qui revient au pays marier sa fille, et plaque direct son mari parce qu'elle a rencontré un petit vieux bien gentil, bourré aux as et subclaquant ? Appelons un chat un chat, c'est une vieille pute qui court après le client.

— Écoutez, Chick, je comprends votre point de vue mais je ne crois pas que la duchesse en veuille au portefeuille de Freddy, intervins-je. (Si nous continuions à approuver du chef, le sang de Winslow n'allait pas tarder à nous éclabousser.) Son mariage battait de l'aile bien avant qu'elle rencontre Freddy. Elle allait divorcer de toute façon.

— Et pourquoi qu'elle a rien dit avant d'avoir reluqué les robinets en or des salles de bains de chez Freddy ? Les gars, je veux pas vous embêter. Allez juste dire à Son Altesse qu'elle ne l'emportera pas en paradis. Il a fallu soixante-dix ans à Freddy pour amasser ce paquet de fric, et encore toute la famille s'y est mise, alors si elle pense qu'elle aura qu'à se pencher sur son lit de mort pour ramasser le gros lot, elle se fourre le doigt dans l'œil, et jusqu'au coude ! Si elle l'épouse, elle est morte ! Et si elle a le malheur de se plaindre à Freddy, pareil, viandée ! De toute façon Freddy n'est pas aussi éternel qu'il croit, et nous, on sera toujours là quand il n'y sera plus. Je résume : si elle l'épouse, elle y passe ; si elle se plaint à Freddy, elle y passe ; si vous lui dites que c'est moi qui ait dit ça, vous y passez. On est bien d'accord ?

— Et comment !

— Parole d'homme, jamais la duchesse n'épousera Freddy Bombelli ! jura Gilbert.

— C'est bien, Gil. Et n'embête pas la petite Moira avec tout ces trucs qu'elle peut pas comprendre. »

Chick déposa Gilbert à l'Éden, puis me reconduisit chez moi. Au point où en étaient les choses, mieux valait ne pas éveiller les soupçons. Mais à peine Chick était-il reparti que j'avais sauté dans un taxi et débarqué à l'Éden.

« Dieu soit loué, tu es vivant ! s'écria Gilbert en me serrant sur son cœur.

— Il n'allait quand même pas me descendre, mon grand ! »

Gilbert aurait voulu tout de suite réveiller Moira et Madame Mère, mais elles ne rentrèrent qu'un quart d'heure plus tard d'une virée en ville avec le chevalier servant de Son Altesse. Nous leur fîmes part des menaces sans révéler d'où elles provenaient.

« Votre Seigneurie comprend bien que jamais elle ne pourra accepter la proposition de Freddy Bombelli ? dis-je à Winslow.

— Évidemment, jeune impertinent !

— Alors de grâce, dans l'intérêt de tout le monde, dites-lui que vous êtes débordée, que vous avez besoin de repos, peu importe, mais évitez-le !

— L'amour, ah, l'amour ! soupira Winslow en contemplant son nouveau bracelet-montre Cartier. Jamais ça ne marche.

Claire, mise au courant dès le lendemain, trouva après un moment de frayeur qu'il n'y avait pas lieu de s'inquiéter outre mesure, puisque les craintes de Chick étaient naturellement sans fondement.

Au long de la semaine suivante, Freddy appela tous les jours, mais si maman était ravie de bavarder, elle n'avait pas une minute de libre.

Freddy s'inquiétait surtout de l'avancement de la procédure de divorce. Avait-elle clairement fait part de ses intentions à Nigel, et était-il prêt à les respecter ? Régulièrement elle répondait que Nigel était d'accord sur tout mais préférait, comme elle, laisser passer le mariage de Moira. À propos, mauvaise nouvelle, cette pauvre lady Fish avait eu une crise d'arthrite qui avait fait chuter son taux de calcium, et elle ne pourrait pas faire le déplacement.

Et pourtant Freddy ne se décourageait pas. Les gerbes de fleurs s'accumulaient en si grand nombre au Jardin d'Éden que les invités de passage se demandaient d'un air inquiet où était le cercueil.

À trois semaines du jour J, je commençai à être harcelé de coups de téléphone de Cellini mâles qui tenaient absolument à savoir ce que j'avais organisé pour enterrer dignement la vie de garçon de Gilbert. À les entendre, c'était une tradition aussi sacro-sainte que l'ouverture publique des cadeaux. Leur ton salace me montrait en outre qu'ils s'attendaient à de vraies saturnales.

En général, les gays n'ont pas trop de mal à se faire une idée des rites de passage que pratiquent les hétérosexuels. Sans avoir jamais chassé, vu de match de boxe, ou crié « Aux chiottes l'arbitre ! », nous avons appris grâce au cinéma comment ces choses se passent. Malheureusement, n'ayant jamais vu de film sur l'enterrement d'une vie de garçon, cette pratique demeurait pour moi un rite étrange dont je ne possédais pas les arcanes. Je devinais que cela dépassait la simple beuverie, et que ma vision de petites danseuses sortant d'un gros gâteau comme dans *Chantons sous la pluie* était des plus désuètes.

Au restaurant, Mike m'interrogea lui aussi sur mes projets. Aggie entendit notre conversation et m'offrit le Paradiso le dimanche avant le mariage, du moment que nous promettions de tout nettoyer et de payer la casse. J'acceptai son offre avec reconnaissance, mais le mystère restait entier.

Je finis par avouer à Ugo que je n'avais jamais assisté à ce genre de festivités et que j'accepterais son aide avec reconnaissance. Flatté dans son orgueil de bambocheur, il promit de s'atteler à la tâche sur-le-champ. Je n'avais qu'à lui remettre la liste des invités et à payer la facture, il se chargeait du reste.

Un soir de la troisième semaine de mars, nous sortions du Paradiso quand nous nous trouvâmes face au pare-chocs d'une énorme Cadillac bordeaux d'allure indubitablement criminalo-syndicaliste. Nous allions faire demi-tour en toute hâte lorsque Charlie Pastore sauta sur le trottoir.

« Salut, les enfants ! J'espérais bien vous cueillir à la sortie. Comment ça va ?
— Très bien, merci, et vous ?
— Pas mal. Vous avez l'air en super-forme, vous. Ah là, là, qu'est-ce que je donnerais pour avoir votre âge ! »

Charlie était petit, le regard toujours en alerte, un éternel sourire aux lèvres. Il parlait à toute allure et avait l'horripilante manie de vous poser des questions en rafale sans vous laisser le temps d'y répondre.

« Je lis sur vos visages que vous vous demandez pourquoi je suis venu vous chercher à la sortie de l'école, en fait j'aimerais vous emmener dans un petit appartement que j'ai à côté d'ici. Question d'intimité, vous voyez ? »

Dix minutes plus tard, nous nous retrouvions dans son pied-à-terre où son chauffeur pithécanthrope nous servit à boire.

« Je parie que vous êtes tout excités par ce mariage, hein ? Un peu inquiets peut-être ? Moi aussi j'étais inquiet, mais vous frappez pas. La future est du tonnerre, et sa mère donc. Canon la dame ! Une vraie Dame, avec majuscule s'il vous plaît. On n'en fait plus des comme ça et justement, bon, ben, c'est à propos de ça que je voulais vous voir. Voilà, Freddy... je vais pas vous faire un dessin, il est dingue de la duchesse. Il a bien raison, notez. Un petit rayon de soleil à la fin de sa vie, c'est ce qui pouvait lui arriver de mieux. Et elle, elle aurait pu tomber plus mal, avouez ! Freddy n'est pas vraiment dans le besoin. Il saura gâter sa petite reine, pas comme le duc ! Mais bon je ne vais pas tourner autour du pot, je suis au parfum. L'idée que Freddy pourrait se remarier donne des boutons à certains types pas propres et ils vous ont dit de passer le message à la duchesse. Pas vrai ? Alors les enfants, ne vous laissez pas intimider ! Vous êtes des Cellini, les Cellini vous protègeront. Mais donnant, donnant, hein ? »

Que voulait-il dire ? Pour une fois il avait vraiment l'air d'attendre une réponse.

« Bien sûr, c'est tout naturel.

— Xactement. Xac-te-ment ! Écoutez, je sais que Freddy va la demander en mariage puisqu'il me l'a dit. Je sais aussi qu'elle acceptera. Sinon, pourquoi divorcer de ce bon vieux duc ? C'était pas gentil de la forcer à faire marche arrière, et laisser un pauvre vieillard mourir tout seul. Mais je sais, on vous avait forcé la main et puis on a tout le temps de réparer votre bêtise.

— Mais Charlie, supposons que la duchesse ne veuille pas épouser Freddy ? hasardai-je.

— Alors là, vous m'offensez, les jeunes. Elle lui collait comme la mozarella à la pizza avant que vous ne la reteniez. Vous commencez à me courir... La duchesse veut Freddy, Freddy veut la duchesse, un point c'est tout !

— Ils ont bien mérité leur bonheur !

— C'est bien ça qu'il faut dire.
— Ils seront unis par les liens sacrés du mariage !
— Finalement !
— Qui sommes-nous pour oser défier l'Amour ?
— Xactement ! »

Nous retournâmes au Jardin d'Éden d'un pas flageolant, et sans prononcer un mot. Comme dit le proverbe, la vérité n'est pas toujours bonne à dire. Il était deux heures du matin quand nous arrivâmes. Claire, Moira et Madame Mère nous attendaient, toutes dans un état de grande agitation. La soirée ne faisait que commencer.

« Où étiez-vous passés ? hurla Moira. J'ai appelé le restaurant. On m'a dit que vous étiez partis il y a près d'une heure.

— On a été retenus, dis-je sèchement.

— Oh, Gilbert ! sanglota-t-elle. Quelqu'un essaie de faire pression sur moi.

— Toi aussi ? s'étonna Gilbert.

— Vous aussi ? fit écho la duchesse, un rien nerveuse, mais encore bien dans son rôle.

— Oui !

— Encore ? » s'écria Claire.

Nous acquiesçâmes de la tête.

« Le même ?

— Non, un autre.

— Mon Dieu ! Racontez...

— Claire, c'est moi qui ai parlé la première », intervint Moira sans aménité.

Et elle commença incontinent son récit.

Maman avait décidé de passer tranquillement la soirée à la maison, et Moira était allée retrouver Vulpina dans SoHo pour se rendre à la Concepteria, où Aldo Cupper exposait ses *Sacs n° 4*. Après la soirée, Moira raccompagna Pina chez elle, puis essaya de trouver un taxi quand une Cadillac sombre s'arrêta à sa hauteur. La vitre arrière s'abaissa et Lunch Fabrizio la pria de monter. Il voulait lui parler.

Pendant que la voiture faisait lentement le tour du quartier, Lunch lui exposa, sans mâcher ses mots, ce que ses sympathisants et lui pensaient des viles manœuvres de la duchesse qu'il qualifia d'« arnaque au cercueil », et d'autres expressions plus fleuries encore. Il n'hésita pas à dire tout net à Moira qu'elle avait poussé sa mère à se lancer dans ce petit jeu pour hériter des millions de Freddy, et exposa sa vision des choses.

Si la duchesse osait divorcer du duc avant le décès de Freddy, Moira serait victime d'un « petit accident ». Simple avertissement à la duchesse.

Si la duchesse épousait le Clebs, elle et Moira seraient tuées dès la mort de celui-ci. Rien n'empêcherait la bande à Lunch d'exécuter sa vengeance.

Si Moira ou la duchesse soufflait un seul mot de tout cela à Freddy ou à l'un de ses acolytes, Moira, Gilbert, la duchesse et Freddy seraient condamnés illico à une mort atroce.

Gilbert et moi restâmes figés, bras ballants, mâchoire pendante, refusant de croire que nous étions tombés de Charybde en Scylla.

À notre tour, nous leur fîmes part de nos petits entretiens avec Charlie et Chick. *Guernica*, clap deuxième. Lorsque la panique laissa place à l'épuisement, une nouvelle réunion du club des Cinq fut fixée au lendemain après-midi.

Je partageai un taxi avec Claire, et pendant que nous filions vers Central Park West elle me prit gentiment la main. On allait sûrement s'en sortir. Rien d'autre ne fut dit jusqu'à nos adieux.

Au passage, je relevai ma boîte aux lettres et trouvai une nouvelle missive de Gunther exigeant cette fois une ultime somme de 5.000 dollars, payable avant le mariage.

## CHAPITRE VINGT-SEPT.

Je ne sais comment Claire, Moira et Winslow réussirent à passer le cap des dernières semaines dans ce climat de terreur, mais pour Gilbert et moi une overdose de sexe fut le meilleur des tranquillisants. Seule concession à la prudence, nous décidâmes de ne plus passer de nuit ensemble. Mais à peine étions-nous seuls dans une pièce que Gilbert jetait un regard vers la porte et murmurait : « C'est jouable ? »

Le groupe des Cinq passait des heures à élaborer des techniques de survie sans que Claire elle-même vît comment nous pourrions satisfaire aux exigences contradictoires de Lunch, Chick, Charlie et Freddy. On ne pouvait qu'essayer de gagner du temps.

Si Freddy demandait la main de la duchesse, elle répondrait qu'elle devait réfléchir et juste avant le mariage elle recevrait un télégramme du duc l'informant qu'il était souffrant et ne pourrait passer l'Atlantique. Après les noces, elle retournerait en Angleterre et au bout d'une semaine annoncerait qu'en réalité le duc était mort et enterré. Si elle n'en avait rien dit plus tôt c'était pour ne pas gâcher la lune de miel de sa fille par une si triste nouvelle. De retour aux États-Unis — on ne pouvait pas courir le risque de voir Freddy débarquer à Trebleclef ! —, elle alléguerait les convenances pour différer jusqu'à la fin du deuil tout projet de remariage. Bien sûr, cela ne changerait pas le fond du problème, mais nous aurions un peu de temps pour imaginer une solution.

Si nous en étions capables, ce dont nous doutions fort.

Dans l'immédiat, le problème le plus urgent était Gunther, ou plutôt les projets que nourrissait Moira à son égard depuis qu'elle avait décidé de confier d'urgence le coiffeur aux soins du beau Serge, la fidèle nounou de Freddy.

« Moira, ce n'est pas gentil, ça ! objectai-je.

— Mais c'est de la légitime défense !

— Non, un meurtre avec préméditation, corrigea Claire.

— Si nous ne préméditons rien, c'est lui qui nous fera la peau ! Je ne vous comprends pas.

— Écoute, Moira, fit Gilbert, il a dit que c'était la dernière fois. Toi, tu n'as même pas 500 dollars à payer. On s'arrangera pour le reste. Winnie pourrait mettre au clou les bijoux de Freddy.

— Mes bijoux, au clou ? piailla Winnie, splendide dans une robe de cocktail violette. Ces preuves d'amour ? Aucune femme digne de ce nom ne saurait...

— Winnie !

— Bon, d'accord. »

Gilbert et moi pouvions réunir 3.000 dollars d'ici la fin de la semaine. Claire nous en promit

500. Par principe, Moira refusa de l'imiter. Là-dessus elle enfila son trench-coat et sortit en trombe, le regard brillant de mauvaises intentions. Dès qu'elle fut partie, j'appelai le salon de coiffure de Gunther.

« Salon Capelli, j'écoute.

— Gunther, ça suffit maintenant. Ce chantage va vous coûter plus que vous ne le pensez !

— Mr Cavanaugh, assez d'accusations gratuites. Vous ne m'aurez pas à l'intimidation !

— Mais je ne cherche pas à vous avoir ! Je vous demande seulement d'annuler votre dernier appel de fonds. On vous a déjà payé une première fois.

— Une misère si on pense aux dégâts causés !

— Vous reconnaissez avoir accepté cet argent ?

— Je n'allais pas refuser, mais je ne l'ai jamais demandé.

— Écoutez Gunther, vous ne savez pas à qui vous avez affaire. Si vous n'arrêtez pas votre chantage, on vous descendra. Vous comprenez ?

— Des menaces, Mr Cavanaugh ? Pour votre information, sachez que cette conversation est enregistrée. Si quoi que ce soit m'arrive, mon avocat aura reçu cette bande...

— Nom de Dieu ! » m'écriai-je en raccrochant. C'est le bouquet. Moira va faire descendre Gunther et le seul indice existant va me compromettre jusqu'au cou !

Pour une fois cependant, les traditions du Milieu jouèrent en notre faveur. Moira avait vite calculé que buter Gunther lui reviendrait à 1.500 dollars, et l'amadouer à 500 seulement. Elle nous remit donc à contrecœur son écot. Les billets furent glissés dans une enveloppe brune matelassée, accompagnés d'un petit mot auquel Moira tenait :

« Ceci est notre dernier paiement. Si vous récidivez, vous êtes mort ! » Tout cela fut expédié à la poste restante indiquée.

Ma participation ayant vidé mon compte en banque, je n'avais même plus de quoi offrir leur cadeau de mariage à Gilbert et Moira, ce qui serait bien gênant lors du rite de l'ouverture des présents. Claire suggéra, à titre de dépannage, de l'envelopper dans du papier cadeau et de le remettre à sa place après la réception.

À l'égard de la cour que lui faisait Freddy pendant les semaines précédant le décès officiel du duc, Maman adopta une position intermédiaire, sortant avec lui moins fréquemment qu'avant l'avertissement de Chick, mais plus souvent qu'après. Personne ne s'en satisfaisait, mais au moins personne ne jouait non plus de la gâchette.

Au vu de ces récents événements, vous comprendrez que l'idée d'enterrer la vie de garçon de Gilbert ne nous réjouissait pas plus l'un que l'autre, nos trois assassins potentiels devant être de la fête. Mais nous n'avions pas le choix.

Ce fut l'horreur. Il nous fallut feindre l'enthousiasme devant *Lesbiennes en chaleur*, nous esclaffer en écrasant nos mégots dans des cendriers en forme de minous ou en regardant la strip-teaseuse encaisser les billets de 20 dollars tendus par ses fans d'une manière qui donnait un sens tout nouveau au mot « coffre-fort ».

Nous comprîmes bientôt que cette jeune personne aux dons d'acrobate était un petit cadeau d'Ugo. Gilbert pouvait en faire ce qu'il voulait, comme il fut annoncé sous les vivats de l'assistance. Le pauvre Gilbert, qui n'avait qu'une envie, c'était de l'envoyer se recycler dans un État lointain, dut faire semblant d'avoir les reins en feu pendant que la fille lui balançait en pleine figure ses seins à pompons. Pour finir, lorsqu'elle s'agenouilla devant lui et commença à défaire sa ceinture, il fut obligé de l'entraîner dans le bureau d'Aggie tandis que les trépignements et les hourras redoublaient. Une fois à l'intérieur il avoua à la professionnelle qu'il avait chopé une chaude-pisse avec une collègue à elle et qu'il lui restait sept jours de pénicilline avant son mariage. Elle fut ravie de s'en tirer en martelant rythmiquement la porte à grands coups de postérieur et en glapissant de plaisir. De l'autre côté, la foule scandait en chœur : « Vas-y ! Vas-y ! Vas-y ! »

Comme je l'ai déjà mentionné, Lunch, Chick et Charlie Pastore faisaient partie des spectateurs, tout comme Marlowe Heppenstall, George Lucci (le mari de la grosse Steffie), Christopher, Mike, Lou (le chef cuisinier), le plongeur, le beau-fils de Lunch, prénommé aussi Lou, quelques gangsters, et Holly Batterman qui quitta les lieux juste après les ébats amoureux de Gilbert. Son index devait le chatouiller à l'idée de se poser sur les touches d'un téléphone.

Chick et Charlie buvaient et riaient plus que tous les autres pour nous faire comprendre qu'ils étaient de notre côté. Chacun vint discrètement s'informer des progrès de l'idylle. J'annonçai à Charlie que le riz du mariage volait déjà dans l'air, et à Chick que notre grande courtisane avait bien reçu le message mais tentait de délester Freddy de quelques babioles supplémentaires avant de se réconcilier avec le duc, ce qui eut l'heur de les satisfaire l'un et l'autre.

La soirée n'en finissait pas d'en finir. Vers trois heures du matin pourtant, tout le monde avait disparu excepté Ugo, complètement beurré mais portant toujours des toasts, et attendri jusqu'aux larmes en évoquant notre récente et belle amitié. Certes, nous étions différents de lui mais nous étions des types réglo, et nous avions élargi son horizon. Nous l'assurâmes qu'il avait à sa manière élargi le nôtre aussi. Sur quoi il vomit tout son saoul et s'écroula sur la banquette.

Nous faisions l'inventaire des dégâts quand Aggie arriva.

« Mon Dieu, quel spectacle ! Je sors d'une petite soirée et j'ai eu envie de mesurer l'ampleur du désastre. Rien de grave au fond. Vous auriez dû voir ce qui s'est passé quand celui-là a enterré sa vie de garçon », fit-elle en désignant Ugo-le-Gisant.

Elle était bien imbibée elle aussi, mais aucun de nous n'avait passé le point de non-retour.

« Alors, on s'est bien amusés ?

— Formidable ! »

Notre ton ne devait pas être vraiment convaincant car nous l'entendîmes hennir de son grand rire chevalin :

« C'était si terrible que ça ? »

Nous étions dans un tel état que nous ne pouvions plus garder nos masques de machos bambocheurs. Nous poussâmes des soupirs à fendre l'âme.

Une expression d'inquiétude toute maternelle se peignit sur le visage d'Aggie qui vint s'asseoir à notre table et alluma une cigarette :

« Mes informateurs m'ont fait savoir qu'on vous avait un peu rudoyés ces derniers temps. »

Dieu seul savait de quel bord elle était. Nous nous contentâmes donc d'un vague signe de tête.

« Vous voulez qu'on en parle ? »

Cette fois nous fîmes signe que non, et elle éclata de rire.

« Bon sang ! On vous a tellement fichu la trouille que vous n'avez plus confiance en personne, hein ? Ne me mettez pas dans le lot, les enfants. Il y a longtemps que je ne prends plus parti dans cette famille. »

Elle balança ses chaussures, s'enfonça dans son siège, posa ses pieds sur la table et tira sur sa cigarette en contemplant le désastre d'un œil serein.

« Je me suis ramassé un joli petit paquet de mon premier mariage. J'ai acheté cette boîte et je leur ai dit à tous de me foutre la paix. Ici, on est en zone neutre. Pas de flingues, pas de bagarres. Et ils respectent la consigne. Sinon, gare à eux ! »

Gilbert demanda discrètement pourquoi tous ces gens se passionnaient pour les aventures de la duchesse.

« C'est une longue histoire, mais je vais essayer d'abréger à condition que vous répondiez à une petite question. Vous êtes gay, n'est-ce pas ? »

Nous restâmes quelques secondes la langue paralysée, puis Aggie poursuivit :

« Ne vous tracassez pas, je sais garder un secret. Il y a longtemps que je le sais par les vacheries de Chris, et puis vous ne manifestiez pas vraiment d'enthousiasme quand je vous ai fait du gringue, hein Philip ? »

Nous fîmes oui de la tête.

« Mais alors, mon petit Gilbert, pourquoi épouser cette garce de Moira ?

— Pour les cadeaux », avoua Gilbert.

Le rire d'Aggie explosa comme une bombe.

« Ah! Ah! Ah! C'est la meilleure! Je te souhaite bien du plaisir avec tes cadeaux... »

Quand son rire se fut calmé, elle se versa un autre verre et entreprit de répondre à notre question.

Freddy était un parrain très spécial, qui n'avait pas de lieutenant et successeur désigné. Il en avait eu un, son fils Harry « Dum-Dum » Bombelli, mais ce dernier avait succombé à une cirrhose deux ans auparavant. Pour stimuler la productivité, Freddy avait annoncé à Lunch, Chick et Charlie, les chefs des trois familles, qu'il désignerait dans un an l'un d'entre eux comme successeur de Dum-Dum en fonction des résultats obtenus. Les bénéfices montèrent en flèche, mais les rivalités intestines s'exacerbèrent. Comme par hasard, les douanes avaient saisi des cargaisons de stups destinées à Chick. On parla de mouchardage, de tuyaux, et quand Jimmy Fabrizio trouva la mort dans un accident de voiture deux semaines plus tard, on fit allusion à des freins sabotés malgré le verdict du coroner qui jura ses grands dieux que Jimmy était plein comme une outre au moment de son décès.

Pour Aggie, les deux épisodes n'étaient que de regrettables accidents, mais leur concomitance entraîna une série de sabotages discrets, de vendettas et de représailles en chaîne, toujours habilement maquillés en accidents.

D'où un étrange cercle vicieux : comment résoudre un problème qui n'existe pas ? Tout le monde se taisait, espérant que Freddy se déciderait enfin à nommer un successeur.

Mais Freddy s'y refusait. Jamais ses affaires n'avaient été aussi florissantes. Lorsque la datelimite arriva, il annonça qu'il était fort satisfait de ses trois lieutenants mais avait encore besoin de réfléchir. Et le cercle vicieux de redémarrer. L'électrocution de Jimmy Pastore avait assez inquiété les chefs de famille pour qu'ils supplient Freddy de se décider. Freddy avait dit oui, mais sur ces entrefaites il était tombé passionnément amoureux de la duchesse. Lunch et Chick Sartucci étaient fous de rage à l'idée qu'une femme aussi proche des Cellini ait conquis son cœur.

Mais pourquoi nous avoir choisis comme porte-parole ?

Merci, Christopher ! Vexé de voir que je ne répondais pas à ses avances, il avait profité des soucis que leur causait la duchesse pour dire à Chick et à Charlie que Gilbert et moi étions ses confidents et conseillers intimes, sachant qu'ils sauraient faire de nous les porte-parole terrifiés de leurs exigences contradictoires.

Voilà comment nous nous retrouvions pris en sandwich.

Selon Aggie, Freddy s'adjoindrait probablement Charlie comme lieutenant. Lunch et Chick ne s'attaqueraient pas à nous du vivant de Freddy, et après sa mort Charlie deviendrait si puissant que personne n'oserait toucher à un seul de nos cheveux. Si nous prenions parti pour Chick et si la duchesse repoussait l'offre de Freddy, nous aurions celui-ci contre nous car Charlie ne manquerait pas de lui dire que c'était notre faute. La solution la plus prudente était donc de hâter le plus possible le mariage de Freddy et de la duchesse.

Nous fûmes près de tout avouer à Aggie, mais elle avait eu sa dose de rigolade pour la soirée. Point trop n'en faut.

Nous fîmes part des joyeuses nouvelles à Claire et Moira, mais les épargnâmes à Winslow. Il ne les aurait pas appréciées.

La semaine se passa cahin-caha dans l'affolement des derniers préparatifs : essayage des toilettes et smokings, dîners de famille, entretien prénuptial pour Moira et Gilbert avec le père Eddie Fabrizio, chargé de célébrer la messe de mariage. Le jeudi, la duchesse reçut un télégramme de Nigel l'informant qu'il n'avait pas trouvé d'acheteur pour leur domaine en Afrique et était de retour à Trebleclef. Malheureusement, une phlébite l'immobilisait et il ne pourrait être de la noce.

La veille du grand jour, un dîner eut lieu à la Casa Cellini, en guise de répétition générale. Les futurs époux et leurs proches furent conviés à passer la nuit sur place. À deux heures du matin, Gilbert vint me rejoindre dans ma chambre et éclata en sanglots sur ma poitrine. Je ne sais combien de temps dura sa crise car je m'endormis assez vite.

À mon réveil, il avait disparu, et l'aube du jour tant redouté s'était levée.

**CHAPITRE VINGT-HUIT.**

Où est Moira ? demandai-je au petit déjeuner.
— Quelle question ! s'écria Maddie. Vous ne savez donc pas que le jour des noces les futurs mariés ne doivent pas se voir avant d'arriver au pied de l'autel ? C'est pourtant une tradition, sans doute pour éviter les blessures d'amour-propre. Vous imaginez si chacun voyait la tête de l'autre juste avant ! — ''Un petit sourire, Gilbert ! Allons, si c'est tout ce que tu peux nous offrir, tu ferais bien de porter le voile toi aussi !'' — Et vous, Gwen, étiez-vous nerveuse le jour de vos noces ?

— Seulement la première fois, répondit Winslow.

— Je sais. Cela s'arrange avec la pratique. Ne m'en veux pas, Tony chéri. »

Ce matin-là j'appréciai grandement la présence de Maddie dont le bavardage incessant nous empêchait de placer un mot.

Selon l'emploi du temps prévu, les invités et le cortège devaient se réunir à la maison vers midi et boire une ou deux coupes de champagne. Après quoi toute la noce se dirigerait vers l'église Saint-

Gregory, à cinq minutes de là, où la cérémonie commencerait à une heure et demie. Gilbert passa la matinée à harceler les traiteurs et l'équipe chargée de monter la tente chauffée qui, dans le prolongement de la salle de bal, devait accueillir le trop-plein d'invités. Peu après midi, Gilbert m'avoua qu'il n'aurait jamais le courage d'affronter le reste de la journée sans les béquilles chimiques qui avaient tant aidé Winslow. Comment refuser une cigarette à un condamné à mort ? Faisant fi de la tradition sacrée, nous montâmes au premier pour nous entretenir avec la fiancée-dealer.

Dans la chambre, Claire arrangeait ses cheveux devant la coiffeuse et nous dit que Moira était aux toilettes. Gilbert en profita pour s'emparer de son sac et y chercher le remède à tous ses maux.

Mais de remède il ne trouva point.

En revanche il tomba sur une petite enveloppe contenant une clé frappée du numéro 723, celui du casier de poste restante où nous avions adressé les 7.000 dollars qu'on nous avait extorqués.

Muets de stupeur, nous essayâmes d'assimiler l'idée que notre maître-chanteur ne s'appelait pas Gunther mais Moira, qui y était même allée de son obole pour détourner les soupçons. Voilà donc pourquoi l'Ange de la Vengeance savait tout de Freddy ! Pas étonnant non plus que Gunther ait été étonné !

« Mais enfin, finit par marmonner Gilbert, Gunther lui-même a reconnu qu'il avait reçu de l'argent.

— Oui, fit Claire sans doute plus furieuse contre elle-même que contre Moira, mais il n'a pas dit combien. Elle peut très bien lui avoir envoyé 100 dollars et avoir empoché le reste !

— La sale menteuse !

— Gilley chéri ! s'écria Moira en sortant de la salle de bains dans sa robe de mariée. Tu n'es pas censé me voir avant la messe. Cela porte malheur !

— Tu peux le dire ! hurla-t-il en lui jetant la clé au visage.

— Qu'est-ce qui te prend, mon Gilley ? »

Puis elle regarda la clé qui avait atterri sur la coiffeuse.

« Gilbert Selwyn ! Tu as fouillé dans mon sac. Comment pourrai-je jamais avoir confiance en toi ? »

Gilbert se précipita sur elle, les bras tendus en un geste de strangulation compréhensible à tous. Moira s'écarta juste à temps, remonta sa robe et lui fit un croche-pied. Il s'écroula sur la coiffeuse et envoya rouler brosses, pots et tubes divers.

« Salope !

— Je ne permettrai pas qu'on me parle sur ce ton le jour de mon mariage !

— Moira, comment as-tu pu faire ça ? intervint Claire encore sous le choc.

— J'étais obligée. Mon contrat avec Winnie m'oblige à lui fournir les fonds la semaine prochaine sinon il prendra un autre partenaire, et comme il a rencontré pas mal de gens riches ces derniers temps...

— Winnie ne va quand même pas t'éliminer parce que tu n'auras pas toute la somme prévue.

— Peut-être, mais comme je vous l'ai dit j'ai du mal à faire confiance aux gens. Déjà toute petite... »

C'en était trop pour Gilbert qui s'empara d'une lime à ongles et marcha vers sa promise d'un air menaçant. Moira se précipita sur son sac d'où elle sortit un petit vaporisateur.

« N'approche pas, pauvre pédé ! J'ai une bombe lacrymogène.

— Mon fric, et tout de suite !

— Tu l'auras quand j'aurai touché le magot, pas avant !

— Arrêtez, vous deux ! » cria Claire.

Mais Gilbert bondit sur Moira qui lui envoya une giclée de parfum dans les yeux. Il tomba à genoux, pleurnichant et maudissant ; et soudain la porte s'ouvrit. C'était Maddie. Sans perdre son sang-froid, Moira entoura tendrement Gilbert de ses bras.

« Tu vas bien, mon Gilley ? Le pauvre ange s'est vaporisé du parfum dans les yeux !

— Gilbert, Philip ! Que faites-vous ici ? Je vous ai pourtant expliqué que ça portait malheur !

— Vous aviez bien raison, maman Cellini. Gilbert a voulu me vaporiser du parfum dans le cou et il l'a reçu dans les yeux ! Grand bébé maladroit, va ! »

Elle lui plaqua un baiser sur la bouche et dut reculer vivement, sa lèvre saignant légèrement.

« Les enfants, les enfants ! Gardez-en pour la lune de miel ! Ah, ces amoureux impatients... »

Elle continua son babillage, mais je ne l'écoutais plus. Si Moira nous faisait chanter, cela voulait dire que Gunther n'avait encore rien entrepris contre nous. Évidemment il avait attendu le jour des noces. Je pris Claire par la main et priai Maddie de nous excuser.

« Je comprends, allez donc rejoindre les autres. À propos, Moira, ton amie Pina est là. Son chevalier servant a l'air un peu curieux, un peu inquiétant même.

— Petey ? Le petit Japonais ? demanda Moira.

— Non, celui-là est très grand, et pas japonais du tout. Il a un nom allemand, je crois. C'est drôle, hein, elle choisit toujours des gens avec qui on a été en guerre. »

Nous dévalâmes l'escalier pour trouver Pina en bas, l'air plutôt mal à l'aise dans sa robe de cortège couleur pêche. Gunther n'était pas dans les parages. Maddie se serait-elle trompée ? Hélas non.

« Mais oui, j'ai emmené Gunther. Il m'a dit que vous aviez fait la paix. Excusez mon look. C'est la première fois depuis mon adolescence que je ne porte pas une de mes créations.

— Pina, tu devais venir avec Petey !

— Oui, mais il a annulé au dernier moment et Gunther m'a appelée pour me demander si j'étais libre. Il voulait me proposer de créer des modèles de blouse pour son salon. Dément, non ?... Oh, le joli parquet ! Ta mère est là, il vaut mieux que je l'évite, je crois. Vous savez que notre voiture a été suivie ? Je me demande bien par qui ? »

Nous la laissâmes saouler de mots Sammy Fabrizio qui venait d'arriver, et partîmes à la recherche de Gunther que nous trouvâmes dans la salle à manger, un sac en bandoulière.

« Mr Selwyn, Mr Cavanaugh, quel grand jour pour vous !

— Vous n'étiez pas invité, Gunther.

— Mais si, par Vulpina !

— Pas dans cette maison, mon vieux ! fit Gilbert en tentant d'affermir sa voix.

— Mr Selwyn, j'espère que vous ne m'empêcherez pas de me réjouir avec vous en ce grand jour. Attention, sinon je risque de montrer ceci à vos invités. »

C'était pire que notre idée du pire. Gunther avait sorti un magazine de son sac. C'était *Himpulse*, « le mensuel homo-porno ». Je savais, par mes études approfondies en la matière, qu'il publiait surtout des photos de plateau de films récents et des clichés envoyés par les lecteurs. Gunther ouvrit la revue à la page *"Manfan"* où, comme je le craignais, notre photo s'étalait en bonne place. Nous la contemplâmes longuement, ainsi que celles qui l'entouraient. Nous fûmes très dépités de constater que nous n'étions pas les plus sexy du lot.

Gilbert arracha la revue des mains de Gunther, s'assurant d'un regard que personne d'autre n'était entré dans la pièce.

« Comment avez-vous osé ! Ils peuvent vous traîner en justice pour ça, s'écria Claire.

— Le procès devrait être passionnant, vous ne croyez pas ? »

Claire arracha son sac à Gunther et s'enfuit à toutes jambes. Gunther essaya de reprendre le magazine à Gilbert, mais celui-ci tint bon et prit lui aussi ses jambes à son cou.

« Aucune importance, Mr Cavanaugh, sourit Gunther. J'ai un autre exemplaire. »

Il entrouvrit sa veste pour me laisser apercevoir un numéro soigneusement plié dans sa poche intérieure. Sur quoi il quitta la pièce, le regard brillant de mauvaises intentions.

Malgré une tachycardie aiguë, je le suivis à travers le séjour rempli d'invités, puis le vestibule où les serveurs passaient les coupes de champagne. Il alla droit vers la duchesse qui abreuvait la cousine Steffie d'histoires de chasse au renard, et lui glissa quelques mots à l'oreille. Sa Grâce pria Steffie de l'excuser et se dirigea vers le parc avec Gunther. Je les suivis à distance respectable.

Ils s'arrêtèrent à l'extrémité de la longue haie d'où les infortunés Mages étaient partis en direction du bureau de Tony pour leur dernier voyage. En courant très vite, je devais pouvoir me cacher derrière la haie. Quelques secondes plus tard, c'était fait.

« Je suis au désespoir d'être le porteur d'aussi tristes nouvelles, mais Votre Grâce comprendra qu'il est essentiel d'empêcher ce mariage.
— Mille fois d'accord, Mr von Stroheim ! répliqua la duchesse. Je n'ai jamais rien vu d'aussi répugnant.
— Je savais que c'était un coureur de dot dépravé, mais je n'aurais jamais imaginé que sa perversion était si profonde avant qu'un ami me montre cette photo.
— C'est révoltant ! Je peux la voir encore ?
— Mais... ils sont à la page suivante, Votre Grâce.
— Bien sûr, bien sûr, fit-elle avec dégoût. C'est juste pour être tout à fait certaine... Je peux la garder ? Je crois que je devrais moi-même la montrer à Moira.
— Croyez-vous qu'elle entendra raison ?
— Elle a intérêt ! Sinon quand le prêtre demandera si quelqu'un a des motifs légitimes de s'opposer à cette union, je prendrai la parole !
— Encore toutes mes excuses.
— Mr von Stroheim...
— Steigle.
— Mr Steigle, je ne vous serai jamais assez reconnaissante de m'avoir prévenue. »

Elle fourra le magazine dans son réticule et

s'éloigna d'un pas majestueux. J'attendis que Gunther ait disparu pour regagner la salle de bal où Gilbert se tenait près de la table aux cadeaux, un sourire crispé aux lèvres, tandis que Chick Sartucci lui secouait énergiquement la main.

« Alors, ça gaze ?
— C'est la forme !
— Vous êtes canon, vous deux ! Dites, les gars, rassurez-moi. On m'a dit que Sa Grâce — il prononça ces mots comme on crache une huître pas fraîche — s'était fait une petite bouffe au Paradiso avec le vieux Freddy. Elle ne continue pas à le mener en bateau ?
— Pas du tout.
— Elle rejoindra son époux juste après le mariage. Ils se sont réconciliés.
— C'est touchant.
— Il n'y a rien entre Freddy et elle. On y a veillé !
— Sûr ?
— Sûr !
— Alors... »

Il prit une enveloppe dans sa poche et, avec un large sourire, rédigea un chèque — un gros chèque, certainement —, qu'il mit dans l'enveloppe et déposa sur la table avec les autres.

« Dieu vous bénisse, fit-il avec un bon sourire.
— Et zut !
— Bonne nouvelle : Gunther vient de confier à Madame Mère son deuxième exemplaire du magazine, annonçai-je à Gilbert. Mauvaise nouvelle : il compte sur elle pour...
— Ah, ah !
— Tiens, bonjour Aggie. »

Avec sa robe de soie noire provocante et son

sourire entendu, elle me faisait penser à la méchante reine de Blanche-Neige prête à croquer les sept nains.

« Regardez-moi ça ! On veille sur son trésor, Gilbert ? Si j'avais la moitié de ton culot je dirigerais cette bande de malfrats au lieu de les engraisser !

— Moins fort, je t'en prie.

— Tiens, c'est pour toi, fit-elle en posant son enveloppe sur la pile, un beau gros chèque de 1.000 dollars. Cela vaut bien la rigolade que je vais me payer à te voir arnaquer ma famille. »

Après l'avoir remerciée nous nous précipitâmes dans la chambre de la mariée, où Claire, maman et Moira discutaient du péril germanique.

« Calmez-vous, Winnie, disait Claire. Vous avez été parfait. Nous avons gagné un temps précieux.

— Mais ça servira à quoi ? Je ne vais quand même pas me lever en pleine cérémonie pour accuser Gilley et Philip, et si je ne le fais pas, von Stroheim le fera. Ou alors il attendra qu'on soit revenus ici et il le racontera à tout le monde.

Winnie avait raison. La cérémonie avait lieu dans un quart d'heure. Gunther, sûr de son coup, ne bougerait pas d'ici là. Mais après... Il n'avait plus de preuve, mais cela ne l'empêcherait pas de faire un esclandre. Il fallait le faire virer avant la cérémonie en s'arrangeant pour qu'il ne crache pas le morceau.

Le sablier du temps s'écoulait inexorablement et nous restions là, interdits, quand Claire qui regardait les invités arriver poussa un cri :

« Lui ! »

Bondissant sur ses pieds, elle fit jaillir des étincelles de son crâne comme Elsa Lanchester dans *La Fiancée de Frankenstein*. Elle nous exposa aussitôt un plan démoniaque dont jamais nous ne l'aurions crue capable.

« Eh oui, je ne suis pas fière de moi mais je ne vois pas de meilleure solution. »

Nous étudiâmes en détail la délicate logistique du projet. Je proposai quelques améliorations que Claire jugea sordides, mais utiles. Puis le photographe fit irruption pour demander à Moira de poser d'un air rêveur près de la croisée. Nous en profitâmes pour rejoindre l'invité que Claire avait vu par la fenêtre et je tombai vite fait sur lui.

« Tiens, bonjour Leo !
— Bonjour. »

Sa voix avait une nuance d'hésitation. Devait-il me battre froid ou tenter de nouveau sa chance ?

Je le priai d'excuser ma conduite lors de notre rencontre précédente. J'étais d'une humeur massacrante et avais eu le tort de la passer sur lui.

« C'est pas grave ! m'assura-t-il.
— Merci de ta compréhension. On boit une coupe ? »

Pendant ce temps, la duchesse informait Gunther qu'elle avait parlé à Moira qui sanglotait maintenant dans sa chambre. Avant de prévenir Gilbert, elle voulait cependant demander à Gunther un petit service.

Il était gay, n'est-ce pas ? Bien. Mais elle savait faire la différence entre les gentlemen homosexuels et les gigolos exhibitionnistes.

Voilà, un neveu de cette chère Maddie, âgé de vingt ans, croyait voir s'ouvrir devant lui une vie de honte et de ridicule à cause de ses penchants. Un gentleman comme Gunther ne pourrait-il lui expliquer qu'on peut fort bien « en être » tout en devenant un membre heureux et actif de notre société ? Elle était désolée d'imposer sa requête à Gunther qui s'était déjà montré si serviable et charmant, mais accepterait-il de prodiguer au jeune homme quelques conseils éclairés ?

Gunther accepta, et la duchesse lui demanda d'attendre qu'elle revienne le chercher.

Pendant ce temps j'avais fait ingurgiter quatre coupes à Leo et obtenu le résultat escompté. Quand je lui dis que je devais aller aux toilettes, il me suivit dans la chambre où Gilbert avait passé la nuit et commença à me faire des avances. Je lui pris tendrement la main, provoquant une réaction visible à l'œil nu, et lui avouai que j'avais un amant auquel je tenais à rester fidèle. Puis j'allai dans la salle de bains, fermai la porte et priai. Lorsque j'en sortis, il me demanda avec un petit sourire s'il pouvait rester ici pour réfléchir quelques instants tout en lorgnant vers la table de chevet où Gilbert avait délibérément laissé traîner l'exemplaire de *Himpulse* (moins la page fatale). Je filai dans la chambre voisine, puis retournai dans la salle de bains où je m'assurai par le trou de la serrure que Leo feuilletait le magazine. J'avais du mal à voir, mais j'entendis le cliquetis caractéristique d'un ceinturon qu'on déboucle. Par la fenêtre de la salle de bains je fis un signal à Gilbert qui le retransmit à la duchesse, et celle-ci alla informer Gunther que le garçon perturbé l'attendait au premier étage, dans la dernière pièce à gauche au fond du couloir. Je collai mon oreille contre le trou de la serrure et entendis Gunther entrer, puis Leo bafouiller des excuses d'un air affolé.

« Ne t'arrête pas ! Je peux regarder ? J'aimerais bien.

— Ah ? Il y aurait autre chose qui te ferait plaisir ? »

Je fis un nouveau signe à Gilbert qui s'empressa d'aller trouver Tony sous prétexte d'avoir un entretien avec lui avant la cérémonie. Après l'avoir entraîné au premier, au bout du couloir, il entra dans la chambre sans frapper.

« Sortez ! » siffla Gunther.

Leo lui aurait volontiers fait écho s'il n'avait eu la bouche pleine. Tony suivit Gilbert, et je me hâtai de les rejoindre.

« Ordure ! Violeur d'enfants ! » hurla Tony tandis que les protagonistes tout penauds se bagarraient avec leurs fermetures Éclair.

La duchesse, qui bavardait au pied de l'escalier avec Freddy, s'écria comme prévu : « Grand Dieu mais que se passe-t-il là-haut ? » et entraîna Freddy au premier.

« Vous êtes derrière tout ça, Selwyn !

— Qu'est-ce que vous racontez, von Steigle ? fit Gilbert légèrement ironique.

— J'ignore qui vous êtes, Monsieur, intervint Tony, mais je vous demande de quitter ma maison sur le champ.

— Pas avant que vous ne m'ayez entendu. La duchesse et Freddy entrèrent à cet instant.

« Vous ne devriez pas écouter ça, Gwen », fit Tony, craignant d'offenser les chastes oreilles de la douairière.

Mais Gilbert, que ce genre de scrupules n'étouffait pas, expliqua que cet Allemand lubrique, un invité de Pina, avait voulu abuser du jeune Leo.

« Vous êtes mal placé pour jouer les procureurs, Selwyn ! cria Gunther en mettant dans les mains de Tony le numéro de *Himpulse* dont nous avions retiré notre photo.

— Comment osez-vous apporter ce genre d'ordures chez moi, le jour du mariage de mon beau-fils ! s'indigna Tony.

— Mais il est dedans, votre beau-fils, triple buse ! »

Gunther reprit le magazine mais ne put trouver la photo. Il jura que nous avions fait disparaître la preuve puis, apercevant la duchesse, s'écria dans un sursaut de panique :

« Elle sait que je dis la vérité ! Dites-leur !

— Et quoi donc, grossier personnage ?

— Que nous avons parlé dans le jardin, tout ça !

— Je ne comprends rien à ce que vous me racontez. Et vous, jeune homme, fit-elle en se tournant vers Leo, vous avez de très mauvaises manières, et un goût déplorable !

— C'est lui qui m'a forcé, pleurnicha Leo.

— Menteur ! Vous êtes tous des menteurs ! Quant à vous, fit Gunther en marchant sur Winslow, vous m'avez poussé à venir retrouver ce gamin. Vous saviez qu'il me ferait des avances. C'est vous qui avez tout manigancé ! »

Après un instant de silence indigné, Freddy, qui n'avait encore rien dit, s'avança en tremblant de rage vers le Teuton en furie :

« N'oubliez pas que vous vous adressez à la femme que j'aime ! Vous osez la traiter... d'entremetteuse ?

— Exactement, espèce de nabot ridicule !

— Vous vous rendez compte que vous parlez à Frederick Bombelli ? demanda Tony.

— Et alors, je ne sais pas qui c'est ! »

Freddy prit une longue inspiration, les narines frémissantes, avant de laisser tomber :

« Mais vous savez peut-être qui est Freddy-le-Clebs ? »

Le visage de Gunther perdit son expression arrogante, puis ses couleurs, tandis qu'un pauvre son étranglé s'échappait de sa gorge. Il faisait penser à Daffy Duck perdant son bec devant une vision d'horreur.

« Gunther, dit aimablement Gilbert, je vous suggère de partir très vite et très loin. »

Gunther ramassa son veston, marmonna quelques mots d'excuse et partit sans demander son reste. Nous n'entendîmes plus jamais parler de lui, hormis certaines rumeurs selon lesquelles il enseignait l'anglais dans un collège de garçons à Salzbourg.

Notre triomphe fut de courte durée, car une fois Gunther éliminé, restait encore le quatuor : Lunch, Chick, Charlie et Freddy !

Pour éviter de souiller la beauté et le caractère spirituel de cette journée particulière, il fut annoncé aux nombreux curieux qu'un invité pris de boisson avait dû être éconduit, et dans l'excitation du départ pour Saint-Gregory tout le monde s'empressa d'oublier ce fâcheux intermède. Tout le monde sauf Holly qui insistait lourdement pour avoir des détails.

Je ne m'étendrai pas sur la cérémonie, dont le déroulement peut aisément être imaginé par quiconque a assisté à un mariage traditionnel. Je n'essaierai pas non plus de vous dépeindre mes sentiments, tandis que mon amant convolait avec la femme qui nous faisait chanter depuis deux mois. Les mots me manqueraient.

Une atmosphère de fête régnait à la sortie de l'église, et vu la proximité de la Casa Cellini, on bouda les limousines alignées devant le parvis pour rentrer à pied. Comme je m'attardais en queue de cortège, je remarquai la duchesse et Freddy marchant bras dessus, bras dessous. Chick et Lunch n'étaient pas loin derrière, et cette démonstration de tendre intimité ne leur avait pas échappé. Plus inquiétant encore, la duchesse ne paraissait plus tout à fait dans son assiette.

« Tu t'inquiètes à propos de ce qui arrive à Madame Mère ? me demanda Claire qui surgit à mes côtés.

— Elle a un drôle de regard, je trouve.

— Elle est complètement défoncée, murmura Claire. Après l'histoire avec Gunther, elle est venue supplier Moira de lui donner un peu d'Ecstasy, et comme Moira était occupée à soigner sa lèvre, elle lui a donné le flacon entier.

— Pourquoi ne l'en as-tu pas empêchée ?

— J'étais aux toilettes. Je suis arrivée dans la chambre pour entendre Moira qui disait « Mon Dieu, maman, deux pilules c'est déjà trop ! »

Nous n'eûmes pas longtemps à attendre pour observer les résultats de cette overdose d'euphorie. Avant même que le cortège ait atteint la maison, la duchesse et Freddy s'arrêtèrent brusquement et Madame Mère étreignit fougueusement le petit gangster dans ses bras musclés. Il venait de la demander en mariage. Elle avait accepté.

Je vous ai déjà parlé de l'efficacité reconnue du bouche à oreille dans la famille Bombelli. En quelques minutes la nouvelle était à la une, et le mariage de Gilbert et Moira passait aux chiens écrasés.

Freddy alla trouver les jeunes mariés pour s'excuser de leur avoir ainsi volé la vedette. Nous nous trouvions tous dans la salle de bal, près de la table des cadeaux. Gilbert avait trop peur pour accorder un regard aux dizaines de boîtes, aux piles d'enveloppes, alors que Moira ne pouvait en détacher les yeux plus de quelques secondes.

« Il faut me pardonner, dit Freddy poussivement, mais à voir Moira et toutes ces jolies demoiselles d'honneur, à entendre cette musique divine, j'ai senti mon cœur qui battait la chamade. Je ne peux plus attendre. Oui, pardonnez à ce vieux cœur qui a quelques raisons de se montrer impatient.

— Il ne faut pas dire ça, roucoula la duchesse en l'embrassant sur la joue. Vous avez encore de longues années devant vous.

— Je reste sans voix, maman, fit Moira dont l'index frétillait en comptant les enveloppes.

— Félicitations, dit Gilbert d'une voix éteinte.

— C'est extraordinaire ! dit Maddie à la duchesse. Jamais je n'ai vu une femme avoir l'air plus heureuse. Vos yeux étincellent ! »

Il fallait à tout prix que je m'entretienne avec les Alliés, mais selon la tradition cellinienne ils devaient rester en rang près de la table des cadeaux. J'allai donc me perdre parmi la foule des invités en faisant bien attention d'éviter Chick et Lunch qui devaient être en train de décider à pile ou face lequel commencerait le massacre. (Mais à mesure que Freddy découvrirait les imperfections de sa promise, ils devraient tous deux prendre place dans la file d'attente !)

Apercevant Leo, j'eus soudain grande honte de la façon dont nous nous étions servis de lui. Je me confondis en excuses qu'il accepta avec reconnaissance, ce qui aggrava mon sentiment de culpabilité. Pendant que nous bavardions, je sentis une main se poser sur mon épaule et sautai au plafond. Je me retournai pour faire front à l'ennemi, mais c'était un ami. Enfin, pour l'instant.

« Alors, c'est la forme ? demanda Charlie Pastore plus flottant que jamais dans son costume mal ajusté. Belle fête, hein ? La mariée était ravissante. Comment ça va, Leo ? Tu t'amuses bien ? »

Le jeune garçon s'éclipsa à regret. Charlie, radieux, me dit que nous avions fait du beau travail et qu'on ne nous oublierait pas lors de la distribution des prix. Comme cette promesse était fondée sur l'hypothèse du bonheur conjugal de Freddy et de la duchesse, elle ne me remonta pas le moral.

Je priai Charlie de m'excuser et me dirigeai vers le couloir, bien décidé à m'enfermer dans la salle de bains jusqu'au retour des Alliés. J'allai tourner la poignée quand la porte s'ouvrit de l'intérieur. Je me trouvai face à face avec Chick Sartucci.

« Ah, Chick ! Je vous ai cherché partout.

— Eh bien, me voilà ! gronda-t-il en me tordant le bras pour m'obliger à entrer. Tu as un dictionnaire chez toi ?

— Oui, je crois.

— Parfait. Alors tu chercheras *promesse*, *écarteler* et *chance*. Mais tu pourras toujours chercher dans ta petite tête, t'as pas une chance de t'en tirer. »

Sur quoi il empocha une savonnette, et sortit.

« Ne vous en faites pas, me dit Charlie auquel je confiai mes inquiétudes. Il sait bien que s'il vous bute tous les deux, il aura affaire à moi dès que j'aurai pris la succession de Freddy.

— Merci, Charlie, ça me rassure. »

J'allai trouver Chick pour le supplier de nous accorder un peu de temps. Il me répondit sèchement que le seul moyen d'éviter le massacre était de faire rompre les fiançailles aujourd'hui même. Avant la fin de la réception.

« Et si on n'y arrive pas ?

— Essayez demain. Mais dès demain matin la chasse sera ouverte. Compris ? »

Comme il est difficile d'organiser un complot pendant un mariage ! Tout se ligue contre vous. Les conjurés doivent faire face à mille obligations comme la réception des cadeaux, l'ouverture du bal ou le repas de noce. Il se passa des heures avant que nous puissions entraîner la duchesse dans le bureau pour une réunion de la cellule de crise.

« Dieu du ciel, tu te rends compte de ce que tu as fait ? cria Moira.

— Je te prierai de ne pas me parler sur ce ton, ma fille, même le jour de ton mariage !

— Winslow, commençai-je au bord des larmes, vous ne pouvez pas épouser Freddy !

— Et pourquoi ?

— Parce que vous êtes un homme ! lui rappela Gilbert d'un ton vénéneux.

— Et vous, un grossier personnage !

— Winnie, tu es défoncé jusqu'aux yeux mais quand tu cesseras de planer tu tomberas très bas et moi avec, lui envoya Moira. Alors, arrête, pour l'amour du Ciel ! »

Winnie la foudroya du regard.

« Monstre ! Je voudrais tant que Claire soit ma

fille et pas toi ! Ingrate, tu n'auras pas un sou ! Je ne suis pas si vieille, je peux encore avoir des enfants avec Freddy ! Je lui donnerai une gentille petite fille et toi tu iras pleurer misère. Tu vas voir ! Eh bien quoi, vous avez l'air bien tracassés. C'est à cause des gros méchants qui vous ont menacés ? »

Gilbert répliqua lugubrement que oui.

« Alors je vais leur montrer de quel bois je me chauffe ! »

Et il sortit du bureau, traversa la salle de bal et arriva jusqu'à la pelouse où ce grand romantique de Lunch tirait sur son cigare en contemplant le coucher de soleil.

« Ah, vous voilà ! fit Lunch. Je vous cherchais. Il est temps que nous ayons une petite conversation, Gweenie.

— Votre Grâce, si ça ne vous écorche pas la bouche ! corrigea Winnie en arrachant le cigare qu'elle piétina aussitôt. Je ne supporte pas la fumée.

— Dites donc, espèce de sale...

— Je ne supporte pas non plus la grossièreté. Tâchez d'être poli, au moins. Si j'en crois Moira, vous vous opposeriez à mon mariage avec votre oncle ?

— Pour sûr !

— Eh bien ça, gros plein de soupe, c'est votre problème, pas le nôtre. Ce genre de combine pouvait marcher quand Freddy dirigeait l'organisation tout seul, mais avec moi à ses côtés, je peux vous garantir que c'est fini.

— Parce que vous vous croyez déjà la patronne ? Putain de Dieu... »

Winnie le gifla à toute volée.

« Je vous avais prévenu. Pas de grossièreté ! Mais

je vois qu'il faudra utiliser des arguments plus percutants avec vous. Vous avez la tête dure. Je vais proposer à Freddy un petit transfert pour vous. La Bolivie, ça vous dirait ? Un ou deux ans passés à surveiller les plantations de coca devraient vous donner l'occasion de réfléchir aux vertus de l'humilité. À propos, vous ne savez peut-être pas que votre femme couche avec Serge. Personnellement, je la comprends. Bonsoir, Mr Fabrizio ! »

Nous lui emboîtâmes le pas quand elle repartit vers la maison.

« Vous voyez, marmonnait Winnie, il suffit de savoir parler à ces gens-là. Bon, maintenant où est l'ignoble Sartucci ? Chick, Chi-i-i-ick ! Montre-toi, ah, ah, ah ! »

Que pouvait faire notre petit syndicat après cela sinon se saouler à mort ? On devait procéder incessamment à l'ouverture des cadeaux, et nous prîmes place au bout de la table tandis que les invités s'élançaient en piste pour les dernières danses. Ayant fait main basse sur quelques bouteilles de champagne, nous nous apprêtâmes à nous imbiber comme des éponges.

Une valse lente se terminait, une tarentelle lui succéda. Tony et Maddie, qui se tenaient à côté de nous, se levèrent pour aller danser. Nos regards tombèrent alors sur la duchesse et sur Freddy.

Le vieux, qui avait trop bu, caressait la cuisse de Madame Mère sous la table. Elle eut une moue boudeuse, lui donna sur la main une petite tape qui tenait plus de l'encouragement que de la réprobation, et après un « mea culpa » salace, Freddy repartit à l'assaut.

La duchesse émit un gloussement offusqué et

ravi, tandis que Freddy poussait son avantage au point de découvrir la dernière chose à laquelle il se serait attendu. Il retira sa main comme si un serpent l'avait mordu, et la duchesse lui pinça affectueusement la joue.

Freddy émit alors un borborygme digne d'une tuyauterie moscovite, serra sa poitrine à deux mains et s'écroula sur la table en renversant un seau à champagne. La duchesse, affolée, lui demanda en sanglotant ce qu'il avait. Les danseurs s'étaient arrêtés et regardaient tous vers la table d'honneur.

« Vite ! Y a-t-il un docteur dans la salle ? » hurla la duchesse.

Mais la médecine ne faisait pas partie des spécialités familiales, et seuls les trois successeurs potentiels de Freddy se précipitèrent.

« Don Bombelli ! supplia Charlie. Tout va s'arranger, très bien s'arranger même. Mais qui s'occupera de vos affaires pendant votre convalescence ? Et en supposant que vous...

— Qui, Freddy, qui ? » insista Chick.

Freddy souleva sa tête, une expression de souffrance et d'incompréhension hébétée sur le visage, et murmura dans un râle :

« Un homme ! Un homme... Un homme !... »

Les yeux encore écarquillés, il laissa retomber sa tête sur la table et se tut pour toujours.

« Un homme, d'accord, mais lequel ? » supplia Lunch.

Dans la salle de bal, chacun restait figé sur place, pétrifié. Seul Gilbert, soulagé par l'à-propos du trépas de Freddy, ne put réfréner son impatience de fêter l'événement.

Je me suis bien souvent demandé ce qui serait advenu si Gilbert n'avait choisi cet instant pour déboucher une bouteille de champagne. En tout cas l'explosion du bouchon retentit dans la salle comme un coup de feu. Un invité imaginatif cria « Couchez-vous ! », et chacun s'exécuta en poussant des cris d'orfraie.

Quelques secondes plus tard, Chick avait sorti son revolver et balayait l'assistance du regard.

« Arrête, idiot, essaya de dire Aggie d'une voix pâteuse. C'est pas un coup de feu, c'est juste Gil... »

Mais elle ne finit pas sa phrase car un des hommes de Lunch, voyant Chick un flingue à la main, dégaina à son tour. Chick s'en aperçut, pivota, visa, mais pas assez vite. Sa cible affolée avait tiré en premier.

Bien que d'une stature moins imposante que Lunch, Chick constituait un carton immanquable. La balle atteignit donc son but et Chick s'écroula. Ugo, son fils, poussa le cri de guerre des samouraïs et abattit le meurtrier.

Tu as bien choisi ton moment pour ouvrir cette bouteille, coco ! s'écria Aggie qui plongea sous la table entre Gilbert et Claire. »

À partir de là, mon récit pèche par manque d'informations visuelles. Mais le vacarme incessant de la fusillade nous indiquait assez clairement ce qui se passait dans la salle. Les flingues crachaient des flammes et les invités pris de panique plongeaient sous les tables ou se bousculaient vers les issues de secours. Les cris de douleur des parents des trucidés emplissaient la pièce.

Je rampai au bout de la table et jetai un coup d'oeil vers le monde extérieur. Dans la tente, les musiciens accroupis jusque-là derrière leurs pupitres, quittaient en hâte le podium et tentaient une sortie en force par les portes vitrées. L'un d'eux, serrant son saxophone contre lui, eut le malheur de se retourner et de heurter un des mâts de soutien qui, dans sa chute, entraîna le reste du fragile édifice. La foule des fuyards s'était transformée en un étrange animal ondulant, zébré de rouge et de blanc, pourvu d'une dizaine de voix au comble de l'agitation.

Nous n'étions guère tranquilles non plus. Sous la table, serrés les uns contre les autres, Claire, Gilbert, Winslow et moi scrutions désespérément les voies du Seigneur, impénétrables comme on sait. Moira aussi était avec nous, ou plutôt derrière nous, sous prétexte que sa robe blanche faisait d'elle la cible idéale.

« C'est quand même marrant, la vie ! continuait Aggie en buvant le champagne à la bouteille. Depuis deux ans ces allumés de la gâchette se tenaient tranquilles, et il suffit que deux pédés et une teigne picsous décident de les plumer pour déclencher la Troisième Guerre mondiale !

— Vous lui avez tout raconté ? s'indigna Moira.

— Qu'est-ce que ça peut faire, au point où on en est ?

— Tout de même, Gilbert, comment te faire confiance ? »

Gilbert sanglotait sur ma poitrine quand une balle siffla au-dessus de nos têtes et fit éclater une grande glace sur le mur derrière nous. Moira se mit à hurler et s'accrocha frénétiquement à Winslow dont la perruque tomba par terre.

Aggie ouvrit des yeux ronds, qui s'agrandissaient à chaque seconde.

« Elle... Il... Elle est... ! »

Nous hochâmes lamentablement la tête tandis que Winslow tentait de remettre en place l'objet du délit.

« Vous comprenez pourquoi on était inquiets quand vous nous avez dit qu'on n'avait rien à craindre du mariage de Freddy », avouai-je.

Je déclenchai un torrent, un Niagara de rires.

« Ah ! Ah ! Ah ! Ah ! Ah ! Ah ! »

— Aggie, ce n'est pas si drôle », renifla Claire.

Mais Aggie, pliée en deux par le fou rire, n'entendait plus rien.

« Aggie, par pitié, tu vas nous faire repérer !

— Vous donner tout ce mal pour des cadeaux miteux ! Ah ! Ah ! Ah ! C'est trop ! »

Moira se hissa soudain à hauteur de la table et passa la tête par-dessus le rebord.

— Nnnnon ! » hurla-t-elle comme une lionne défendant ses petits.

Incapable d'imaginer la cause de cet émoi, je jetai à mon tour un coup d'œil et découvris Charlie et quatre de ses affidés à l'abri derrière une barricade de cadeaux.

« NON ! hurla encore Moira au moment où le flash d'un appareil photo se déclenchait. Pas derrière les CADEAUX ! »

Une balle la manqua de peu, et elle s'accroupit en jurant comme un charretier.

« Gilbert, ils tirent sur nos cadeaux !

— Ah ! Ah ! Ah ! » hurlait Aggie.

Claire nous rappela que notre petit groupe n'était pas en odeur de sainteté auprès de nombre des flingueurs ici présents, et ils savaient maintenant où diriger leur tir. Il était temps de quitter le fragile abri de la nappe.

Claire en tête, nous avançâmes à croupetons

jusqu'à une barricade de chaises retournées puis nous réfugiâmes derrière le podium de l'orchestre. Holly Batterman s'y trouvait déjà. Il draguait tranquillement un petit flûtiste quand avait commencé le remake d'*Apocalypse now*. À genoux, tremblant de peur, il avait la chemise pleine de sang.

« Vous auriez pu me prévenir que ce serait le mariage de tous les dangers ! »

Gilbert se confondit en excuses, puis tout le monde se tut. Y compris Aggie. Des balles ricochaient sur les pupitres de métal et contre le mur derrière nous.

« Seigneur ! s'écria Claire. Ce n'est pas la bonne planque.

— Moi, je ne bouge pas d'un pouce, murmura Holly.

— Par-là ! fit Claire en indiquant la porte du bureau de Tony.

— C'est trop loin ! s'écria Holly.

— On va se frayer un passage, mon gros, dit Aggie en sortant un revolver de son réticule. Qui veut ouvrir le feu ? »

Moira leva le doigt.

« Te donner une arme, à toi ! Tu rêves... »

On entendit alors un fracas abominable, comme si la vitrine de Tiffany volait en éclats. Le lustre central s'écrasa au sol et la salle fut plongée dans l'obscurité.

« Banzaï ! » cria Claire, et nous nous précipitâmes dans le bureau de Tony.

Gilbert, qui connaissait bien la maison, prit la direction des opérations et nous entraîna au bout d'un couloir d'où un escalier montait au premier étage. Bientôt nous arrivâmes devant la chambre d'ami où j'avais passé la nuit. Claire voulut empêcher Holly de rentrer, mais il refusa énergiquement de rester seul au milieu du champ de tir. Nous nous affalâmes, qui dans un fauteuil, qui sur le plancher, qui sur le lit.

« Pour l'instant ça va, déclara Aggie, mais vous allez vous retrouver dans de sales draps quand on découvrira le pot aux roses.

— Que voulez-vous dire ? » demanda Sa Grâce qui se tamponnait délicatement les yeux.

Aggie nous expliqua patiemment que l'autodestruction du clan Bombelli allait déclencher un cyclone médiatique de force 10, ou au-delà, et que notre petit secret ne résisterait pas deux secondes dans la tourmente.

« Quel secret ? » s'informa Holly, soudain tout ragaillardi.

Plus inquiétant encore, souligna Claire sans répondre à Holly, les survivants risquaient de l'avoir mauvaise quand ils comprendraient pourquoi leurs chers disparus avaient déclenché le carnage.

Ainsi, malgré la mort de Freddy, de Chick et, espérions-nous, de Lunch, nous n'avions toujours pas d'assurance-vie.

C'est alors que Claire proposa de tuer la duchesse.

« Quoi ? cria Holly en pleine crise d'hystérie.

— Allez, Winnie, enlève-nous cette robe.

— Là, devant tout le monde ? » protesta Winslow.

Claire lui arracha sa perruque.

« J'ai dit, enlève cette robe, Winnie. Le temps presse !

— Jamais ! »

Claire se tourna vers nous :

« Bon, occupez-vous en. »

Et nous marchâmes sur Winnie qui, comprenant que l'heure des plaisanteries était passée, alla se déshabiller tout seul.

Assis sur le lit, Holly ouvrait des yeux ronds et tremblait de bonheur. C'était le scoop du siècle, et il en était ! Un peu comme s'il avait été transporté d'un coup au paradis des ragoteurs.

Quand Winslow se fut démaquillé, on l'affubla du pantalon et du chandail que je portais la veille. Ils étaient bien un peu moulants pour lui, mais sous mon imperméable ça pouvait aller. Les lunettes noires de Gilbert complétèrent le déguisement.

Claire prit alors la robe qu'elle lacéra en plusieurs endroits et trempa dans le sang qui coulait encore de la blessure de Holly.

« Vous venez d'apprendre un terrible secret qui appartient à la mafia ! Je sais que vous mourez d'envie d'en informer le monde entier, mais soufflez en un mot à qui que ce soit et vous êtes mort. Compris ? »

Il avait compris.

« Il faut que je sorte Winnie d'ici, reprit Claire. On va filer par derrière et je l'emmènerai dans ma voiture. Je laisserai la robe et une chaussure dans les buissons, et je brûlerai le reste de sa panoplie chez moi. Et puis Philip, la prochaine fois que Gilbert te proposera un gros coup, ne l'écoute pas. Fais ça pour moi, tu veux ? Au revoir, les enfants. »

Holly devait rester pour attendre l'ambulance, Aggie pour faire l'inventaire de ce qui restait de sa famille, et moi parce que Gilbert restait aussi. Moira, elle, était trop effondrée pour remuer pied ni patte. Juste avant l'arrivée de la police, Claire et Winslow réussirent à filer.

Le hurlement des sirènes nous engagea à descendre. Gilbert retrouva Tony et Maddie sains et saufs, et tout le monde s'embrassa. Moira courut vers la table des cadeaux. Las! pas un paquet, pas une boîte qui ne fût criblé de balles. Quant aux enveloppes pleines de chèques et de billets, elles s'étaient mystérieusement envolées.

Les policiers firent irruption en criant «Personne ne bouge!» et les tueurs rescapés ne leur opposèrent aucune résistance. Ils avaient même l'air plutôt soulagés.

L'interrogatoire dura jusqu'à sept heures du matin. On avait compté dix-neuf victimes parmi les invités mâles — dont Lunch, Chick, Ugo, Serge et George Lucci — mais les témoins n'avaient rien vu ni rien entendu. Gilbert et moi fîmes comprendre aux policiers que nos liens avec les principaux intéressés étaient des plus vagues, et ils n'insistèrent pas.

On nous fit sortir par la porte de derrière pour éviter la meute des journalistes. Moira était si impressionnante dans sa robe maculée de sang qu'un policier nous raccompagna jusqu'à Manhattan. Sur notre demande il me déposa avec Gilbert et moi à Broadway, puis raccompagna Moira au Jardin d'Éden. Tout en marchant dans l'air frisquet du matin, nous arrivâmes au kiosque à l'angle de la 86$^e$ rue. Le massacre de la nuit faisait déjà les gros titres.

En lettres rouges, le *Post* titrait sobrement: BAIN DE SANG! Juste en dessous, une photo montrait Moira le regard fou, la bouche grande ouverte au moment où elle s'écriait «Non, pas les cadeaux!», mais la légende disait: LA MARIÉE SOUS LE CHOC.

## ÉPILOGUE.

Le tumulte autour de l'enquête policière s'apaisa vite, mais pendant un certain temps nous demeurâmes les chouchous des médias, surtout Moira. Surnommée « La Fiancée de la mort », elle avait séduit tous les journalistes sans exception par sa gentillesse et son évidente sincérité.

Oui, avait-elle avoué, elle savait que son patron, monsieur Freddy, avait jadis été un roi de la pègre, mais elle était persuadée qu'il n'aspirait qu'à passer ses dernières années à cultiver son jardin en l'écoutant lire les phrases sublimes du grand Tolstoï. Oui, elle savait que les Cellini étaient des mafiosi connus, mais ils s'étaient montrés si gentils avec elle, et puis sa maman lui avait toujours appris à ne pas juger les autres.

Bien sûr, Madame Mère était l'objet de toutes les curiosités : la Femme-Mystère ! Les larmes aux yeux, Moira avait juré qu'elle ignorait pourquoi sa maman avait voulu passer pour duchesse, mais qu'elle avait sans doute voulu que sa fille soit fière d'elle. Quant à son sort, Moira craignait que les efforts de la police pour la retrouver ne restent vains, et chaque fois qu'on lui posait la question elle éclatait en sanglots. Un jour il fallut même qu'elle se fasse consoler par Sue Simmons, la présentatrice des actualités régionales.

La vraie mère de Moira ne manqua pas d'avoir vent de l'histoire, et il fallut acheter son silence à prix d'or grâce à une souscription à laquelle Gilbert et moi refusâmes de participer.

Les innombrables photos publiées dans la presse juste après les tragiques événements avaient rendu le visage de Gilbert si familier qu'il me fallut courir aux quatre coins de New York racheter tous les exemplaires de *Himpulse* encore en vente. Je vous laisse imaginer la dépense, et ma gêne...

Gilbert fut d'ailleurs beaucoup moins bien traité par la presse que Moira. En quelques semaines, trois de ses ex lui vendirent leurs souvenirs au *National Enquirer*, au *New York Post*, et à *Torso*, ce qui décupla la sympathie populaire pour la malheureuse Moira. Elle reçut d'innombrables lettres lui conseillant de trouver un partenaire plus digne d'un si pur amour.

Au cours de l'instruction, Maddie fut profondément choquée d'apprendre que son Tony bien-aimé s'occupait de blanchiment d'argent et de délits d'initiés. « Dire que j'étais la régulière d'un truand ! » confia-t-elle en frémissant à Gilbert. Grâce à ses avocats, Tony s'en tira avec une peine légère et Maddie lui fit promettre de s'acheter une conduite.

Aggie renvoya Christopher, mais nous demanda de continuer à travailler au Paradiso tant la publicité gratuite des dernières semaines avait fait grimper son chiffre d'affaires. Bientôt pourtant, le défilé incessant des anciens petits amis de Gilbert devint si insupportable qu'elle nous délia de nos engagements.

Pauvre Holly ! Alors que les manchettes des journaux s'interrogeaient gravement sur la « Mystérieuse Madame Mère », il dut rester bouche cousue. Il faut dire qu'après l'avertissement de Claire, Moira avait mis les points sur les i en lui envoyant un pigeon mort porteur d'une lettre de menaces.

Les SENT-Y-NELLES, premier déodorant en gélules, prirent un départ prometteur. En vendant très cher le récit de son mariage, Moira avait réuni les fonds nécessaires à la fondation de la compagnie de Winslow, et la commission de contrôle avait donné son accord pour procéder aux tests cliniques. Les essais se déroulèrent sans accroc, et les cobayes déclarèrent qu'ils étaient ravis. Malheureusement, juste avant le lancement du produit, certains d'entre eux commencèrent à souffrir d'effets secondaires désagréables. Au réveil ils se mettaient à empester le poisson pas frais ou le camembert trop fait. La compagnie ne tarda pas à sombrer.

Aujourd'hui, Claire et moi avons terminé notre *musical*. Recherchons producteur désespérément.

Quant à ma liaison avec Gilbert — pardon aux romantiques —, elle ne connut pas le *happy end* attendu. Quand la mort ne vous guette plus au coin de la rue, les grands sentiments finissent par s'émousser. L'ennui nous gagna, et comme tous les jeunes couples depuis l'origine des temps, nous nous découvrîmes des incompatibilités d'humeur.

Je ne comprenais pas pourquoi il n'écrivait rien. Lui ne comprenait pas pourquoi j'écrivais sans cesse et refusais de courir les boîtes jusqu'à l'aube en compagnie de son épouse et des nouveaux amis, jamais les mêmes, qui ne le quittaient plus depuis son mariage. Ne parlons pas de notre vie sexuelle. Elle a peu de chance d'éveiller votre intérêt puisqu'après quelque temps elle avait cessé d'éveiller le nôtre.

Lorsque le récit croustillant de ses aventures avait paru dans la presse, Gilbert avait suggéré que nous gardions un profil bas pendant un petit moment, mais le moment avait duré des semaines, puis des mois, sans que ni l'un ni l'autre en pleurions la nuit. Chacun se plut à penser qu'il avait laissé tomber l'autre avec douceur et délicatesse, et les choses reprirent leur cours normal après une phase intermédiaire désagréable mais courte. Je suis heureux d'aimer à nouveau Gilbert sans passion ni folie, et de profiter de sa revigorante présence chaque fois qu'il le désire.

C'est égal, depuis deux jours je l'évite soigneusement. Je laisse mon répondeur branché en permanence et je surveille la rue avant de sortir. Tout cela à cause de notre dernière conversation. Mon radar fonctionnait parfaitement ce jour-là, et je lui avais raccroché au nez quand j'avais entendu ces mots qui me font encore dresser les cheveux sur la tête :

« Salut, Philly ! Écoute, j'ai une proposition à te faire. Surtout ne raccroche pas avant que j'aie fini... »

*Impression réalisée sur Presse Offset par*

**BRODARD & TAUPIN**

GROUPE CPI

La Flèche (Sarthe), 23896
N° d'édition : 2752
Dépôt légal : février 1997
Nouvelle édition : mai 2004

*Imprimé en France*